KB272797

새하곡 (塞下曲)

五月天山雲　오월에도 눈 쌓인 천산엔
無花祇有寒　꽃은 없고 추위만이 있을 뿐
笛中聞折柳　절양류 피리 소리 들려오건만
春色未曾着　봄빛은 일찍이 찾을 길 없다
曉戰隨金鼓　새벽에는 종과 북 따라 싸우고
宵眠抱玉鞍　밤에는 말안장 끼고 잠드노라면
願將腰下劍　허리에 찬 칼을 뽑아
直爲斬樓蘭　곧바로 누란을 베련다

至尊劒

지존검

Fantastic Oriental Heroes

일묘 신무협 판타지 소설

지존검 1

일묘 新무협 판타지 소설

초판 1쇄 찍은 날 § 2005년 10월 19일
초판 1쇄 펴낸 날 § 2005년 10월 29일

지은이 § 일묘
펴낸이 § 서경석

편집장 § 문혜영
편집책임 § 이재권
편집 § 장상수 · 유경화

펴낸곳 § 도서출판 청어람
등록번호 § 제1081-1-89호
등록일자 § 1999. 5. 31
어람번호 § 제2-0720호

주소 § 경기도 부천시 원미구 심곡1동 350-1 남성B/D 3F (우) 420-011
전화 § 032-656-4452 팩스 § 032-656-4453
http://www.chungeoram.com
E-mail § eoram99@chollian.net

ISBN 89-5831-778-7 04810
ISBN 89-5831-777-9 (세트)

지존노겸

孤尊劍

1

외로운 돌,
구름을 노닐다

Fantastic Oriental Heroes
일묘 신무협 판타지 소설

도서출판 청어람

목 차

第 一 章

하산(下山)

안탕산(雁蕩山).

고래(古來)의 명산(名山)으로 기봉(奇峰)과 폭포, 동부(洞府)가 많아 삼절(三絶)이라고도 불리우는 이곳은 절강성(絶江省)의 가장 남단에 자리한다. 호(湖)와 담(潭)이 많아서 항상 짙은 구름과 안개로 환상만태(幻像萬態)한 절경을 연출하는 이곳은 많은 유람객들의 발길이 끊이지 않았다.

유람객과 시인묵객(詩人墨客)들의 발걸음을 잡아두려는 객잔과 주루 등이 세워지면서 형성된 이곳 안탕읍(雁蕩邑)에서는 마침 오 일마다 한 번씩 열리는 장(場)이 열려 많은 사람들로 붐비고 있었다.

때는 나른한 햇살이 비춰지고 향긋한 꽃내음이 바람에 실려오는 춘삼월(春三月). 그래서인지 부모님 몰래 곡식을 가져와 예쁜 새옷이나 분장(粉粧) 등으로 바꿔가려는 젊은 처녀, 봄바람에 마음이 설레어 구경 나온 규수(閨秀)들도 제법 많이 눈에 띄었다.

그 속에 두 눈을 휘둥그레 뜬 채 연신 두리번거리고 있는 한 청년이 있었다.

"저, 정말로 많구나!"

그는 대략 이십대 초반 정도로 보였는데, 약간 멍청해 보이는 눈빛에 머리는 대충 뒤로 쓸어 넘겨 노끈으로 묶었고, 깨끗하지만 여기저기 꿰맨 흔적이 역력한 백의(白衣)를 입고 있었다. 그리고 오른쪽 어깨에 반질거리는 목검(木劍)을 걸쳐 놓고 연신 고개를 두리번거리며 감탄사를 터뜨렸다.

지나쳐 가는 주위의 사람들은 그런 그를 보고 야릇한 웃음을 지었다. 이곳 역시 지금은 사람들로 붐빈다고는 하지만 결국 산골의 조그만 소읍에 불과할 뿐이었는데 마치 커다란 도성에나 온 듯한 그의 행동 때문이었다.

청년은 그런 사람들의 태도를 보고 어색한 웃음을 짓다가 곧 표정을 진지하게 바꿨다.

"흠흠, 겨우 이 정도에 놀라서는 안 되지! 장차 천하제일검(天下第一劍)이 되어 검 한 자루 비껴 메고 강호(江湖)의 협의(俠義)를 되살리고자 하는 나 소운이 아니더냐! 사부님께서 항상 깨우쳐 주셨다시피 의기(義氣)를 드높이 세우고 여색(女色)을 멀리하며……."

소운은 주먹을 불끈 쥐고 진지하게 혼잣말을 해 나가다 다음 말을 잇지 못하고 가자미눈이 되었다. 짓궂은 봄바람이 구경 나온 봄 처녀의 치맛자락을 살짝 들추었고, 그 모습을 힐끔거리느라 정신이 팔렸기 때문이다.

"…하여간 뭇 강호의 영웅들이 추앙하고 천추만대(千秋萬代) 그 협명을 드날릴 그런 대협이 되어야……."

"잠시 비켜주쇼."

"아, 옙."

소운이 한 발짝 옆으로 물러서자 허름한 수레를 모는 한 농부가 지나갔다. 그는 힐끗 소운을 뒤돌아보고는 혀를 차면서 조금 불쌍하다는 표정을 지었다.

'……!'

소운은 애써 농부의 표정을 못 본 체했다. 하지만 불끈 쥐어진 주먹이 썰렁하게 느껴지자 슬며시 내렸다.

한 주루 옆 담벼락 앞에서 따뜻한 햇볕을 쬐며 무료하게 쪼그리고 앉아 서로 음담패설(淫談悖說)을 주고받던 세 명의 건달이 이 모습을 보았다.

그들은 서로 눈짓을 주고받더니 키득거리며 서서히 몸을 일으켰다.

그리고 어슬렁거리며 소운에게로 다가왔다.

"이봐? 넌 어디서 굴러먹다 온 녀석이냐?"

먼저 덩치 큰 녀석이 인상을 험악하게 굴리며 한마디 툭 내뱉었다.

"흐흐, 장팔(張八), 그런 소릴 하면 큰일나지. 혹시나 절세무공을 가진 천하의 대협(大俠)일지도 모르는데 말이야."

키는 조그맣지만 인상은 제일 더러운 가운데 녀석이 재미있다는 듯 키득거리며 비웃었다.

"그렇지! 어쩌면 지금도 절세의 무공을 익힌 녀석일지도 모르지. 그러니 자라니 호로자식이니 욕했다가 낭패 보면 어쩌려구 그래? 자칫 잘못했다가는 끽!"

　마지막으로 키만 크고 눈꼬리가 처져 허맹해 보이는 녀석이 눈동자를 하얗게 뒤집으며 손날로 자신의 목을 쳐 보이는 시늉을 했다.

　소운은 그들이 과연 자신에게 한 말인지 어떤지 확신을 못해 그냥 멍하니 바라만 보고 있었다. 이에 장팔이라고 불린 덩치 큰 녀석이 큰 소리로 꽥 소리쳤다.

　"제기랄, 이 녀석은 우리 같은 조무래기한테는 말도 하기 싫다는구먼! 이건 그야말로 우리 안탕삼웅(雁蕩三雄)을 안탕삼견(雁蕩三犬)으로 보는 처사가 아닌가 말이야!"

　터져 나오는 큰 소리.

　지나다니던 주위의 사람들은 그들의 흉악한 기색에 찔끔하여 슬그머니 옆으로 피했다. 그러자 곧 원형의 공터가 생겼고, 그 속에서 소운은 당황한 표정으로 주위를 두리번거렸다.

　"혹시… 저한테 하신 말씀입니까?"

　세 건달은 기도 안 찬다는 표정이 되어 가소롭다는 듯 웃었다. 그중 키가 크고 허맹하게 생긴 녀석이 비꼬듯 말했다.

　"흥, 완전 산골짜기서 처음 나온 놈 같군."

　"어, 어떻게 아셨습니까? 표, 표시가 납니까?"

　소운이 당황하여 자신의 옷 차림새를 이리저리 훑어보자 세 건달은 뜨악해졌다.

　"제기랄, 더 이상 상대하다간 우리까지 비슷한 놈으로 보이겠다. 젠장! 이봐, 가진 은자나 다 내놔봐. 안 그러면… 흐흐."

　덩치 큰 대한의 말에 소운은 왜 은자를 내놓아야 하는지에 대해 물으려 했다. 그때, 갑자기 꽤액! 하는 돼지 멱따는 비명 소리가 들렸다. 그리고 갑자기 주위가 소란해지며 귀를 찢는 듯한 여인의 비명 소리들이 날카롭게 울려 퍼졌다.

"사, 살인(殺人)이다! 사람이 죽었다!"

그런 말들과 함께 사람들이 우르르 메뚜기 튀듯 흩어져 도망쳤다. 소운도 얼떨결에 같이 도망치려다 호기심에 뒤를 돌아보았다.

삼십대 초반으로 보이는 한 대한이 땅에 얼굴을 처박고 꼼짝도 않고 시체처럼 쓰러져 있었다. 그러나 한 흑의여인(黑衣女人)이 그에게 뚜벅뚜벅 걸어가 가운데 사타구니를 향해 힘껏 차버리자 조금 전 들려왔던 것보다 더 처참한, 그리고 귀를 괴롭히는 괴상한 비명 소리가 울려 퍼졌고, 동시에 대한의 몸은 생선이 파닥거리듯 양 손을 사타구니로 모아 온몸을 웅크린 채로 땅 위를 데굴데굴 굴렀다.

흑의여인은 단아한 이목구비에 흰 살결 등으로 상당한 미모를 가졌지만 머리는 대충 뒤로 묶고 허름한 흑의 경장(輕裝)을 하고 있어 뒤에서 보면 언뜻 남자처럼도 보였다. 그녀는 무심한 표정과 눈길로 연신 비명을 지르며 땅을 구르다 이제는 게거품을 물고 있는 대한을 바라보며 말했다.

"이건 선금(先金), 다음은 목. 만약 네가 나를 이길 실력이 된다면 공짜. 어때? 싼 편인가?"

그녀가 등 뒤의 검을 뽑아 목을 겨누며 무심한 어조로 그렇게 말하자 대한은 아랫도리로부터 밀려오는 통증과 그로 인한 게거품 때문에 말은 못하고 두려운 기색으로 맹렬히 고개만 흔들었다.

그 모습을 지켜보던 안탕삼웅은 표정이 구겨졌다. 그리고 서로 눈짓을 주고받더니 소운에게는 관심을 끄고 그녀 앞으로 어슬렁거리며 다가갔다. 소운도 얼떨결에 뒤를 따랐다.

먼저 덩치 큰 녀석이 흑의여인에게 한마디 툭 내뱉었다.

"이봐, 계집. 제법 한 수가 있는 모양인데 괜히 여기서 까불다가는 쥐도 새도 모르게… 헉!"

덩치 큰 녀석은 흰 검광(劍光)이 아른거린다 싶은 순간, 순식간에 검봉(劍鋒)이 자신의 목으로 겨누어져 있자 더 이상 말을 못하고 놀라 다급히 숨을 들이켰다.

"쥐도 새도 모르게? 그 다음 말은?"

예의 무심한 어조로 그렇게 되물으며 검봉으로 살짝 찌르자 가느다란 핏줄기가 덩치 큰 녀석의 목에서 흘러내렸다.

덩치 큰 녀석이 식은땀이 배어 나오는 주먹을 쥐었다 폈다 하며 무슨 말을 해야 될지 몰라 머뭇거리고 있자, 흑의여인은 싸늘한 코웃음과 함께 검봉을 약간 더 찔러 넣었다.

"겁탈하고 죽여 버리겠다는 건가?"

"헉! 그, 그런 뜻이 아니고……."

덩치 큰 녀석이 당혹한 음성을 내뱉으며 뒷걸음질쳤다. 순간 기선을 제압당해 멍하니 보고 있던 다른 두 명 중, 키 큰 녀석이 정신을 차리고 벼락같이 흑의여인의 옆구리를 향해 발끝을 차 넣었다.

그러나 흑의여인의 손목이 환상처럼 교묘히 한 바퀴 돌았다 싶은 순간, '으윽!' 하는 비명과 함께 키 큰 녀석은 발을 움켜쥐고 껑충껑충 뛰며 뒤로 물러섰다. 그의 발바닥은 검봉에 찔려 피가 흥건히 배어 나오고 있었다.

다시 검봉은 움직이지도 않은 듯 덩치 큰 대한의 목을 여전히 겨누고 있었다.

"이자가 늘었군. 어떻게 셈할……."

흑의여인이 미처 말을 끝내기도 전에 뿌연 가루들이 허공을 뒤덮었다. 키가 제일 작고 인상 험악하던 녀석이 불리하다고 판단되자 품속에서 석회 가루를 꺼내 뿌려 버린 것이다.

흑의여인은 황급히 두 눈을 감고 검을 휘둘러 접근하지 못하게 하며 일 장 뒤로 미끄러지듯 물러섰다. 그러나 이미 석회 가루가 예민한 망막으로 이미 들어가 버린 듯 따가워 눈을 뜰 수가 없었다.

곧이어 자신을 향해 무언가 날아오는 파공성(破空聲)이 들리자, 그녀는 다급히 검을 휘둘러 쳐내었다. 그러나 무언가 부드러운 것이 싹둑 잘려지는 느낌과 함께 역겨운 냄새가 풍기자 순간적으로 독(毒)인가 싶어 다시 일 장 뒤로 물러섰다.

"내 발 고린내 맛이 어떠냐? 이 여자 같지도 않는 계집아!"

키 큰 녀석이 찔린 발바닥을 살펴보느라 벗긴 짚신을 물러나는 흑의여인에게 던지고 나서 그렇게 소리쳤다.

흑의여인은 그 말에 곧 어떤 상황인지 감을 잡았고, 무표정하던 얼굴에 점차 싸늘한 살기(殺氣)가 감돌기 시작했다.

석회 가루를 던졌던 키 작은 녀석이 말하지 말라는 뜻으로 키 큰 녀석의 소맷자락을 붙들며 손가락을 입에 대었다. 그리고 눈이 안 보이니 몰래 삼면에서 협공(挾攻)하자는 눈짓과 턱짓을 했다.

그때, 이미 키 큰 녀석의 음성을 통해 위치를 파악한 흑의여인의 검봉에서는 시퍼런 검기(劍氣)가 맺혀 있었고, 바로 다섯 개의 검화(劍花)를 만들어내며 빠른 빛무리처럼 찔러 들어오고 있었다.

"거, 검기?"

안탕삼웅은 그 모습에 움직일 생각도 못하고 두려움으로 안색이 창백해졌다. 그제야 그녀가 자신들이 상대할 수 없는 강호의 고수임을 깨달은 것이다.

키 큰 녀석은 마치 맹금류(猛禽類) 앞에 얼어붙은 노루마냥 꼼짝 못하고 시퍼런 검기와 함께 자신을 찔러 들어오는 검화를 보고만 있었다.

그때 뒤에서 멍하니 보고 있던 소운이 태연스레 목검을 검화 속으로 집어넣었다. 마치 화덕의 불씨를 쑤시듯 한가하고 느린 동작이었지만 기이하게도 시기 적절하게 검봉이 가늘게 떨리며 그려내는 검화의 변초(變招) 사이로 들어갔다. 그리고 자연스레 검신(劍身)을 타고 손목을 찌르게 되었다.

흑의여인은 이미 검을 통해 기이한 감각을 느끼고 짤막한 기합성을 토해내며 신형을 급히 회전시켜 횡(橫)으로 물러났다. 그리고 귀를 종긋거리며 주위의 기척을 살폈다.

소운의 목검은 이미 거두어져 있었는데, 워낙 순간적으로 일어난 일이라 안탕삼웅 등은 이를 알지 못했다. 다만 그토록 무섭게 다가오던 흑의여인의 검화가 사라지자 안도하며 슬금슬금 눈치를 보곤 뒷걸음질 쳤다.

그리고 땅에 게거품을 물고 있던 대한이 소리 날까 조심하며 이미 기어서 도망치고 있는 모습을 보고 인상을 구겼다. 자신들은 그의 안면을 보고 의리(義理)를 지키려 했는데, 먼저 꽁무니를 뺀다고 생각했기 때문이었다.

흑의여인은 발자국 소리로 그들의 기척을 알아차리고 다시 뒤를 쫓으려 했다. 그때 소운이 그녀에게 말을 걸었다.

"아, 저……."

그녀는 기척도 없다가 갑자기 들려오는 소리에 놀라 이 장여를 얼음에 미끄러지듯 뒤로 쭉 물러섰다.

그렇게 되자, 소운은 홀로 공터에 남겨진 것 같은 상황이 되어버려 어색하고 당황한 웃음만 지었다. 중인들은 멀찌감치에서 구경하고 있었고, 안탕삼웅은 기어 도망치는 대한을 붙잡아 머리를 쥐어박고 욕설을 퍼부으며 달아나고 있었다.

흑의여인은 이미 그들에게 신경을 끄고 자신의 일 검을 교묘히 막고 기척도 없이 말을 걸어왔던 존재를 알아차리기 위해 전력을 다하고 있었다. 그러나 마치 유령처럼 전혀 느껴지지 않자 미간을 약간 찌푸리며 말했다.

"어떤 선배 고인(先輩高人)이신지요? 미처 이 어린 후배가 몰라뵙고 예의를 다하지 못했음을 용서하시길."

선배 고인으로서 체면을 돌보지 않고 어린 후배를 괴롭혔음을 은근히 비꼬는 말이었다.

소운은 그녀가 왜 갑자기 뒤로 물러났는지 몰랐다.

이 장 거리에 있는 그녀는 현재 눈을 뜨지 못해 약간 엉뚱한 곳을 보고 말했다. 소운은 그녀가 누구에게 하는 말인가 싶어 두리번거렸다. 하지만 주위에는 아무도 없었다.

흑의여인은 그사이 눈 주위의 청명혈(淸明穴) 등을 취해 눈물샘을 자극했다. 그리고 한 손에 진기를 끌어올려 손바닥으로 두 눈을 비비며 눈물에 녹아 덩어리진 석회를 털어내었다.

'그나저나 누가 나쁜 악당이었을까?'

일단 저 흑의여인이 사람을 죽이려 했으니 의심이 더 갔지만, 강호에는 알지 못하는 은원 관계로 서로 죽이고 싸우는 일이 비일비재(非一非再)하다는 사부님의 말씀이 생각나 판단하기 어려웠다.

드디어 눈을 뜬 흑의여인은 재빠르게 주위를 훑어보았다. 그러나 보이는 것은 멍청한 표정으로 자신을 바라보고 있는 한 청년뿐.

"이봐. 여기 다른 사람 없었나?"

흑의여인은 소운에게 다가가 물었다.

"어떤 사람 말입니까?"

멍청한 모습으로 주위를 돌아보며 되묻는 소운의 말에 흑의여인은 미간을 찌푸리며 좀 더 자세히 물어보려 했다.

그때, 달아났던 안탕삼웅 등이 우르르 자신의 패거리들을 몰고 오는 모습이 보았다. 대략 이십여 명 정도였다.

그 가운데 상의를 벗어 젖히고, 구릿빛 근육에 울퉁불퉁한 근육질을 드러내는 덩치 큰 대한도 있었다. 마치 청동으로 만든 거인 같았다.

흑의여인은 그를 보고 약간 미간을 찌푸렸다.

'청면호(靑面虎)? 귀찮아질지 모르겠군.'

그녀는 그들이 두려운 것은 아니지만, 또 어떤 비열한 암수를 숨기고 있을지 모른다고 생각했다.

"잠시 네게 물어볼 말이 있다."

그렇게 말하고는 갑자기 소운의 아혈과 마혈을 제압해 왔다. 설마 하니 갑자기 그녀가 손을 쓸 줄은 몰랐는지라 소운은 너무나 어처구니없이 쉽게 제압당하고 말았다.

흑의여인은 중인들의 눈은 아랑곳 않고 소운을 허리춤에 꿰어차더니 몰려오는 그들의 반대 방향으로 신형을 날렸다.

그녀는 한 사람을 든 상태에서도 한 번에 이 장여씩 가볍게 미끄러져 갔다. 마치 바람에 구름 흘러가듯 유유자적하기 이를 데 없었다.

곧 그 자리에 도착한 청면호는 흑의여인의 경공술을 보고 놀란 기색으로 소리쳤다.

“유운신법(流雲身法)?”

그리고는 눈길을 돌려 아직까지 사타구니를 움켜잡고 있는 대한을 향해 혀를 찼다.

“쯔쯧, 무심선자(無心仙子)에게 하룻밤 은자가 얼마냐고 물었다고? 눈이 삔 거냐, 아니면 용기가 대단한 거냐?”

무심선자라는 말에 다른 패거리들은 움찔하며 놀랐다. 그리고 안탕삼웅 중 키 큰 녀석이 화난 표정으로 대한을 손가락질하며 말했다.

“분명 낮술에 취했을 겁니다. 그러니 좀 헷갈리기는 해도 여자가 분명한데 수작을 걸었겠지요.”

그 말에 청면호는 조금 어리둥절한 표정이더니, 다른 이가 귓속말로 전해주는 이야기를 듣고 푸른 얼굴이 시뻘겋게 변하도록 웃고 말았다.

第二章

무심선자 서하연

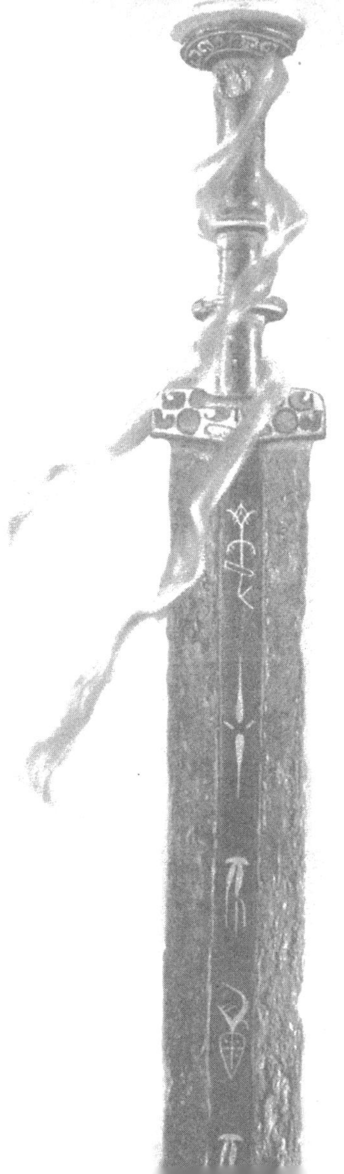

녹음이 드리워진 개울가. 개울물은 갓 얼음이 녹은 듯 시릴 듯 차가웠다.

무심선자 서하연은 개울가에 쪼그리고 앉아 바닥의 자갈밭이 그대로 보일 정도로 맑은 개울물에 눈을 씻었다. 응급 처치는 했다지만 아직도 따갑고 눈뜨기가 수월치 않았기 때문이다.

내친김에 얼굴을 씻고 머리 뒤의 노끈을 풀어 오랜 여행으로 인해 먼지투성이가 되어버린 머리까지 감았다.

물기 젖은 머리를 양 손가락으로 쓸어 올리다 문득 흘러가는 개울물에 이지러진 채 비친 자신의 모습을 보았다. 머리를 풀어헤쳐 왠지 여성스러워 보이는 모습이 낯설어 보인다고 생각했다.

마치 타인처럼 느껴지는 자신의 모습을 망연히 바라보다 개울물에 언뜻 낯선 그림자가 비치는 듯하자 급히 정신을 차렸다.

황급히 고개를 돌려보니 이름 모를 새 한 마리가 한가롭게 날아가고 있었다.

피식—!

서하연은 자신이 과잉 반응을 했음을 깨닫고 쓴웃음을 지었다.

"서하연! 무인으로서 그렇게 멍하니 있다간 살아남지 못해. 게다가……."

스스로에게 들려주는 혼잣말을 중얼거리며 세차게 머리를 흔들었다.

머리카락을 벗어난 물방울들이 햇살에 아름답게 반짝거렸다.

서하연은 예의 무표정한 얼굴로 돌아왔다.

다시 노끈으로 머리를 뒤로 묶으려다 내팽개쳐 버렸다. 그리고 심호흡과 함께 검의 손잡이를 꽉 쥐며 벌떡 일어나 소운이 멀뚱히 서 있는 곳으로 뚜벅 걸어왔다.

소운은 그녀의 생머리가 살랑거리는 봄바람에 흩날리는 모습을 멍하니 넋을 잃고 쳐다보았다. 그러나 곧 정신을 차리고 생각했다.

'강호에서는 항상 조심을 해야 한다는 사부님 말씀이 옳았구나. 하산하자마자 이런 암수를 당하다니. 앞으로는 좀 더 조심해야지!'

그리고 여태껏 멍하니 그녀의 모습을 보느라 미처 제압당한 혈조차 풀지 않고 있었다는 것을 깨달았다. 곧 진기(眞氣)를 조절하여 사문의 해혈(解穴) 수법으로 제압당한 혈을 풀어나갔다.

그녀는 소운에게 다가와 아혈을 풀어주며 물었다.

"네가 그때 있었으니 보았을 것이다. 어떻게 생겼었지? 나의 공격을 막고 말을 걸었던 사람 말이다."

소운은 잠시 해혈하는 것을 멈추고 있는 그대로 솔직하게 대답했다.

대장부는 언제라도 솔직해야 된다고 생각한 것이다.

"제가 그랬습니다."

소운의 말에 서하연은 미간을 찌푸리며 물었다.

"허튼소리 말고 있는 그대로만 말해. 혹시……."

말 끝에 약간의 떨림이 묻어 나왔다. 그녀는 곧 고소를 지으며 고개를 저었다.

"그럴 리는 없겠지. 그들이 설마 이곳에 올 까닭이 없지."

소운은 무슨 의미인지 몰라 멍청히 있었다.

서하연은 소운에게 물었다.

"정말로 네가 그랬다는 말이냐?"

소운은 고개를 끄덕였다.

그녀는 소운의 앞에 서서 뭔가 수상한 점을 찾으려는 듯 싸늘하게 훑어보았다. 그러다 갑자기 소운의 상의의 옷자락을 양손으로 잡아 풀어 젖혔다.

"헉!"

소운은 깜짝 놀랐다.

서하연은 소운의 반응에 아랑곳하지 않고 진지한 표정으로 얼굴을 가까이 한 채 소운의 가슴 사이를 살펴보고 있었다.

제법 발달한 가슴 근육으로 굴곡져 있는 그곳은 기이한 흉터 자국이 희미하게 있었다.

마치 뇌전이 하늘에서 떨어지는 모습을 형상한 것 같기도 하고, 어찌 보면 나무뿌리가 하늘을 향하여 거꾸로 뿌리를 내리고 있는 것 같기도 한 모습이었다.

서하연은 손가락으로 흉터를 세심하게 만져 보며 뭔가 풀리지 않는 의문에 잔뜩 미간을 찌푸리고 있었다.

'그들 삼신교(三神敎)의 일당들은 한결같이 가슴 부위에 뇌정(雷霆) 문양을 문신한다. 수뇌부일수록 뇌전의 수는 많아져 가고… 그런데 이놈은 문신이 아니라 흉터 자국임이 분명한 것 같다. 게다가 이렇게 많은 뇌전이 새겨져 있는 놈은 아직 들어보지 못했으니…….'

낯선 남자의 가슴을 유심히 살펴보고 만져 보면서도 그녀의 시선은 마치 바위를 바라보듯 무심하기 그지없었다.

반대로 소운은 그녀가 얼굴을 가까이 하여 자신의 가슴을 만지작거리고 있으니, 무슨 짓을 당할지도 모른다는 막연한 불안감 속에서 묘한 충동과 쑥스러움 등으로 가슴이 두근거리고 얼굴이 확확 달아오르고 있었다.

'호, 혹시! 사부님 말씀이 강호에는 남자의 정혈(精血)을 빨아 먹는 여마두들도 득실거린다고 하던데… 설마!'

서하연의 손가락이 뇌정 문양의 흉터 자국을 따라 점점 아래로 내려가자 소운의 불안감은 더해져 갔다.

'이럴 수가! 강호에 나서자마자 이런 꼴을 당하다니! 아! 사부님께 면목이 없구나.'

소운은 내심 탄식하며 빨리 봉해진 혈을 풀려고 했다. 그러나 육체는 정직한 것. 곧 그녀의 숨 바람과 손놀림이 도저히 간지러워 견딜 수 없어 킥킥거리며 웃고 말았다.

"뭐야?"

서하연이 고개를 들어 자신의 얼굴을 쳐다보자 소운은 황급히 억지로 웃음을 참았다. 그 모습이 우스꽝스러웠다.

서하연은 그 모습을 보고는 고개를 저으며 실소했다.

"쳇, 이따위 멍청한 놈이 삼신교와 관련있을 리 없잖아. 안탕산에 들어온 지도 벌써 일주일이나 지났는데도 아직 곡 사숙을 찾지 못해 내가 좀 과민해진 모양이야."

그녀의 음성은 부드러웠지만, 어투만 가지고서는 도저히 남자와 구별할 수 없었다.

그런 묘한 부조화는 소운으로 하여금 더욱 불안감을 느끼게 만들었다.

'설마… 강호에는 남녀를 구분할 수 없는 괴물도 있다 하던데… 그런 종류일까?'

그녀의 손길은 아직도 자신의 하체 근처에 있었다. 소운은 내심 차라리 죽음은 두렵지 않으나 그런 괴물에게 당한다는 것은 참으로 견디지 못할 일이라 생각했다. 하지만 이럴 때일수록 협객다운 당당함을 보여야 되지 않겠는가.

소운은 낯빛을 굳히며 떨리는 목소리로 말했다.

"그대는 잠시 내 말을 들어보시오! 무릇 세상의 음양(陰陽)에는 나름의 이치가 있으며 순리대로 흘러가는 법이라오. 그러니 이와 같이… 이와 같이 강제로 음욕(淫慾)을 채우려 하는 것은 참으로 천리(天理)에 어긋나는 일이며……."

서하연은 뭔 소리를 하나 듣다가 곧 깨닫고는 어처구니없어했다.

"내가 이걸 잘라 버릴까 봐 무척 두려워하는 모양이군 그래?"

그녀는 일어서서 손바닥으로 툭 소운의 하체를 치며 그렇게 놀렸다.

물론 소운은 확실한 위협으로 받아들였고, 그 증거로 얼굴이 사색이 되어버렸다.

  '이 멍청한 녀석 때문에 괜한 시간만 빼앗긴 셈이구나. 그런데 나에게 손을 쓴 자는 누구였을까?'

  서하연은 쓴웃음을 지으며 소운의 마혈을 풀어주려다 미처 그의 정체를 묻지 않았다는 것을 깨달았다.

  "내 물음에 한 가지만 정확히 말해 주면 널 풀어주지. 안 그러면… 알지? 호호호."

  소운의 순진한 모습에 내심 장난기가 동했는지, 서하연은 짐짓 요사스러운 요부(妖婦) 흉내를 해 보였다.

  한 손으로 머리카락을 뒤로 쓸어 넘기고 눈웃음을 치며 묘한 미소를 짓는다. 그리고 나머지 한 손은 허리에 걸쳐 놓는다.

  "……."

  잠시 정적이 흘렀다.

  그동안 소운은 넋이 나간 표정으로 그녀의 어정쩡한 모습을 바라보고 있었다. 그녀의 모습에 두려움을 느끼는 것이 아니라 왠지 가슴이 설레였다.

  한줄기 바람이 나뭇가지를 흔들며 지나가고 그제야 서하연은 자신이 무슨 짓을 했는지 깨달았다.

  "아!"

  서하연은 뭔가 변명이라도 하려고 어색하게 입을 열다 그만두었다. 대신 발끝으로 돌멩이 하나를 툭 얼굴 높이까지 차올렸다.

  그녀가 가볍게 일장을 쳐내자 돌멩이는 푸석 돌 가루를 흩날리며 허공에서 수십 조각으로 쪼개졌다.

  "봤지? 이렇게 되기 싫으면 사실대로 이야기해!"

  서하연은 역시 이런 게 자신의 방식이라며 싸늘한 미소를 지으며 위협했다.

“뭐, 뭐를?”

소운은 아직도 조금 전 가슴이 설레었던 것이 남아 있어 목소리가 떨려 나왔다.

“……!”

서하연은 그제야 자신이 진작 질문조차 던지지 않았다는 것을 깨달았다.

“네 정체가 뭐지? 조금 전 그놈들과 한 패거리인가?”

서하연은 스스로 느끼는 어색함을 무마시키기 위해 아미를 치켜세우며 잔뜩 화난 표정으로 소리쳤다. 소운은 그녀와 시비 붙은 자들과 한패거리냐는 말에 당연히 고개를 절레절레 저었다.

그녀는 소운의 모습을 보고 산골에서 나뭇짐을 하는 나무꾼 정도가 아닐까 생각했지만 문득 의심이 들었다.

서하연은 와락 소운의 멱살을 움켜잡았다. 그리고 소운을 자신의 코 앞까지 끌어당기며 싸늘하게 코웃음을 치며 물었다.

“거짓말하지 마. 그렇다면 왜 그들과 같이 몰려 있었던 거지? 응?”

이때 소운은 드디어 제압당한 마혈을 풀 수 있었다. 본래 소운은 금방 해혈할 수 있었으나 그녀의 모습에 넋이 나가 있었고, 또한 그녀의 말에 꼬박꼬박 대꾸를 해주느라 정신이 분산되고 진기가 흐트러졌기에 늦어진 것이다.

소운은 가까이 다가온 그녀의 얼굴을 보며 뭐라고 한마디 꾸짖어주려다 말고 멍해져 버렸다.

어디선가 은은히 풍겨오는 듯한 맑은 난초향(蘭草香).

흑요석(黑曜石)처럼 맑게 반짝이면서도 심유(深幽)해 보이는 그녀의 두 눈동자.

가슴이 마구 두근거리며 정신이 몽롱해졌다. 전신에 힘이 빠지고 두 다리가 풀렸다.

'혹시, 미혼술(迷魂術)?'

묘한 기분 속에 빨리 벗어나지 않으면 큰일이다라는 절박한 생각이 들었다.

그리고 생각과 행동은 함께였다.

돌연 소운의 신형은 흐릿해지는 것 같더니 갑자기 공기 중에 연기가 흩어져 버리듯 펑 하고 사라져 버렸다. 너무 빨리 움직였기에 일어난 착시(錯視)였다.

소운은 어느새 오 장 뒤로 물러서 있었다.

서하연은 말을 끝내지도 못하고 이제는 허공만 움켜쥐고 있는 손을 바라보며 멍하니 있었다.

"뭐, 뭐지?"

그러다 오 장 밖의 소운을 발견하고는 어리둥절했다.

"설마… 이형환위(移形換位)?"

그러나 산골뜨기 촌놈처럼 멍청해 보이는 소운의 모습에 그녀는 피식 웃으며 스스로의 말을 부정했다.

"사술(邪術)… 인가?"

곧 의문이 떠올랐다.

'그런데 어떻게 마혈을 풀었지? 설마 하니 내가 제압한 혈을 스스로 풀 수 있을 정도란 말인가? 나를 속인 것?'

그녀의 얼굴에 싸늘한 살기가 감돌기 시작했다.

그때 소운은 채 사물을 인식하기도 전부터 익혀왔던 천원일기공(天

元一氣功)을 끌어올려 순식간에 임독양맥(任督兩脈)의 십이중루(十二重樓)를 일주천(一周天)시키며 심기(心氣)를 안정시키고 있었다.

"휴, 이제 괜찮아진 것 같구나."

소운은 신체에 아무 이상도 없자 안도의 한숨을 내쉬었다. 그리고는 아무래도 이상하다는 듯 고개를 갸웃거렸다.

"그런데 내가 왜 미혼술을 펼친 것을 미리 눈치채지 못했을까?"

서하연은 소운에게 다가와 검을 겨누며 싸늘한 어조로 물었다.

"너의 정체는 뭐지?"

그러나 소운은 그녀의 말에 아랑곳 않고 품속에서 하나의 조그만 책자를 꺼내어 신중하게 뒤져 보았다.

'상대방이 전혀 눈치 못 채는 미혼공(迷魂功)이 있다는 걸 본 적이 있는 것 같은데……'

서하연은 소운이 계속 자신을 무시하며 놀리고 있다는 생각이 들자 싸늘한 냉소를 지으며 검봉을 미간까지 끌어 올렸다. 그리고 축이 되는 왼발에 칠 할의 중심을 두고 오른발은 발끝만 땅에 살짝 닿은 허보(虛步) 자세를 취하며 전신의 공력을 돋우었다.

그렇게 그녀의 절기(絶技) 중 하나인 연환십이검(連環十二劍)을 펼칠 준비를 신중히 마쳤다.

"네 사문은 어디냐? 혹시 사술로 이름난 삼재교(三才敎)의 무리인가?"

그녀는 싸늘한 어조로 물었다.

"아, 잠깐만요."

소운은 그렇게 대답하며 뭔가 찾기 위해 진지한 표정으로 열심히 소책자를 뒤적거렸다.

모욕감을 느낀 그녀의 얼굴에 피어오르는 살기가 더욱 짙어졌다.

"흥, 알고 싶으면 직접 손을 써보라는 건가? 좋아."

그녀의 검봉에 시퍼런 검기들이 아롱지며 맺히기 시작했다. 그리고 이어서 그녀의 신형이 쏜살같이 일직선으로 쭉 뻗어나가며 연환십이검을 펼치자, 허공에 열두 개의 청환(靑環)이 만들어졌다.

시퍼런 검기로 이루어진 열두 개의 검의 고리들은 공수(攻守)를 같이 겸하며 소운의 전신 삼십육개(三十六個) 대혈(大穴)을 공격해 갔다.

'적의 수법도 모르고 상대할 수는 없지. 또다시 미혼술에 걸려들면 안 돼.'

소운은 그런 생각을 떠올리며 소리쳤다.

"아, 잠시만 기다려 주시오. 아주 잠시면 되오!"

순간 열두 개의 청환이 소운을 덮쳤다.

회오리치는 검기의 여파로 인해 순식간에 자욱이 흙먼지들이 피어올랐고, 그 주위에 있던 나뭇가지들과 풀잎들은 예리하게 잘려져 나가며 몰아치는 검풍(劍風)에 이리저리 흩날렸다.

서하연은 그가 이토록 어이없이 당할 줄은 몰랐기에 스스로 과했나 싶어 자책하는 마음이 들었다.

하지만 가라앉는 흙먼지 사이로, 여전히 책을 들여다보며 산비탈을 따라 빠르게 달아나는 소운의 모습을 보고는 또 놀림을 당했다는 생각에 알 수 없는 화가 치밀어 올랐다.

'내가 저따위 놈을 잠시나마 걱정했다니.'

그리고 유운신법을 펼쳐 최대한 빠르게 그의 뒤를 쫓았다. 소운은 책에 정신을 쏟느라 전력으로 경공을 발휘하지는 않고 있었다.

그래서 차츰 거리가 좁혀지고 있었다.

그런데 막 하나의 언덕을 넘는 순간 서하연은 소운이 달려가는 방향이 산과 산 사이의 협곡 벼랑인 것을 보았다. 이대로라면 여지없이 벼랑 아래로 떨어지고 말 텐데, 소운은 책을 보느라 정신이 없어 그 사실을 모르는 듯 협곡을 향해 직진하고 있었다.

"저 바보, 뭐 하는 거야?"

알 수 없게도 다급한 마음이 들어 진기를 극성까지 끌어 모아 그를 구하기 위해 붙잡아갔다.

소운은 빠르게 책을 훑어가다 드디어 자신이 원하는 해답을 얻고 기쁨의 탄성을 내질렀다.

"아, 이거구나!"

그때 한쪽 발밑이 허전한 것을 느끼고 아래를 본 순간, 까마득한 낭떠러지임을 깨달았다.

"헉, 왜 이렇게 되었지?"

그 말이 끝나기도 전에 소운은 소매를 크게 휘저으며 아직 벼랑에서 떨어지지 않은 발에 천근추의 공력을 실었다. 하지만 달려가던 기세가 있어 다시 벼랑 안쪽으로 돌아가기 힘듦을 깨닫고 아예 발끝에 힘을 주어 협곡의 반대편으로 신형을 날렸다.

소운의 신형은 대략 십여 장 정도 되는 협곡을 마치 활강하는 독수리처럼 빠르게 날아갔다.

막 소운의 옷자락을 붙잡아 끌어당기려던 서하연은 허공만 움켜쥐고 말았다. 달려가는 기세에다 힘을 빌릴 곳이 없어졌고, 다급한 와중에 진기를 다 소모하고 말았는지라 낭떠러지 끝에서 낭패한 지경에 처했다.

'이런, 속았구나!'

그녀는 이빨을 뿌드득 갈며 마지막 한 오라기 남은 진기를 억지로 끌어 모아 소운처럼 반대편 협곡을 향해 땅을 박찼다. 그러나 삼 장을 조금 넘게 뛰고 나서 그녀의 신형은 아래로 떨어져 내렸다.

서하연은 품속에서 갈고리가 달린 가는 밧줄을 꺼내어 반대편 벼랑에 있던 한 노송을 향해 던졌다. 다행히 밧줄은 노송을 휘감았고, 아래로 떨어지던 서하연은 안도의 한숨을 쉬었다.

그녀가 힐끗 아래를 쳐다보니 구름과 안개뿐, 그 밑바닥이 보이지 않았다. 만약 떨어진다면 시체조차 온전치 못할 것이라는 생각에 눈앞이 어찔해지고 가슴이 떨려왔다.

그녀는 밧줄을 잡고 위로 빠르게 오르기 시작했다.

황급히 협곡의 맞은 벼랑에 무사히 당도한 소운은 미처 안도의 한숨을 내쉬기도 전에 누군가 험악한 인상을 그리며 목젖이 보일 정도로 크게 소리 지르는 모습을 보았다.

"비, 비켜!"

언덕을 막 넘어 피투성이의 백발노인이 달려오고 있었다. 그는 미처 피하지 못함을 알고 공력을 모아 쌍장(雙掌)을 뻗어내었다.

"헉!"

소운은 놀라 헛바람을 들이켰다. 소운은 피하려 했지만 뒤로는 천 길 만 길 낭떠러지, 옆으로 피하기엔 이미 그와의 거리가 너무 가까웠다.

그래서 순간적으로 뻗어오는 그의 쌍장의 힘을 빌려 신형을 위로 솟구쳤다.

허깨비 같은 몸놀림으로 너무 빨리 움직였기에 마치 그의 신형이 순식간에 사라져 버린 것 같았다.

미처 상황을 인식하지 못한 백발노인이 어리둥절해하기도 전에 깨달은 것은 전면이 벼랑 끝이라는 것. 미처 소운의 몸에 가려 알지 못했던 것이다.

"……!"

백발노인은 안색이 급변하며 황급히 뻗어가던 쌍장으로 옆에 있는 노송을 쳤다. 그리고 그 반탄력으로 뒤로 물러섰다.

뿌지직!

노인의 세찬 공력이 담긴 쌍장에 노송은 힘없이 꺾여 버렸다.

"제기랄 놈! 똥물에 튀겨 죽일 놈! 때려죽여도 시원치 않을 놈!"

백발노인은 소운 때문에 자신이 죽을 뻔했다고 생각하며 욕을 퍼부었다. 그리고 허공에서 떨어져 내리고 있는 소운을 향해 공격하려다 힐끗 뒤를 돌아보았다.

언덕 아래 저 멀리 무수히 많은 까만 점들이 점점 커져 가며 빠르게 다가오고 있었다.

"지겨운 놈들!"

그렇게 툭 내뱉고 난 다음, 백발노인은 한껏 짜증난 기색으로 협곡을 따라 동쪽으로 난 조그만 소롯길로 도망치듯 달려갔다.

서하연은 밧줄을 잡고 위로 올라오다 갑자기 손이 허전해졌다.

그리고 부러진 노송이 밧줄과 함께 그녀 위로 덮쳐 오는 것을 보고 깜짝 놀랐다.

절체절명의 순간.

너무 갑작스럽기도 하거니와 이미 마지막 한 오라기의 진기까지 다 써버린 서하연은 절망을 느끼면서도 달리 방도가 없었다. 까마득한 천 길 낭떠러지로 떨어져 죽게 되었구나 직감하며 두 눈을 꼭 감을 뿐이었다.

"안 돼!"

백발노인을 피해 허공으로 몸을 날렸다가 다시 땅에 발을 디딘 소운은 그 모습을 보고 다급하게 부르짖었다. 그리고 망설이지 않고 벼랑 아래로 몸을 던졌다.

칼날 같은 바람 소리를 들으며 흙먼지와 함께 아래로 떨어져 내리는 노송을 넘어 빠르게 그녀에게로 다가갔다. 그리고 한 손으로 오룡교주(烏龍絞住)의 수법으로 그녀의 허리를 휘감으며 재빨리 목검을 꺼내 벽을 향해 찔렀다.

소운의 천원일기공은 마음이 일면 공력이 따라 이는 경지에 있어 순간적으로 찌른 것이었지만 단단한 암석을 두부처럼 깊숙이 파고들었다.

암석에 박힌 목검은 무슨 재질로 되었는지 단단하기 그지없어 두 사람의 무게를 감당치 못하고 휘청거렸지만 부러지지는 않았다.

"휴!"

옆으로 떨어지는 노송을 보며 소운은 안도의 한숨을 쉬었다. 그때 갑자기 서하연의 몸이 휘청 아래로 꺾이며 천 근 바위처럼 무거워졌다. 그녀는 아직도 죽어라 밧줄을 놓지 않고 있었던 것이다.

암석에 박힌 목검이 그 기세에 뽑히며 소운과 서하연의 몸이 다시 벼랑 아래로 떨어져 내리기 시작했다.

소운은 황급히 밧줄을 잘라 버리고 다시 목검을 암석에 박아 넣었다.

"휴, 정말로 죽을 뻔했구나!"

주위에 떠돌며 흘러가는 구름과 안개 때문에 어디까지 내려왔는지 알 수 없었다.

소운은 숨을 깊이 들이마시고는 목검을 힘껏 끌어당겼다. 그의 신형이 위로 솟구칠 때 재빨리 목검을 빼내었고, 다시 떨어져 내리려 할 때 목검을 암석에 박아 넣었다.

이와 같은 방법으로 소운은 서하연을 끌어안고 잠시 뒤, 겨우 벼랑 위로 오를 수 있었다.

막대한 공력과 기운을 소모했기에 소운의 전신은 방금 물속에 들어갔다 나온 듯 땀범벅이었다.

"도대체 뭐가 어떻게 된 거지?"

소운은 소매로 이마 위의 식은땀을 훔치며 어리둥절해했다. 그러다 하체에 몰려오는 통증에 두 눈을 하얗게 뒤집으며 양손을 사타구니로 가져갔다. 입을 딱 벌리고 비명이든 뭐든 소리를 내고 싶었으나 게거품만 토해낼 뿐이었다.

그 와중에 소운의 사타구니를 걷어찬 서하연은 유유히 소운의 품에서 빠져나왔다. 방금 전의 아슬아슬한 상황 때문에 창백했던 그녀의 안색이 어떤 부끄러움으로 인해 발갛게 달아올라 있었다.

"이건 나를 안은 대가!"

고개 돌리며 퉁명스럽게 내뱉는 그녀의 말에 소운은 더듬거리며 쥐어짜듯 말했다.

"우, 움, 으갸갸, 나, 난 네 생명을 구해주었는데……."

"흥, 네가 아니었으면 애당초 위험할 일도 없었지!"

소운은 숨을 가다듬어 진기를 고르게 하여 임독양맥으로 일주천시

키자 견딜 만해졌다.

'젠장! 난 목숨을 걸고 너를 구해줬는데, 겨우 이따위 보답이라는 말인가?'

미묘한 여심을 눈치채지 못한 소운은 화가 치밀어 올라 목검을 서하연에게로 겨누며 호통 쳤다.

"역시 강호의 요녀답구나! 미혼술에 악랄한 독심(毒心)까지! 나 소운이 강호의 협기를 바로잡기 위해 너를 처단하겠노라!"

소운의 그와 같은 말에 자존심에 상처 입은 서하연은 화가 치밀어 올랐다. 등 뒤의 검을 뽑아 소운에게로 겨누며 싸늘하게 외쳤다.

"무슨 허튼소리냐! 너야말로 정체가 뭐지? 나에게 접근한 목적이 뭐야? 조금 사술을 펼칠 줄 안다고 기고만장하지 마!"

"뭐, 뭐가 사술이란 거냐?"

"그럼 뭐가 요녀에 미혼술이라는 거냐?"

"흥, 독심을 가진 것은 인정하는 모양이군."

그 말에 서하연은 기가 찬다는 듯 비웃으며 말했다.

"후후, 바보로군. 내 외호는 무심선자! 독심과 무심이 다르다는 것은 세 살짜리 아기도 알지. 흥, 그리고 내가 미혼술을 펼칠 줄 안다 해도 너 같은 꼬마를 유혹할 일은 없어!"

"…꼬마?"

소운은 울컥하는 마음이 들어 품속의 소책자를 꺼내 땅바닥에 내팽개치며 발로 밟았다.

"뭐가 수정옥녀공(水晶玉女功)이란 거야? 사부님도 노망(老妄)이 나셨지."

책자에는 '수정옥녀공(水晶玉女功). 사문삼대기공(邪門三大奇功) 중의 하나로 미혼공지류(迷魂功之類) 중 최고봉에 속한다. 여타의 것과는 달리 미혼공을 펼치는 것을 눈치채기 어렵다. 다만, 익힌 자는 항상 전신에서 담담한 사향(麝香) 내음을 풍기고 전신이 수정이나 옥과 같이 맑고 투명해져 천하의 절세미녀(絶世美女)가 되니 그것으로 미리 알아채고 방비하라. 일단 걸리고 나면 헤어나기 어려우니 특별히 주의를 요한다' 라고 쓰여져 있었다.

"너……?"

서하연은 소운의 행동이 왠지 비위에 거슬리고 화가 치밀어 올라 아미를 치켜세우며 손가락으로 소운을 가리켰지만 뭐라고 반박해야 될지 몰라 다음 말을 잇지 못했다.

"흥, 이제는 벙어리 흉내!"

소운은 다시 소책자를 주우며 비꼬아주려다 그대로 입을 딱 벌린 채 할 말을 잃었다.

그녀의 뒤로 언덕 아래 무수히 많은 군호들이 병장기를 거머쥐고 혈안(血眼)이 된 채로 빠르게 경공술을 펼치며 올라오고 있었다. 마치 천군만마(千軍萬馬)와도 같은 기세였다.

소운의 이상한 표정에 서하연도 뒤를 돌아보고는 입을 딱 벌린 채 얼이 빠졌다.

앞쪽은 천 길 만 길 낭떠러지, 뒤로는 살기에 찬 군웅들.

그녀는 영문을 몰랐지만 만약 이대로 있다가는 그들에게 무슨 시비를 당할지 모른다고 생각했다.

"일단 피해!"

그렇게 외치며 동쪽으로 난 협곡 사이의 소롯길을 따라 달렸다.

그런데 소운이 멍청하게도 얼이 빠진 모습으로 멍하니 서 있는 모습에 아미를 찌푸렸다.

"이 바보 자식. 뭘 하고 있는 거야?"

그녀는 다시 되돌아와서 소운의 손을 잡고 끌었다. 하지만 곧 손이 허전한 것을 느끼고 고개를 돌려보니 소운은 어느새 자신의 손을 벗어나 멀뚱히 다가오는 군웅들을 구경하고 있었다.

"뭐 하는 거야? 빨리 피하잔 말이야!"

소운은 그녀에게 화가 난 상태라 아무 대답 없이 고개를 저었다.

"흥!"

서하연은 괜히 자존심이 상해 혼자 유운신법을 펼쳐 뒤도 돌아보지 않고 소롯길을 따라 도망쳤다. 길이 가파랐기에 빨리 도망치지는 못하고 조심스럽게 달렸다.

소운은 성난 파도와도 같은 기세로 언덕을 올라오고 있는 군웅들을 구경하는 척하며 힐끔 가자미눈으로 혼자 달아나고 있는 서하연을 훔쳐보았다.

'아무래도 강호의 요녀를 처단해야 하는 것이 아닐까? 그게 협객의 본분인데……!'

소운은 망설이다 그녀의 뒤를 몰래 따랐다.

서하연은 소롯길을 따라 달려가다 뒤를 돌아보니 소운의 모습은 보이지 않았다.

대신 언덕을 올라오던 군웅들이 자신이 있던 곳까지 올라와 있는 모습이 보였다.

"저년은 뭐야?"

"그 늙은 놈과 관련있을지 몰라. 잡아랏!"

"죽일 년 같으니라구! 거기서 꼼짝 마!"

서하연을 발견한 군웅들은 너도나도 한마디씩 하며 소롯길을 따라 쫓아왔다. 개중에는 아직 거리가 미치지 못하는 데도 불구하고 암기를 던지는 자도 있었다.

그녀는 역시 예상대로 쓸데없는 시비에 말려들었다는 것을 깨달았다.

그녀는 그들의 욕설에 화가 치밀어 올랐지만, 몸을 돌려 그들과 한바탕 싸우고 싶은 것을 억지로 참았다. 그리고 그 모든 분노를 소운에게로 향했다.

'모두 다 그놈 때문이야!'

산골뜨기 같던 소운의 모습을 떠올리며 이해할 수 없는 비약과 상상의 논리로 자신이 처한 어려움의 모든 잘못을 소운에게 뒤집어씌웠다.

그녀는 끊임없이 소운을 욕하면서 협곡 길을 따라 계속해서 달아났다.

협곡 길을 따라 난 나무들 사이에 몸을 숨기며 뒤를 따르는 소운은 그녀의 욕에 화가 치밀어 올랐다.

물론 서하연이 무엇이라 욕하는지 알아들을 수는 없었다. 청력이 부족해서는 아니었다. 다만 여성이라는 별종의 생명체가 감정에 휩싸여 뭔가 지껄이는 말을 알아들을 수 있는 남성은 존재하지 않을 뿐이다. 그럼에도 그녀의 욕설이 무엇을 의미하는지 알 수 있을 것 같았다.

'내가 왜 바보 멍청이에 쓸데없이 나서기를 좋아하는 오지랖 넓은 한심한 놈이란 말인가? 정말 어처구니없군!'

그녀의 횡설수설을 그렇게 정확히 해석해 내는 자신의 영민함에 자부심을 느끼며 그렇게 투덜거렸다.

협곡이 끝나갈 무렵 길은 조금 넓어졌다. 서하연은 마침 왼쪽 편에 우거진 덤불 숲을 발견하고 반색했다.

'잘됐다. 저들이 떠날 때까지 저곳에 숨어 있자!'

그렇게 생각하며 재빨리 덤불 숲으로 들어갔다.

제법 수풀이 높이 자랐기에 납작하게 엎드리자 완전히 신형을 감출 수 있었다. 잠시 후에 욕설을 퍼붓는 소리, 병장기가 철렁이는 소리와 함께 군웅들이 도착했다.

누군가 외쳤다.

"제기랄, 두 연놈 모두 안 보인다!"

"어디로 숨었지?"

"성고(聖姑)를 납치한 자다. 절대 놓치면 안 돼!"

"젠장, 일부는 계속 길을 따라 쫓아가고 나머지는 모두 흩어져서 찾아보자!"

와자지껄하게 들려오는 거친 소리에 서하연은 섬뜩해져 슬그머니 엎드린 자세 그대로 뒷걸음질쳤다.

순간, 목 뒷덜미 쪽의 대추혈(大椎穴)과 아문혈(啞門穴)이 찌르르해지면서 온몸이 뻣뻣하게 굳어졌다. 비명 소리조차 나지 않았다. 누군가에 의해 마혈(痲穴)과 아혈(啞穴)이 제압당해 버린 것이다.

'도대체 누가……?'

의문을 떠올리기도 전에 그녀의 몸은 누군가에 의해 조용히 들려졌다. 그리고 허리춤에 꿰인 채로 수풀을 비집고 아래로 내려가기 시작했다.

약간 완만한 구릉을 조금 내려가자 또다시 천 길 만 길 협곡의 벼랑
이 나타났다.

"잘됐군. 이곳에다 던져 버리면 저놈들한테 발각당하지 않겠지."

서하연은 그제야 암습으로 자신을 제압한 자가 누군지 알았다. 조금
전 무시무시한 기세로 달려오던 피투성이의 백발노인이었다.

"제기랄 년! 하필이면 내가 숨은 곳으로 뛰어들다니!"

그리고는 조금의 망설임도 없이 그녀를 벼랑 아래로 던져 버리고 그
자리를 떠났다.

그녀는 순간 아득한 죽음에의 공포가 밀려와 눈을 꼭 감고 말았다.
아혈이 제압당해 있어 비명조차 지르지 못했다.

망막 위로 한평생 있었던 모든 일들이 찰나간 선명하게 떠오르다 사
라져 갔다.

그중에 죽어도 잊지 못할 한 광경이 떠올랐다.

채 사물을 겨우 인식할 무렵의 꼬마였을 때, 휘영청 밝은 보름달 아
래 검은 복면인들이 저승사자처럼 서 있는 모습, 사랑하는 지인(知人)
들의 몸이 일도양단(一刀兩斷)되어 검은 피범벅과 함께 내장을 쏟아내
며 쓰러지는 모습들, 감당할 수 없는 경악과 충격에 아버지의 품에 안
겨 떨다가 왈칵 따뜻한 액체를 뒤집어쓰고는 막연한 공포에 휩싸여 목
이 터져라 비명 같은 울음을 터뜨리고… 종래 정신을 잃어가면서도 더
욱 선명하게 보게 된 한 노인의 음침한, 그러나 하얗게 보이는 웃음.
그리고, 그 후 오랫동안 기억도 나지 않는 악몽을 꾸게 될 적마다 비명
과 함께 식은땀에 흠뻑 젖은 채로 일어났을 때 유일하게 기억나는 노
인의 눈 아래 붉은 사마귀!

‘감히 본 교에 대항한 대가지!’

그의 까마귀가 울부짖는 듯한 음성이 아직도 귓전에 남아 있는 듯했
다.

‘이젠… 끝인가?’

허망하기 짝이 없는 듯하여 눈시울이 붉어졌다. 그토록 복수를 다짐
해 왔던 지난날들이 어찌 보면 가소로웠다.

문득 환청(幻聽)이 들려왔다.

“괜찮소?”

‘…혈을 제압당한 채 절벽 아래로 떨어져 내리는데 괜찮을 리 있겠
어? 꼭 그놈같이 멍청한 질문이군. 그러고 보니 목소리도 닮았어. 홍,
원귀가 되어 널 꼭 한 번은 찾아가 주마.’

“눈 좀 떠봐.”

‘…정말 짜증나는군.’

복수를 마치지 못했다는 회한에 감춰져 있지만, 죽음이란 누구에게
나 두려운 것이다. 그것을 자꾸 자각시켜 주는 음성이 달가울 리 없었
다.

그리고 아무리 생각해도 그 멍청한 녀석의 음성과 비슷한 것 같았
다. 애당초 자신이 이렇게 된 게 그 녀석 때문이라 생각하며 다시 한
번 이빨을 갈았다.

“벌써 죽었나?”

그 말에 도저히 참지 못하고 눈을 번쩍 뜨고 말았다.

눈에 보이는 것은 미간을 찌푸리며 자신을 바라보고 있는 소운의 얼
굴, 그리고 그 뒤로 푸른 하늘 위로 흘러가는 구름들.

그녀가 살아났다는 것을 자각하기도 전에 깨달은 것은 또다시 그의 품에 안겨 있다는 것이었다. 그리고 이번에는 마혈과 아혈이 제압당한 채라는 것도.

소운은 낭떠러지에 외로이 홀로 삐져 나와 있는 소나무 위에서 그녀를 안고 멀뚱히 바라보고 있었다.

한 나무 뒤에 몸을 숨기고 있던 소운은 그녀가 덤불 숲으로 모습을 감춰 버리자 어떡할지 머뭇거렸다. 그러다 흩어져서 그녀를 찾는 군웅들을 보며 생각했다.

'혹시 저들을 꼬셔서 못된 짓을 할지 모르지! 흥, 그렇게 증거를 잡고 나면 아무 말 못하겠지!'

소운은 그렇게 생각하고 그녀가 몸을 숨긴 덤불 숲으로 들어갔다. 그러나 그녀의 기척이 느껴지지 않자 이상하게 생각했다. 만약 그녀가 근처에 있다면 자신의 이목으로 찾지 못할 리가 없기 때문이다.

그때 구릉 아래에서 부스럭거리는 소리가 들렸다. 소운이 막 아래로 내려갔을 때, 백발노인이 막 그녀를 벼랑 아래로 집어 던지고 있었다.

"……!"

소운은 그 자리를 떠나는 백발노인은 안중에도 두지 않고 황급히 벼랑가로 다가갔다.

그녀는 무서운 기세로 구름과 안개를 뚫고 협곡 아래로 떨어져 내리고 있었다.

"젠장! 두 번째로군!"

소운은 정상적인 방법으로는 이미 그녀를 잡기 어렵다는 것을 깨달았다. 그렇게 판단한 소운은 깎아지른 듯한 벼랑을 마치 평지에서 땅을 박차듯 아래로 달렸다.

벼랑을 박찬 힘은 떨어져 내리는 기세에 더해져 점점 더 무섭게 빠른 속도로 소운의 신형을 벼랑 아래로 날아가게 만들었다.

그렇게 해서 가까스로 서하연의 허리를 오룡교주의 수법으로 단단히 낚아챌 수 있었다.

소운은 그렇게 그녀를 안고 칼날 같은 바람 소리를 들으며 벼랑 아래로 무섭게 떨어지고 있었다. 벼랑가에 나뭇가지가 군데군데 뻗어 있는 것이 보였다. 소운은 나뭇가지를 잡으려고 손을 뻗었다. 그러나 떨어져 내리는 기세가 너무나 빨라 몇 자 차이로 잡을 수가 없었다. 너무나 순식간에 다가왔다 사라져 갔기에 미처 대응하기가 힘들었다.

마침 눈에 보이는 덩굴을 잡았으나 떨어져 내리는 기세를 감당 못해 우두둑 썩은 새끼줄처럼 끊어져 다시 아래로 추락해 갔다.

소운은 목검으로 절벽을 찔렀다. 그러나 목검이 암석을 찌르자마자 거친 흙먼지와 함께 뽑히고 말았다.

그때 한 노송이 비스듬히 삐져 나와 있는 것이 보였다.

'이번에는!'

소운은 바짝 정신을 모아 목검을 허리춤에 찔러 넣으며 가까스로 노송의 가지를 하나 잡을 수 있었다. 그러나 이번에도 역시 두 사람의 떨어지는 힘을 감당하지 못해 나뭇가지는 뿌지직 부러지고 말았다.

하지만 위와 같은 일 덕분에 다행히 떨어지는 속도는 훨씬 원만해져 있었다. 그 틈을 타서 소운은 두 발로 절벽을 차서 위로 공중제비를 돌며 그 소나무 위로 올라설 수 있었다.

"역시 살아 있었군. 다행히야."

그녀가 눈을 뜨자 소운은 안도의 한숨을 내쉬며 기뻐했다. 하지만 눈만 말뚱거릴 뿐 아무 말도 않자 걱정이 되었다.

"이봐, 뭐라고 말 좀 해봐! 그리고 여긴 좁으니까 함부로 발로 차지 마!"

소운은 공력을 끌어 모아 갑작스런 그녀의 공격에 대비하며 그렇게 말했다. 그러나 그녀는 눈만 깜빡거릴 뿐 아무런 동정이 없었다.

소운은 고개를 갸웃거리다 주위를 둘러보았다. 위로는 까마득한 절벽이요, 아래로는 밑이 보이지 않는 자욱한 운해(雲海)가 널려 있었다.

그리고 군데군데 아직 얼음이 얼어 있었다.

'휴, 어떻게 이곳을 빠져나간다는 말인가?

내심 걱정을 했지만 내색하지는 않았다.

그리고 서하연이 혹시 상처를 입은 것이 아닐까 생각했다. 소운은 또다시 주위를 돌아보았지만 비좁은 소나무 위라 그녀를 따로 눕혀둘 만한 곳이 없었다. 우선 소나무의 밑둥 쪽에서 절벽에 기대앉아 그녀를 안고 있을 수밖에 없었다.

그 자세로 그녀의 등 뒤 명문혈(命門穴)을 통해 진기를 불어넣어 주었다. 그런데 그녀의 얼굴이 벌겋게 달아오르며 연신 눈을 깜박이고 있자 의아해졌다.

"눈병이 났나?"

서하연의 얼굴이 더욱 붉어지는 가운데, 눈알을 좌우로 황급히 굴렸다.

"혹시… 아니라는 뜻인가?"

그녀의 눈알이 긍정의 뜻으로 상하로 왔다 갔다 하며 눈꺼풀도 같이 움직였다.

"그런데 왜 말을 않고 눈알만 움직이지? 마치 아혈이라도 제압된 것……?"

소운은 그녀가 황급히 계속해서 눈을 깜박이는 것을 보고 '아하!' 감탄사를 터뜨리며 이제야 알았다는 표정이 되었다. 그리고 그녀의 아혈을 풀어주려 하다 잠시 멈칫했다.

'가만, 조금 전에도 생명을 구해주니 내 소중한 부분을 그냥 사정없이 차버렸잖아? 그런데 그 백발노인이 왜 이 소저를… 아니, 요녀를 이런 절벽 아래로 던져 버렸을까? 혹시 나쁜 짓을 하다가 들킨 것일까? 아니면 예전에 어떤 은원(恩怨) 관계가 있어서……?

소운이 이런 저런 엉뚱한 추리에 빠져 있는 동안 서하연은 열불이 치솟아 머리 속이 하얗게 변할 정도였다. 한 남자에게 꼼짝도 못하고 안겨 있다는 처녀 본능의 두려움과 당혹감 속에, 드디어 멍청한 녀석이 사정을 알아채고 아혈을 풀어줄 듯하다가 혼자 생각에 빠져드니 그럴 수밖에 없었다.

소운은 긴 시간 끝에 드디어 그녀에게 물었다.

"만약 혈도를 풀어주면……."

그녀는 머리 속으로 마구 소운을 난도질하고 있다가 그 소리에 솟아오르는 분노를 억지로 참고 무조건 눈을 깜박이고 보았다.

"또 나를 욕하고 공격할 거야?"

'……?'

소운이 신중하게 역시 그렇군 하는 표정으로 고개를 끄덕이는 것을 보고, 뒤늦게 말뜻을 알아차렸을 때는 이미 눈을 깜박이고 난 후였다.

"과연 강호의 요녀는 다른 바가 있구나. 한낱 미물일지라도 자신의 생명을 구해준 은혜는 아는 법인데! 흠, 그러나 안심해라. 장차 천하제일의 대협(大俠)이 될 내가 아무리 강호의 요녀나 마녀일망정 생명을 함부로 하겠느냐. 안전한 곳으로 피신을 한 후에 네 혈도를 풀어주겠다. 이곳에서 서로 싸우다가는……."

소운의 말에 그녀는 결국 치솟는 화를 못 이겨 정신을 잃고 말았다. 소운은 스스로 대협다운 판단이었다며 만족한 미소를 지었다.

'그나저나 이곳을 어떻게 빠져나간담?

소운은 일단 소모된 진기를 보충하기 위해 그녀를 안은 자세 그대로 운기조식(運氣調息)에 들어갔다.

얼마나 지났을까.

소운이 무아지경(無我之境)에서 깨어났을 때 날은 저물어 은은한 황혼이 지고 있었다.

피처럼 붉은 햇살이 어린 운해(雲海)의 모습은 이 세상의 곳이 아닌 듯 장관을 이루고 있었다.

그 모습에 감탄을 금치 못하다 정신을 잃고 자신의 품에 안겨 있는 서하연의 모습을 멍하니 보았다.

그녀의 얼굴에 저무는 황혼이 내려앉아 붉게 물들어 있었고, 긴 속눈썹은 두 눈동자를 살며시 덮고 있었다.

소운은 그 모습에 홀린 듯 얼굴을 가까이 가져갔다.

한번도 경험해 보지 못했던 부드러움과 알 수 없는 충동에 그녀를 안은 손에 힘을 주었다.

그때 그녀의 눈이 번쩍 뜨였다.

"어!"

소운은 마치 나쁜 짓을 하다 들켜 버린 어린아이처럼 화들짝 놀라 그녀를 안은 손에 힘을 풀고 일어서 버렸다. 그녀의 몸이 소나무 아래로 미끄러지며 떨어져 내리자, 다시 황급히 그녀의 다리를 붙잡았다.

그때, 소운이 그녀를 끌어 올리기도 전에 우두둑거리는 소리와 함께 소나무가 아래로 처졌다.

소운이 그녀를 안고 떨어져 내릴 때, 절벽 틈새에서 뿌리내리고 있던 소나무가 충격을 받았고, 이번 소동에 뿌리가 뽑히려 하고 있었던 것이다.

다시 한 번 더 소나무가 아래로 처지자 소운은 황급히 주위를 돌아보았다. 옆에 절벽 사이로 얼기설기 엮여 있는 덩굴이 보여, 생각할 것도 없이 그곳으로 신형을 날렸다. 그와 함께 소나무는 조그만 흙덩이와 함께 운해 아래로 떨어져 내렸다.

신형을 날렸던 소운이 한 손으로는 그녀의 발목을 붙잡고, 다른 한 손으로 덩굴을 잡는 순간, 그들의 체중을 못 이겨 덩굴이 아래로 축 처져 버렸다.

소운은 섬뜩해하며 재빨리 목검을 뽑아 암석으로 박아 넣었다.

곧 둘의 몸은 절벽에 대롱대롱 매달린 형국이 되었다.

소운은 예전에 했던 방법대로 숨을 깊이 들이마시고는 목검을 힘껏 끌어당겼다. 그의 신형이 위로 솟구칠 때 재빨리 목검을 빼내었고, 다시 떨어져 내리려 할 때 목검을 암석에 박아 넣었다.

그렇게 해서 한참 동안 위로 올라가다 힘이 떨어지면 조금 쉬고 다시 올라갔다. 처음에는 한 번에 오를 수 있는 높이가 일 장 정도였으나 차츰 진기가 소모됨에 따라 점차 낮아져 갔다.

도무지 얼마나 높고 깊은 절벽인지 알 수가 없었다.

점점 날은 어두워져 갔다. 소운은 더 이상 꼼짝할 수 없었다. 목검을 쥔 팔은 이제 저리다 못해 마치 무쇠 덩어리가 된 것처럼 감각조차 없었다.

소운은 한숨을 쉬었다.

'내 팔 힘이 떨어지는 순간 두 목숨이 사라지겠군.'

그때 소운은 발 아래 뭔가 힐끗거리는 것을 보았다. 죽기 직전에 보곤 한다는 허깨비의 환영일까? 어쩌면 저승사자가 미리 마중을 나왔는지도 모른다는 생각도 들었다. 다시 정신을 차리고 안력을 집중하여 아래를 살펴보니 절벽에 삐쭉 튀어나온 평평한 곳이 있었다. 소운은 기뻐하며 마지막 힘을 끌어 모아 그곳으로 뛰었다.

허공에 툭 튀어나와 있는 그곳은 무척 좁았으나 곧 그 뒤로 컴컴한 동굴을 발견했다. 소운은 생각할 겨를도 없이 그곳으로 비집고 들어갔다.

동혈은 겨우 쭈그리고 앉을 정도의 크기였지만 일단 소운은 그곳에서 겨우 한숨을 돌릴 수 있었다. 얼마나 많은 심력과 진기를 소모했는지 그녀를 안은 채 바로 동굴 벽에 기대어 잠이 들고 말았다.

얼마나 지났을까?

소운이 눈을 떴을 때 망망대해처럼 펼쳐진 구름 사이로 희미한 달빛이 새어 들어오는 것을 보면 그다지 많은 시간이 지난 것 같지는 않았다.

소운은 잠시 운기조식을 하고 나서 동혈 안을 살펴보았다. 어두컴컴했지만 계속 위로 이어져 뚫려 있는 것 같았다. 바닥이 축축한 것으로 보아 지하수가 흐르는 하나의 수로(水路) 같았다. 현재는 비가 오지 않아 물이 흐르지 않는 것 같았지만.

'아무래도 절벽 위로 올라가기는 힘들 것 같구나. 그렇다면 이곳을 통해 한번 탐사해 보는 것도 좋겠군. 만약 막혀 있다면 다시 나와서 방법을 궁리하자.'

소운은 그렇게 생각하며 서하연을 안고 동혈 안으로 기어들어 갔다.

그때 뭔가 시커먼 것이 순식간에 나타났다 사라졌다.

'뭐지?'

제법 사람 덩치만했다. 어쨌든 살아 있는 생물이 있다면 동혈은 어디론가로 뚫려 있다는 의미였다.

소운은 희망이 엿보였다.

한 치 앞도 보이지 않는 어둠 속.

진흙탕 같은 동혈 속을 한참 동안 손으로 더듬거리며 기어가던 소운은 도저히 이래서는 안 되겠다고 생각했다.

정적 속에서 새근거리며 들려오는 그녀의 숨소리에 운기(運氣)의 행로가 흩어졌다. 마음이 싱숭생숭해지며 묘한 기분이 들었다.

문득 자신이 아직도 서하연의 혈을 풀어주지 않았음을 그제야 깨달았다.

'소나무 위라면 몰라도 이와 같은 동굴 안에서야 혈을 풀어주어도 되겠지?'

그렇게 생각하며 혈을 풀기 위해 그녀의 몸을 더듬었다.

순간 손바닥에 느껴지는 뭉클함.

소운은 직감적으로 그녀의 가슴을 만졌다는 것을 깨닫고 허둥대며 뒤로 물러섰다.

소운은 가슴이 두근거리고 얼굴이 벌게졌다.

황급히 천원일기공을 끌어올려 심기를 안정시키며 공력을 두 눈에 모으자 희미하게 동굴 안의 모습이 보이기 시작했다.

그녀는 깨어났는지 두 눈을 허공으로 두며 두 줄기 눈물을 흘리고 있었다.

절벽에서 있었던 생사를 건 묘기와 같은 소운의 행동은 참으로 아슬아슬하여 그녀는 두려움을 참지 못했다. 게다가 아직도 혈이 제압당한 채 소운에 의해 막연한 어둠 속으로 들어가게 되자 그녀는 공포심을 참지 못하고 눈물을 흘렸다.

게다가 이제는 소운이 자신의 가슴까지 만지니 드디어 올 게 왔구나 하는 심정이었던 것이다.

소운은 그녀가 울고 있는 모습에 왠지 가슴이 아려왔다.

"혹시 수정옥녀공이란 것인가?"

천원일기공을 끌어올려도 왠지 처량하고 가슴 한구석이 아리는 것은 지워지지 않았다.

"설마 벌써 걸려 버렸단 말인가?"

그렇게 생각한 소운은 화가 나서 외쳤다.

"어떻게 그럴 수가 있지? 그래도 난 네 생명을 구해준 은인인데, 그 따위 수정옥녀공을 펼치다니… 흥, 그래 봤자 장차 대협이 될 내가 눈 하나 깜박할 줄 알았더냐. 나는 네가 아무리 사악한 요녀일망정 그래도 최소한의 기본적인 예의는 있다고 생각했는데……!"

소운의 황당한 말에 서하연은 기가 차다 못해 화도 나지 않았다.

다만 억울함에 목이 메이고 눈시울이 뜨거워져 연신 눈물만 흘릴 뿐이었다.

강호상에서 그녀가 언제 이런 꼴을 당해보았을까. 어릴 적 가문의 혈겁을 당한 이후로 뼈를 깎는 듯한 고통과 함께 무공을 익혀왔고, 희로애락의 감정을 표현하지 않아 무심선자라는 외호까지 얻었다.

그러나 이처럼 생명의 위기와 어처구니없고 황당한 경우를 연이어 당하자 그녀의 감정은 참으로 혼란스럽기 그지없어 망연히 눈물만 흘릴 뿐이었다.

소운은 무표정한 그녀의 얼굴에 두 줄기 맑은 액체가 흘러내리자 더 이상 꾸짖지 못했다. 막연히 자신이 잘못하고 있다는 느낌에 마음이 싱숭생숭하여 고개를 돌렸다.

"이, 이봐! 네 혈도를 풀어줄 테니까 말이야, 울지 말라구!"

서하연의 눈물은 그쳐져 있었다. 불길이 강해지면 오히려 파랗게 변해 버리듯 차가운 분노만이 자리하여 보이지 않는 어둠을 망연히 바라보고 있을 뿐이었다.

소운은 머뭇거리다 무형(無形)의 지풍(指風)으로 그녀의 혈도를 풀어주었다.

그녀는 서서히 몸을 일으켜 앉았다. 그리고 번개같이 검을 뽑아 목소리가 들려온 방향으로 찔러갔다. 시퍼런 검기에 동혈 속이 은은히 밝아졌다 싶은 순간, 검(劍)은 소운의 두 손가락에 잡혀져 있었다.

"역시 그랬군."

그녀는 허탈하면서도 무심한 어조로 말했다.

"정말로 강해."

잠시간의 침묵 뒤 여전히 무심한 어조로 말을 이었다.

"어쩔 수 없지. 강호에서는 힘이 곧 율법. 네가 나를 겁탈하든 죽이든 가지고 놀든 모두 나의 무공 실력이 모자라서일 뿐이니까……."

굳이 소운에게랄 것도 없는 혼잣말과 같은 것이었다.

"이봐! 왜 그런 소리를 하지? 마치 내가 사악한 마두(魔頭)라도 된 양 말하지 말라구!"

소운은 검을 놓아주며 그렇게 투덜거렸지만, 대꾸는 없었다. 그녀의 무표정한, 진흙이 잔뜩 묻어버린 얼굴에 다시 두 줄기의 눈물이 흘러내리고 있었다.

소운은 그 모습에 당황해서 더듬거렸다.

"이, 이봐, 또 왜 우는 거지? 혈도도 풀어줬잖아."

서하연은 그 말에 흠칫했다.

"내가… 보인다는 거야?"

설마 하니 그가 이런 칠흑 같은 어둠을 꿰뚫어 보고 있었을 것이라고는 전혀 생각지 못했기에 그녀는 당혹감을 금치 못했다. 유일한 의지처였던 어둠에서 배신당한 기분이기도 했다. 그녀는 황급히 소매로 눈물을 닦으며 돌아앉았다. 그러나 곧 스스로의 약한 모습을 보였다고 생각하자, 내면을 들키고 만 것 같은 막연한 부끄러움과 서러움, 침잠해 있던 분노 등이 치솟아 신경질적으로 돌아앉으며 소리쳤다.

"보이면 보인다고 말해야지, 이 바보 멍청아! 넌……."

잠시 목이 메어 말을 멈추었다. 그리고 소운이 있다고 생각되는 곳으로 재차 검을 날렸다.

소운은 그녀의 검을 쥔 손목을 쉽게 낚아채고는 물었다.

"도대체 왜 그러는 거야? 보이는 게 뭐가 어때서 그러는 거야?"

남녀 간의 심리에 대해 알 리 없는 소운은 무뚝뚝하게 소리쳤다.

서하연은 자신의 손목이 잡혀 버리자 빼내기 위해 마구 요동을 쳤으나 꼼짝도 않자 도저히 자신의 힘으로는 어찌할 수 없다는 사실을 깨달았다.

　억울하기 짝이 없다는 심정에 분노와 서러움이 와락 한꺼번에 몰려와 참고 참았던 울음을 드디어 터뜨리고 말았다. 그녀의 얼굴이 울음으로 일그러졌다. 그녀의 여린 심성을 감추고 있던 무표정이 깨어져 버린 것이다.

　"네가… 네가 뭔데 날 울리는 거야? 뭐가 잘났기에 날 울리는 거야? 왜? 하필 너 같은 녀석을 만나다니, 오늘 지독하게 재수없는 날이 틀림없어! 훌쩍, 정말 미워죽겠어! 말도 안 돼! 왜 너 따위 놈이 나보다 강한 거야? 내가 너보다 강하다면 얼마든지 널 죽일 수 있을 텐데! 흑흑!"

　그녀의 어린아이같이 떼를 쓰는 억지 같은 말에 소운은 뜨악했으나 아무런 반론을 할 수 없었다. 하지만 계속해서 그녀가 울고 있자 할 수 없이 위로하기 위해 입을 열었다.

　"미안해. 아무래도 나의 착각이었던 것 같아. 사실 너같이 남자 같은 애가 수정옥녀공을 익힌다는 게 조금 이상하다고 생각은 했지. 하하하!"

　"시끄러워! 바보 자식! 무슨 허튼소리야! 흑흑, 그게 사과하는 거야? 약을 올리는 거야? 내 눈앞에서 꺼져 버리라구!"

　'어디까지 떨어져야 눈앞에서 사라지는 걸까? 이 요… 소저는 나를 볼 수 없을 테니 조금만 떨어져도 되겠다.'

　소운은 그렇게 생각하며 슬머시 그녀의 손목을 놓아주었다. 그러자 그녀는 바닥에 퍼져 앉아 어린아이처럼 아예 큰 소리로 땅을 치며 엉엉 울기 시작했다.

　이에 소운은 막연히 자신이 잘못한 것 같은 느낌이 강해져 갔다.

소운은 몇 발자국 떨어져서 그녀에게 물었다.

"저, 여기까지 떨어지면 될까?"

"시끄럿! 당장 내 눈앞에서 사라지란 말이야! 꼴도 보기 싫으니까!"

서하연은 검을 집어 던지고는 얼굴을 무릎에 파묻고 흐느끼기 시작했다.

'뭐야? 내 모습이 안 보인다면서 거짓말을 한 건가?

소운은 투덜거리면서도 왠지 그녀가 가냘파 보여 안아 위로해 주고 싶다는 충동이 들었다. 하지만 왠지 어색하고 부끄러운 느낌에 고개만 돌렸다.

언제부터인가 사물을 인식할 수 있을 때부터 깊은 산속에서 사부와 단둘이서 무공 수련에만 전념해 왔었다. 떨어지는 낙엽은 상대의 검초로 보였고, 흘러가는 구름에서 경공술의 묘리(妙理)를 터득했으며, 세차게 흘러가는 계곡 물속에서 경력의 흐름을 조절하였다.

그렇게 무공만을 전부로 알고 살아온 한 산골 청년으로서는 이와 같은 상황에 머리만 긁적이며 멍하니 그녀를 지켜볼 뿐, 부드럽게 위로의 말을 하거나 다독거리는 일은 할 수 없었다.

동혈 속에서 그녀의 흐느낌이 점차 사그라져 들 무렵, 은은한 뇌성(雷聲) 소리가 울렸다. 문득 차가움을 느낀 소운이 주위를 둘러보니 어느새 동혈 바닥으로 제법 많은 물줄기가 흘러내리고 있었고, 위에서는 물방울이 뚝뚝 떨어져 내리고 있었다.

"이건!"

소운은 아무래도 심상치 않음을 느끼고 머뭇거리다 그녀를 불렀다.

"이, 이봐!"

반응없는 그녀의 태도에 더 이상 말을 붙이기가 힘들었다. 그러나 멀리서 우레 소리 비슷한, 마치 우르릉! 급류직하(急流直下)하는 폭포 소리와 비슷한 소리가 들려오자 그녀의 어깨를 흔들었다.

"빨리……."

서하연은 소운의 손을 세차게 뿌리치며 아직 얼굴을 무릎 속에 파묻은 자세 그대로 날카롭게 소리쳤다.

"내 몸에 손대지 마!"

"하지만……."

"닥쳐! 내게 말도 걸지 마!"

"하지만 밖에 비가 오는 것 같은……."

"시끄러워! 비가 조금 온다고 해서 무슨 상관이야!"

그때, 우르릉거리며 급류가 몰려오는 소리는 점차 커져 가고 있었다. 그 소리에 스스로 이해할 수 없는 감정의 혼란에 빠져 있던 서하연도 막연한 불안감을 느끼고, 보이지는 않지만 소리가 들려오는 위를 향해 고개를 들어보았다.

"끼―악!"

어느새 순식간에 첫 번째 격류(激流)가 몰아닥쳤다.

미리 진기를 끌어올려 땅에 뿌리박은 듯 대비하고 있던 소운과 달리, 전혀 무방비 상태로 있던 서하연은 비명과 함께 가랑잎처럼 급류에 나뒹굴었다.

소운은 망설이다 신형을 거의 땅에 수평으로 누워 물의 흐름에 몸을 맡겼다. 그리고 동혈의 벽을 박차 이미 동혈의 반까지 차 오른 급류에 허우적대며 떠내려가는 그녀의 손을 잡았다. 동시에 몸을 횡으로 돌리며 양 발을 발목까지 동혈 벽 속으로 박아 넣었다. 그리고 그녀를 끌어당겼다.

"괜찮아?"

소운의 물음이 끝나기도 전, 두 번째 격류가 몰아닥쳤다. 양 발목을 파묻었던 동혈 벽은 부서져 나가고, 그녀의 안위를 걱정하던 소운은 미처 예상치 못했던 노호(怒虎)와도 같은 격류에 휘말려 들고 말았다.

소운은 급류에 휘말려 가면서 다급히 천원일기공을 끌어올려 전신을 보호하고 그녀의 몸을 감싸 안았다. 그리고 우선 천근추의 수법으로 신형을 안정시키려 했지만, 본능적으로 매달려 오는 그녀와 휘몰아치는 격류에 쉽지 않았다.

그렇게 이리저리 동혈 벽에 부딪치며 급류에 쓸려가다 겨우 몸의 중심을 바로잡았다 싶은 순간, 등에 강력한 충격이 전해져 왔다.

들어올 적에는 미처 몰랐지만, 동혈은 하나의 수로에 해당되었고 두 갈래로 뻗어져 있었다. 소운은 그 갈래의 벽에 부딪쳐 버렸던 것이다.

찰나의 순간, 약간 여유를 얻은 소운은 허리춤에 매달려 있던 목검을 빼 들 수 있었다. 그리고 재차 급류에 휘말려 가며 그녀를 끌어안은 손에 더욱 힘을 주었다.

이대로 낭떠러지까지 가다가는 둘은 급류에 휘말린 채 깊은 벼랑 아래로 떨어져 꼼짝없이 죽고 말 것이다.

급류가 한 모퉁이를 굽이칠 때, 소운은 동혈 벽을 향해 목검을 찔렀다. 목검은 손잡이까지 동혈 벽에 파고들었지만, 급류에 휘말리던 기세를 못 이겨 출렁이다 뽑혀져 버렸다. 별로 단단하지 않은 흙으로 되어 있었기에 제대로 박혀 있지 못한 것이었다.

'이런!'

다급히 재차 시도를 하려는데, 휘몰아치는 급류가 일순 멈추는 듯했다. 돌연 동혈은 흙탕물로 가득 차 있었다.

급류를 되돌아갈 수도 없는 상황. 위기는 더욱 고조되었다. 너무 오랫동안 숨을 멈추고 있었기에 진기도 다 떨어져 갔다.

서하연은 이미 정신을 잃은 듯 축 늘어져 있었다. 죽었는지 살았는지 알 수 없었다.

내심 망설이다 소운은 흙탕물을 뚫고 계속 전진했다. 급류의 흐름은 없었지만 전혀 앞을 볼 수가 없는 상황. 이대로 익사하고 말 것 같은 불안에 초조해졌다.

갑자기 손에 뭔가 단단한, 거친 벽면 같은 것이 만져졌다. 곧 소운은 상황을 이해할 수 있었다. 동혈은 하나의 커다란 바위에 의해 가로막혀 있었다. 그로 인해 급류는 멈추었지만 동혈 속의 물은 차 올랐던 것이다.

소운은 다른 것은 생각할 겨를도 없이 무작정 바위를 밀었다. 꼼짝도 않았다. 소운은 침착하게 일단 서하연을 흙탕물 속에 둥둥 띄워놓고 목검을 허리춤에 꽂았다. 그리고 쌍장에 공력을 최대한 돋우어 밀었다. 바위가 흔들거렸다.

재차 공력을 끌어 모아 세차게 밀어붙이자 바위는 커다란 굉음과 함께 반대편으로 굴러 떨어져 버렸다. 그리고 다시 물길을 얻은 급류와 함께 소운은 그곳으로 빨려 들어갔다.

순간, 소운은 자신이 급류와 함께 허공에서 떨어지고 있다는 것을 깨달았다.

소운은 급히 참았던 숨을 내뱉으며 새로이 한 모금 진기를 들이마셨다. 그리고 한 손을 뻗어 서하연을 품 안으로 끌어들였다.

‘도대체 여기는 높이가 어느 정도일까? 만약 이대로 떨어지면 둘 다 한 무더기 혈구가 되어 죽고 말 거다!’

소운은 초조해하며 소매를 휘둘러 떨어지는 기세를 줄이려 해보았지만 소용없었다. 게다가 진력조차 극심하게 소모된 상황이었기에 어떤 별다른 수를 쓸 수가 없었다.

소운은 안력을 집중하여 아래를 보았다. 뭔가 어두컴컴하고 시커멓게만 보일 뿐이었다.

소운은 직감적으로 바닥에 가까워졌다는 생각이 들자 아래를 향해 장풍을 발출했다. 동시에 양 발에 힘을 주어 땅을 박차며 구르고 했다.

그때, 첨벙! 바위가 물에 빠지는 소리가 들렸다. 동시에 소운도 물속 깊이 빠져들었다.

얼떨떨한 충격 속에 소운은 바닥이 물임을 천행으로 여겨 기뻐했다.

떨어지는 기세가 워낙 세찼는지라 소운은 물 바닥까지 닿았다가 발에 힘을 주어 쏜살같이 수면으로 튀어나왔다. 그때, 번쩍! 암흑장천(暗黑長天) 어둠 속에서 한줄기 번개가 폭우(暴雨)를 뚫고 땅으로 내리 꽂히며 주위를 밝혔다.

주위는 마치 괴물처럼 웅크린 험산 산세의 그림자로 뒤덮여 있었고 울울창창한 수풀들의 모습도 보였다. 아무래도 이곳은 인적없는 어떤 골짜기인 듯싶었다.

초봄, 산속에서의 연못물은 얼음장같이 찼다.

소운은 급히 헤엄쳐서 물가로 나갔다. 풀밭에 서하연을 눕히고는 급히 목의 경동맥을 만져 보고 코에 손가락을 대보았다. 숨을 쉬지 않았다.

소운은 일단 숨통을 틔워주기 위해 갈비뼈 아래의 횡경막을 양 손바닥으로 눌러주고, 등줄기를 따라 독맥(督脈)을 추궁과혈(追宮過穴)했다.

그리고 그녀의 가슴 전중(膻中)에 손바닥을 대고 공력을 돋우었다.

“울컥!”

그녀는 물을 연신 토해내더니 드디어 숨을 쉬기 시작했다. 멈출 뻔했던 그녀의 심장도 겨우 온기를 되찾고 다시 뛰기 시작했다.

폭우는 여전히 세차게 쏟아져 내렸고, 천둥 번개는 시시때때로 밤하늘을 밝히고 대지를 울렸다.

“휴!”

소운은 그제야 한숨을 돌릴 수 있었다. 마치 생사대전을 겨룬 듯 지치고 피곤했다.

그야말로 하루 동안 생명의 위기를 몇 번이나 맞았는가! 정신없이 여기까지 왔지만 돌이켜 생각해 보면 전부 아슬아슬하기 짝이 없어 지금도 가슴이 떨릴 정도였다.

긴장이 풀리니 힘도 빠졌지만, 체온을 빼앗긴 탓에 입술이 새파랗게 질린 채 부들부들 떨고 있는 그녀의 모습을 보고 재차 가슴의 전중과 등 뒤의 명문혈을 통해 진기를 불어넣어 주었다.

세찬 폭우가 쏟아지는 가운데 소운의 몸 주위로 하얀 수증기가 무럭무럭 피어올랐다.

“으음.”

그녀의 얼굴에 서서히 화색이 돌기 시작했다. 그리고 미약한 신음성을 토해내며 깨어나려 했다.

“괜찮아?”

소운은 다급히 물어보았고 그녀는 천천히 두 눈을 떴다. 그녀는 세찬 빗줄기 때문에 제대로 눈을 뜨지는 못했다. 하지만 곧 어떤 인영이 자신을 향해 연신 괜찮냐고 물어보는 소리에 고개를 끄덕였다.

‘내가 급류에 휘말렸는데, 여긴 어딜까? 내가 살아난 걸까?’

아직 정신이 없는 와중에 멍하니 있다가 가슴과 등 뒤를 통해 따듯한 온기가 스며들어 와 전신을 휘감는 것을 느꼈다.

그때 번개가 쳤다.

우르릉— 꽝!

바로 연이어 벼락이 몰려왔다. 동시에 소운의 뺨에서도 불이 났다.

서하연은 소운이 자신의 가슴에 손을 얹고 있다는 것을 자각하고 부끄러움과 다급함에 본능적으로 손바닥을 휘둘렀던 것이다.

“……!”

실컷 목숨 걸고 생명을 구해줬더니, 뺨까지 맞게 된 소운은 얼떨떨했다.

“빨리 치워! 이 색마!”

그녀의 비명 같은 외침에 소운은 그제야 자신이 손을 대고 있는 부위가 어느 곳이라는 것을 깨달았다. 그녀의 생명을 구하는 데 정신이 팔려 그동안 미처 자각할 틈도 없었던 것이다.

본시 격류에 휘말리면서 옷가지가 많이 흐트러졌기에 그녀의 가슴이 삐죽 그 모습을 드러내고 있었다.

“이, 이건…….”

소운은 뭐라 변명도 못하고 황급히 떨어졌다. 그리고 난감하기 짝이 없어 황급히 그 자리를 도망쳤다.

소운은 마치 날다람쥐처럼 재빨리 어둠 속으로 사라져 버렸다.

서하연은 천천히 힘없이 일어나 앉았다. 그리고 힘겹게 옷가지를 추스른 다음 그 자리에서 얼굴을 무릎 사이에 파묻고 서럽게 울기 시작했다.

사실 그녀의 가문이 혈겁을 당한 이후로, 그 어느 누구의 도움 없이

스스로 강해져 복수를 하겠다며 항상 자기 전에도 맹서를 하는 그녀였
다. 그런데 몇 차례에 걸쳐 소운에게 생명을 구함받고, 마치 짐짝처럼
이리저리 휘둘려 다녔으니 그녀의 자존심은 상할 대로 상했다. 게다가
깨어나 보니 자신을 구하기 위해서라지만 자신의 가슴에 손을 얹고 있
으니 그녀의 심정은 서럽고 화가 나서 도무지 어떻게 해야 될지 몰라
복잡하기 이를 데 없었다.

'도대체 왜 그러는 거야?'

높은 나뭇가지 위로 피신해 그녀의 태도를 지켜보고 있던 소운은 도
무지 이해할 수 없었다. 자신의 목숨을 구해주기 위해 몇 번이고 자신
도 생명의 위기를 맞지 않았는가? 그런데도 돌아오는 대가가 이런 것
이라니! 그렇게 생각하면서도 왠지 자신이 잘못했을지도 모른다는 막
연한 느낌이 있어 차마 그녀에게 화를 낼 수 없었다.

얼마나 지났을까.

폭우는 잦아지기 시작했지만, 아직 세찬 강풍은 멈출 생각을 하지
않았다. 세찬 바람에 풀잎은 쓰러질 듯 몸을 누이고 어디선가 나무가
쓰러지는 소리도 들렸다.

그녀의 울음소리는 그쳐져 있었다.

갑자기 서하연은 무릎 사이에 파묻고 있던 얼굴을 들어 올리며 외쳤
다.

"나와!"

싸늘한 그녀의 음성에 소운은 섬뜩했다.

"빨리 나오란 말이야! 이 나쁜 자식아! 거기 있는 것 다 알아!"

그녀는 곧 마치 철천지원수를 부르는 듯 악을 쓰며 그렇게 외쳤다.

'어떻게 알아챘지? 설마… 나보다 더 무공이 높은 것… 은 아닐 텐

데? 그런데 내가 왜 나쁜 자식이야. 그런데 여길 찾아내면 어떡하지?

아무래도 자리를 피해야겠다고 생각하며 몸을 일으키는데, 어디선가 범종이 울리는 것 같은 큰 고함 소리가 들려왔다.

"어떤 계집년이야! 술 맛 떨어지게!"

그녀 앞에 거의 구 척에 달하는 거대한 덩치를 가진 털보화상이 허공에서 뚝 떨어졌다. 그리고 더 큰 목소리로 고함을 질렀다.

"이년아! 내가 화대 떼어먹고 도망이라도 갔느냐? 왜 그렇게 고함을 지르고 난리냐, 난리가."

단지 목소리만이 큰 것이 아니었다. 웅후하기 짝이 없는 공력이 담겨 있어 심신을 진동시켰다.

갑작스레 들려오는 고함 소리에 서하연은 멍해졌다.

"제기랄, 안 그래도 호가(胡哥) 늙은이가 쥐새끼처럼 숨어버려 분통 터지는 판인데. 쳇, 형님은 왜 내 탓만 하시는지. 젠장."

몰아치는 폭우는 조금씩 잦아들었지만, 어둠 때문에 상대를 정확히 파악할 수 없었다. 하지만 음성이라든지 나타나는 신법의 민첩성 등을 볼 때 무림의 고수임이 틀림없었다.

서하연은 흠칫하며 그제야 냉정을 되찾았다. 다행히 폭우 때문에 자신의 눈물 흔적이 안 보여 다행히라고 생각했다.

"귀하는……?"

그녀의 물음이 끝나기도 전에 털보화상이 꽥 소리를 질렀다.

"이년아! 네가 욕해놓고도 나를 모른다는 거냐?"

어지간히 급한 성격이었다.

"제가 언제……."

털보화상이 말을 가로채며 말했다.

“네가 나쁜 놈 나오라고 고래고래 소리 질렀지 않느냐? 그래 놓고 이젠 발뺌이냐?”

그리고 양 소매에서 이 척 길이의 초승달같이 생긴 것을 꺼내어 가운데 주먹을 끼고 꽝! 소리를 내며 두들겼다.

서하연은 진기가 끓어올라 주춤 뒤로 물러서다 안색이 변했다.

“설마⋯⋯.”

털보화상은 이번에도 서하연의 말이 끝나기도 전에 앙천광소를 터뜨리며 자랑스레 말했다.

“크하하하하핫! 과연 알아보는구나! 이 한 쌍의 자오원앙월(子午鴛鴦鉞)을 사용하는 자는 천하에 많지만, 제대로 사용할 줄 아는 자는 나뿐이라고 할 수 있지. 크하하하!”

“일견앙신(一見殃神) 막대광(莫大狂)?”

서하연이 놀라 소리치는 말에 털보화상은 앙천광소를 멈추고 인상이 구기며 소리쳤다.

“일견활불(一見活佛)이다!”

그리고 화가 난 표정으로 재차 한 쌍의 자오원앙월을 꽝! 부딪치며 소리쳤다.

“역시 나를 욕한 것이 맞았구나. 감히 나를 나쁜 놈이라 욕하다니!”

말과 함께 자오원앙월을 바로 휘둘러 왔다. 그 강맹한 권풍에 빗줄기는 사방으로 비산되어 갔고, 아직 휘몰아치는 광풍마저 일순 멈춘 듯했다. 하나의 원앙월마다 두 개의 양날이 붙어 있어 권의 위력을 더해 주고 있었다.

서하연은 이미 소리에 담긴 진력(眞力)에 비틀거리다 쏟아지는 공세를 감히 상대할 수 없어 억지로 진기를 끌어올려 유운신법으로 다급히 물러서며 재빠르게 말을 이었다.

"막 선배님! 무림의 선배 고인으로서 후배를 괴롭혔다는 소릴 듣고 싶… 헉!"

그녀는 말을 잇다 말고 비명을 질렀다. 뒤로 물러서다 연못에 빠져 버렸기 때문이다. 그러나 다행히 털보화상은 공세를 멈추었다.

"음? 그건 안 되지. 흠, 그럼 어떡한다? 그렇다고 나를 욕한 놈, 아니, 년을 가만둘 수는 없고……."

고개를 갸웃거리며 고민하는 털보화상의 말에 서하연은 화가 치밀어 올랐지만 억지로 참고 말했다.

"선배님께 욕을 한 것이 아닙니다. 제가 아무리 호랑이 간을 삶아 먹었다고 한들 어찌 막 선배님께 욕을 하겠습니까?"

"흐흐, 그건 그렇지. 감히 이 부처님께 욕을 하다가는 십팔층 무간지옥(無間地獄)으로 떨어져 버릴 테니까!"

서하연이 내심 안도의 한숨을 내쉴 때 막대광이 주위를 두리번거리다 물었다.

"그럼 누구에게 욕한 것이냐? 나 말고도 그렇게 나쁜 놈… 아… 니지."

막대광은 일순 말이 꼬여져서 속으로 중얼거리다 화난 표정으로 물었다.

"하여간 나 말고 나쁜 놈이라 욕한 녀석은 어디 있는 거냐?"

"음, 그는……."

서하연이 일순 대꾸할 말이 없어 머뭇거리자 막대광은 의심스러운 눈초리로 뚫어지게 바라보며 캐물었다.

"그리고 왜 나쁜 놈이지? 네년의 화대를 떼먹었느냐? 아니면 네 서

방인데 바람을 피웠느냐?"

서하연은 그 말에 화가 치밀어 올랐지만 꾹꾹 눌러 참고 말했다.

"그는 방금 전까지 저와 같이 있었습니다. 그리고 지금은 어디로 사라졌는지 알 수가 없습니다. 그자는 멍청하기 짝이 없는 자로……."

"잠깐!"

막대광이 그녀의 말을 화난 음성으로 잘랐다.

"나쁜 놈이 멍청하다는 말이냐? 감히 내게 거짓말을 하다니! 모름지기 멍청하면 나쁠 수가 없고, 나쁜 놈이면 멍청하지 않은 법이다! 그렇지 않다면 내가 멍청한 놈이 되어버리지!"

서하연은 또 하나의 멍청이를 만나 속에서 울화가 부글부글 끓어올랐지만, 참을 인(忍) 자를 되뇌며 차분히 말했다.

"잠깐만, 막 선배님! 막 선배님은 나쁜… 사람입니까?"

"어? 당연히 아니지!"

"그러면 멍청한… 사람이 아니지 않습니까?"

"그래! 그런데도 너는 감히 나보고 멍청하다고 욕을 하다니. 이는 나를 무시한다는 처사가 아니냐!"

말해 놓고 보니 화가 난다는 식으로 재차 자오원앙월을 휘두르려고 했다.

서하연은 다급히 말했다.

"막 선배님은 나쁜 놈이 아닌데 왜 멍청한 놈이 되어야 하나요?"

"…그래?"

막대광은 어정쩡한 공세를 풀고 팔짱을 꼈다. 그리고 곰곰이 생각에 빠졌다.

후두둑—

내리는 빗줄기가 그의 민대머리 위에서 퉁겨 오르는 모습을 보고 서하연은 조금 우습다고 생각했다.

서하연은 얼굴에 흘러내리는 빗줄기를 손바닥으로 훔치며 이 괴물과 빨리 헤어져야겠다고 결심했다.

그녀가 살그머니 옆걸음으로 몇 발자국 옮겼을 때, 갑자기 막대광이 고함을 질렀다.

"하여간, 왜 나를 나쁜 놈이라고 욕했느냐? 때문에 술 맛이 달아나 버렸잖아!"

이야기가 원점으로 되돌아오자, 그녀의 이마 위로는 힘줄이 튀어나왔고, 써먹을 인내심도 고갈되어 버렸다. 게다가 소운을 원망하고 미워했던 마음까지 겹쳐 악을 쓰듯 외쳤다.

"천하에 일견앙신 막대광이 악인(惡人)이 아니라면, 누가 나쁜 놈이지? 그 녀석보다 더 멍청하고 나쁜 놈⋯⋯!"

그녀의 말이 끝나기도 전에 막대광이 자오원앙월을 휘둘러 왔다.

"흐흐, 처음 내 짐작이 맞았군. 역시 네년은 나를 욕한 것이었어!"

자오원앙월을 쥔 가운데 주먹을 중심으로 두 척 길이의 월아가 빠르게 회전하며 세찬 풍압을 일으켰다. 그로 인해 쏟아져 내리던 폭우는 사방으로 비산했고, 빠르게 뒤로 물러서는 서하연을 뒤쫓았다.

날카로운 월아가 서하연의 목을 베어갔다.

그때 맹렬히 돌아가고 있는 자오원앙월 사이로 한 자루 목검이 기어 들어 와 같은 방향으로 돌기 시작했다. 그리고 자오원앙월이 향하는 방향을 하늘로 솟구치게 만들었다. 서하연의 흐트러진 머리카락이 일부 베어져 하늘로 같이 날아올랐다.

"어라?"

막대광은 마치 어린아이가 벌을 서듯, 양팔을 허공으로 세운 채 얼떨떨한 표정을 지었다.

그의 앞에 허름한 백의를 광풍에 휘날리며 멍청히 서 있는 청년이 나타났다.

소운이 그에게 포권을 취하며 말했다.

"저는 무림말학 소운이라고 합니다."

소운은 슬그머니 서하연의 눈치를 보면서 말했다.

"저분 소저… 가 이야기한 나쁜 놈은… 접니다!"

막대광은 눈알을 빙글빙글 돌리다 소운에게 되물었다.

"나쁜 놈? 그보다 방금, 네가 그랬냐?"

소운은 고개를 끄덕이다 아차 실수했다는 표정을 지으며 말했다.

"아, 본래 존성대명은 익히 들었습니다라는 식으로 해야 된다지요? 제가 실례를 했습니다."

막대광은 소운의 모습을 보고 믿을 수 없다는 듯 고개를 흔들다 소리쳤다.

"너 같은 애송이 녀석이 이화접목(移花接木)을 쓸 줄 안다는 것을 믿을 수 없다! 하여간 조금 있다 보자. 지금은 바쁘니까. 난 내게 시비를 건 사람은 절대 가만두지 않아!"

도대체 시비를 건 사람이 누구였는지 전혀 자각하지 못하고 있음을 증명하는 그런 멍청한 소리와 함께 막대광은 창백한 안색으로 주저앉아 소운을 멍하니 바라보고 있는 서하연을 향해 부릅! 시선을 돌렸다. 그리고 곧장 자오원앙월을 맹렬히 휘둘러 갔다.

그러나 소운의 목검에 의해 기세가 옆으로 향해 버려 횡(橫)으로 빙글빙글 돌아버렸다.

막대광은 빙글빙글 돌다 짤막한 기합과 함께 곧 중심을 낮춰 신형을 안정시키며 일 장 뒤로 빠르게 물러섰다. 그리고 어지러운 듯 비틀거리다 화난 표정으로 소운에게 소리쳤다.

"애송이 녀석! 그까짓 한 수 믿고 이 부처님께 그따위 행패를 부리다니! 네놈의 사문(師門)은 어디냐? 무림의 선배에게 이따위 대접밖에 못하느냐? 이 망나니 같은 놈!"

욕설하며 전신의 공력을 끌어올리자, 막대광의 승포가 광풍 속에서 부풀어 올랐다.

그 모습에 놀라 서하연이 소리쳤다.

"조심해! 저건 아마도 대승반야공(大乘般若功)……!"

그녀의 말이 끝나기도 전에, 막대광은 조금 전과는 비교도 되지 않는 막대한 경력을 자오원앙월에 담아 몰아치는 광풍보다 더한 기세로 소운을 공격해 오고 있었다.

소운은 그 공격보다 그녀의 음성에 걱정의 빛이 들어 있는 것에 더 어리둥절했다.

"그건 소림사(少林寺)의……."

공격해 오고 있는 적을 앞에 두고 한눈을 파는 소운에게 서하연이 다급하게 외쳤다.

"이 바보! 위험해!"

순간, 이미 날카로운 월아의 날이 소운의 목을 베어버렸고, 서하연은 비명을 질렀다.

"뭐야? 별거없는 놈이었잖아!"

막대광은 시시하다는 표정으로 자오원앙월을 거두며 투덜거리다 두 눈을 화등잔만하게 떴다.

눈앞에 있는 소운의 모습이 퍽 하고 사라져 버렸기 때문이다.

"어떻게 된 일?"

"당신은 소림사 출신입니까?"

막대광은 미처 의문을 다 토해내기도 전에 허공에서 들려온 소리에 놀라 다급히 일 장 뒤로 물러섰다.

"설마 이형환위(移形換位)? 네, 네놈은 누구냐? 아니, 네놈의 사부는 누구냐?"

소운은 그 말에 아랑곳하지 않고 허공에서 떨어져 내리며 의아한 기색으로 서하연을 바라보았다.

'날 죽일 듯이 굴 때는 언제고 이젠 걱정까지 다 해주네?'

그때 서하연은 막대광의 외침에 소운이 펼친 것이 자신의 짐작대로 진짜 이형환위임을 깨닫고 깜짝 놀라고 있었다.

이형환위는 단지 내공만 높다고 펼칠 수 있는 것이 아니었다. 잔영이 남아 있을 정도로 순간적으로 이동하려면 전신을 완벽하게 자신의 의지로 통제할 수 있어야만 했다. 그러니 이형환위라는 것은 단순한 경신 공부가 아니라 하나의 상승무공 경지를 일컫는 말이기도 했다.

소운은 서하연이 멍하니 자신을 바라보고 있자 왠지 안절부절못하며 안정이 되지 않았다. 무슨 말이라도 해주면 좋겠다고 생각하다 다시 막대광 쪽으로 시선을 돌렸다.

그는 방방 뜨며 소운에게 욕설을 퍼붓고 있었다. 소운이 자신의 말에 들은 척도 않자 화가 치밀어 올라 어쩔 줄 몰라 했다.

"이런 범 무서운 줄 모르는 하룻강아지 같으니라고! 그딴 잡술(雜術)을 조금 익혔다고 해서 눈에 보이는 게 없느냐!"

그리고 재차 대승반야공을 끌어올려 소운을 공격하려는데, 날카롭게 허공을 찢는 휘파람 소리가 들려왔다.

막대광은 그 소리에 흠칫했다.

"대형이 쥐새끼를 찾은 모양이구나! 흐흐흐, 감히 우리를 따돌리고 성고(聖姑)를 독차지하려 하다니!"

희색이 만연한 얼굴로 그렇게 소리치다 곧 소운에게 인상을 쓰며 투덜거렸다.

"젠장, 조금만 더 시간이 있다면 저 버르장머리없는 애송이 녀석을 단단히 혼을 내놓는 건데! 재수가 좋은 줄 알아라! 다음에 만날 때는 네놈의 모가지를 분질러 주마!"

막대광은 그렇게 둘러대며 황급히 경공술을 펼쳐 허공으로 사라져 갔다.

소운은 뭐가 어떻게 된 일인지 몰라 머리만 긁적이며 멍하니 그가 사라지는 것을 바라만 보았다.

어느덧 폭우는 완전히 가라앉았다. 광풍은 여전히 몰아치며 옷자락을 세차게 펄럭였다. 먹을 뿌려놓은 듯 밤하늘을 어둡게 칠해놓던 먹장구름은 하늘 저편으로 빠르게 이동해 가고 있었고, 어슴푸레한 달빛이 조금씩 그 사이로 새어 나오고 있었다.

서하연은 머리카락을 바람에 흩날리며 무심한 표정으로 밤하늘을 바라보고 있었다. 마음속으로는 자신을 구해준 것에 대해 어쨌든 감사의 말이라도 해야 된다고 중얼거리면서도, 그보다는 울컥 욕설이 튀어나갈 것 같았다.

'바보 자식! 괜찮냐는 말 정도는 해줘야 내가 대꾸해 줄 거 아냐.'

어쨌든 그녀의 감정은 혼란스럽기 이를 데 없었다.

소운은 힐끔 곁눈질로 그녀를 훔쳐보며 의아해했다.

'이번에도 구해줬다고 화를 내는 걸까? 하지만 조금 전에는 날 걱정해 준 것 같은데?'

도무지 그녀의 내심을 짐작할 길이 없어 그냥 바위에 걸터앉아 멍하니 있었다.

그렇게 둘 사이에 놓여진 침묵은 점점 커져 갔고, 밤은 깊어져만 갔다.

第三章

천수화타 곡유신

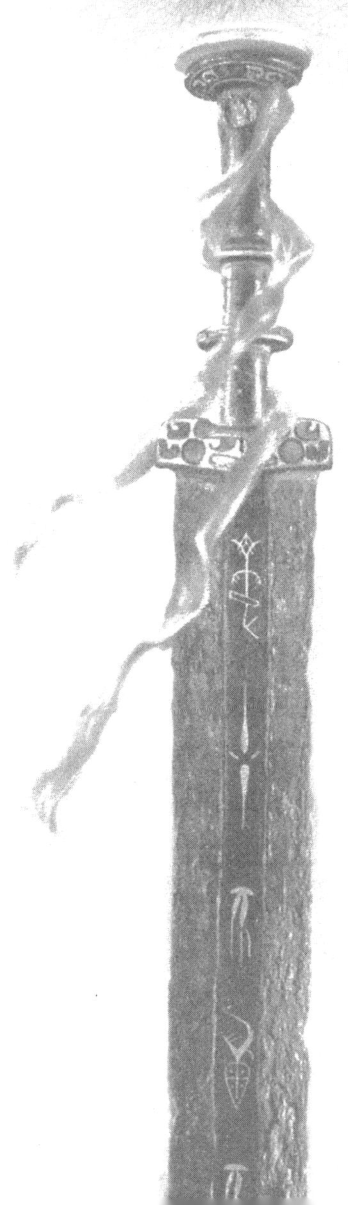

먼동이 터오고 있었다.

지난밤의 폭풍우가 거짓말같이 느껴지는 평온한 새벽이었다. 다만 풀잎마다 흠뻑 물기에 적셔져 있어 그 흔적을 알릴 뿐이었고, 은은한 새벽 안개가 끼어 있어 구름 위의 세상 같았다.

지저귀는 새소리에 소운은 오랜 명상에서 깨어났다.

먼저 젖은 옷차림 그대로라는 생각에 천원일기공에서 양강(陽剛)의 기운을 뽑아 전신을 돌리자, 곧 소운의 꿰어 맞춘 백의는 하얀 수증기를 내며 말라 버렸다.

소운은 기지개를 켜며 맑은 공기를 한껏 들이마셨다.

"어쨌든!"

소운은 굳은 결심을 나타내는 일자 입술을 했다.

"난 전혀 잘못한 것이 없다! 생명을 구해주는 일은 협객으로서 당연히 해야만 할 일이지! 즉, 그러니까 난 그 소저에게 꿀릴 것이 없단 말이야!"

밤새도록 생각한 결론이었다.

"강호는 넓고 할 일은 많다! 그녀에게 잘못한 일이 없으니, 떠나자! 계속 협객행을 해야 할 내가 그녀에게만 매달릴 수야 없지 않는가!"

그 말과 함께 소운은 목검으로 허공을 일자로 베었다. 갈라진 공기가 재차 결합하면서 우르릉 천둥소리를 내었다.

빈 공간이었지만 소운의 눈에는 베어지는 뚜렷한 무언가가 있었다. 그것은 계속해서 소운의 뇌리를 장악해 왔던 그녀의 모습이었다.

"좋았어! 떠난다!"

소운은 주먹을 불끈 쥐었다.

처음 하산할 때 가졌던 웅심(雄心)이 치솟아올랐다. 강호의 악당들을 무찌르고 천하제일의 대협이 되겠다는 자신이 한 여인 때문에 쓸데없는 번민에 휩싸일 필요가 없는 것이다.

소운은 주위를 돌아보았다.

풀밭에는 노루들이 한가로이 풀을 뜯고 있었다. 소운을 보고도 놀라거나 도망치지도 않았다. 멀리서 원숭이들의 울음소리가 들려왔다.

'아무래도 이 녀석들은 사람을 별로 보지 못한 것 같구나. 그렇다면 여기는 인적이 별로 닿지 않은 곳이라는 말이겠지.'

과연 사방을 둘러보니 높은 봉우리들이 구름을 찌르고 하늘 높이 솟아 있었다. 아무래도 이 험준한 산세 때문에 그 누구도 산을 넘어 여기까지 들어올 수는 없을 것 같았다. 그리고 나가기도 힘들어 보였다.

'하지만 어젯밤 그 털보화상이 나타난 걸 보면 어딘가 나가는 길이 반드시 있을 거야.'

소운은 그렇게 생각하며 과일 나무에서 이름 모를 과일을 몇 개 땄다. 배가 고파 과일을 베어 먹으며 대략 이 리(二理) 정도 길을 걸어가자 어젯밤 자신이 떨어졌던 절벽이 나왔다. 자신들이 급류에 휘말려 빠져나왔던 동혈이 보였고, 그 옆으로 폭포수가 힘차게 아래로 떨어지고 있었다. 봄이 되니 눈이 녹아 생긴 폭포였다.

햇빛에 비친 폭포는 마치 거대한 용과 같아 장관을 이루고 있었다.

폭포는 맑은 벽록색의 연못 위로 떨어지고 있었다. 그리고 연못가에는 서하연이 머리를 풀어헤쳐 감고 있었다.

소운은 그녀의 모습을 잠시 넋을 잃고 바라보다 깊숙이 심호흡을 했다.

"흠, 사실 따지고 보면 별로 예쁘지도 않… 뭐, 아주 약간 조금 예쁘기는 하지만 내가 빠져들 정도의 여색은 아니지. 하하하! 사부님 말씀으로 강호에는 절세미녀가 부대를 이룰 정도로 많다고 하니, 하하하, 본래 영웅은 미인관을 넘기 힘들다지만 나 소운이 그럴 수야 없지! 나야말로 정인군자로 대협객이 될 사람 아니던가!"

소운은 횡설수설하며 재차 투지에 불타는… 마치 생사대적(生死大敵)을 대하는 듯한 눈으로 그녀를 바라보았다.

"반드시 떠난다!"

단호한 각오가 서린 음성이었다.

머리를 감고 나서 두 손으로 머리카락을 뒤로 쓸어 올리고 있던 서하연은 소운이 진지한 표정으로 다가오는 것을 보았다.

"좋은 아침입니다, 소저."

소운이 포권을 취하며 정중히 말하자, 서하연은 일순 어리둥절했다.

자신에게 마구 대할 때는 언제고 갑자기 목소리를 깔고 정중하게 인사를 해오다니.

게다가 먼저 말을 꺼내면 지는 듯한 기분에 밤새도록 미묘하게 다투었던 자존심 대결이었다. 그런데 그가 항복의 깃발을 든 것같이 말을 먼저 건네온 것이다.

그런데 이겼다는 승리감보다는 왠지 꺼림칙했다.

"그, 그래… 요. 아! 어제 저를 구해줘서 고마워… 요."

치미는 화를 억누르기 위해 미리 준비하고 연습해 두었던 말이었지만, 얼떨결에 같이 말을 높이느라 어색했다.

소운은 더욱 정중히 말했다.

"별말씀을… 강호에서 사노라면 서로 돕는 것은 당연지사! 그보다 소저를 오해해서 참으로 죄송하오. 강호초행(江湖初行)이라 본의 아니게 소생의 실수가 많았소이다. 소저께서 드넓은 아량을 베푸시어 용서해 주시오."

"그, 그랬군요. 그, 그럴 수도 있는 거죠 뭐."

노협객(老俠客) 같은, 그리고 책을 읽는 듯한 말투에 서하연은 어색한 미소를 지으며 얼떨결에 답했다.

"감사하오."

소운은 입가에 담담한 미소까지 지어가며 더욱 정중하게 포권을 취했다.

"별말씀을."

서하연도 떨떠름한 표정으로 두 손을 마주 잡고 흔들어 같이 예를 표했다.

'이 녀석이 또 무슨 엉뚱한 수작이지?

서하연이 속으로 그렇게 생각하고 있을 때, 소운이 물어왔다.

"아! 어제 그 털보화상은 소림 문하인 것 같던데 누구입니까?"

"아, 예. 그자는 소림의 파계승(破戒僧)인데, 한 번 보면 재앙의 신을 본 것 같다고 해서 일견앙신이라 불릴 정도입니다. 무림의 삼대악인 중 셋째이기도 하고……."

대화가 너무나 정상적으로 흘러가고 있었다.

소운은 눈빛을 강하게 빛내며 호기에 찬 목소리로 말했다.

"그랬었군! 그가 앞으로도 개과천선(改過遷善)하지 않는다면 내 검 아래 고혼(孤魂)이 되리라!"

마치 호연지기 가득한 청년협사의 태도였지만 허름하기 그지없는 백의에 목검을 쥐고 하는 말이라 조금은 어색하고 우스워 보였다.

'자신이 대협이라도 된 것인 양 착각하는 중?'

서하연은 소운의 언동에 기가 막혔다. 그러고 보니 자신도 소운의 엉뚱한 짓거리에 장단을 맞춰줬다는 생각에 어이가 없었다.

소운은 그가 가지고 왔던 과일을 그녀에게 건네주며 말했다.

"이걸로 아침 요기를 하시면 될 겁니다. 맛이 제법 괜찮아요. 그럼 이만 저는 떠나겠습니다."

"……!"

갑자기 작별 인사를 건네는 소운의 말에 서하연은 깜짝 놀라 아무 말도 못했다.

"자, 잠깐!"

서하연은 얼떨결에 소운을 불렀다. 그러나 소운이 돌아보자 무슨 말을 해야 될지 몰라 그냥 멍하니 있었다.

소운은 조금 걱정스럽게 말했다.

"여기는 아무래도 인적없는 골짜기 같은데, 부디 몸조심하십시오. 그리고 그 막대광이라는 녀석은 제가 만나면 단칼에 목을 잘라 버릴 테니까 걱정 마십시오. 그럼 이만!"

그리고 몸을 홱 돌렸다. 물론 떠나야 한다는 마음의 단편에 의한 행동이었는데, 당연히 본심과는 거리가 멀었다. 자존심일까, 아니면 자기를 알아주지 않는 서운함 때문이었을까. 어쩌면 먼 미래를 위한 포석일지도 모른다. 상대를 굴복시키지 않는다면 영원히 노예가 되고 말거라는 무시무시한 예감에 의한.

서하연은 왠지 자신이 손해를 본 것 같아 억울했다. 그리고 소운이 떠나려 하자 초조한 마음이 들었다.

소운 역시 이를 악물고 천근만근 같은 발걸음을 억지로 옮겨놓고 있었다.

그때, 새벽 안개를 뚫고 담담한 분노를 담은 어조의 음성이 들려왔다.

"너희들은 누구냐?"

마치 처음부터 그 자리에 있은 듯, 머리에 붉은 보석이 달린 문사건을 쓰고 깨끗한 비단 청삼을 입은 청수한 용모의 사십대 중년인이 나타나 있었다. 그는 허탈한 표정으로 한 손에는 꽃잎과 뿌리가 다 떨어져 앙상한 줄기만 남은 약초를 들고 있었다.

"너희들은 또 어떻게 해서 이곳 설하곡(薛鰕谷)으로 들어왔지? 어제 그놈들과 한패거리인가?"

그 말에 고개를 돌리던 서하연이 놀라 부르짖었다.

"곡 사숙(曲師叔)!"

"아니, 너는!"

"저예요! 연아예요!"

서하연은 기쁨을 감추지 못하고 나타난 중년인의 품에 안겨들었다.

"네가 여기 웬일이냐? 어이쿠, 이런! 다 큰 처녀가 이게 무슨 짓이냐. 어린애같이."

그렇게 말하면서도 곡유신은 서하연의 등을 두들겨 주며 역시 기쁨을 감추지 못했다.

서하연은 훌쩍거리며 토라진 음성으로 말했다.

"쳇, 곡 사숙은 나빠요. 어떻게 그러실 수가 있어요. 서찰만 한 통 남겨놓고 제게는 말도 없이 사라지시다니. 여기 안탕산에 계신다는 것도 얼마 전에야 겨우 알고 찾아온 거란 말이에요. 안탕산이 뭐 조그만 야산도 아니고……."

평소 무심선자라 불리던 그녀답지 않는, 마치 부모에게 어리광을 부리는 듯한 태도였다.

'이 아이가……!'

그녀의 모습을 안쓰럽게 지켜보던 곡유신은 문득 한 가지 사실을 깨닫고 내심 놀랐다.

서하연은 좀체로 감정을 표현하지 않던 아이였다. 그녀의 가문이 혈겁을 당한 이후로 웃지도 않았고, 울지도 않았었다. 그런데 이처럼 뜻밖에 그녀의 변화를 보았으니 놀라면서도 한편으로는 기쁘기 그지없었다.

곡유신은 미소 지으며 말했다.

"틀림없이 말 많은 셋째가 네게 말해 줬겠지. 미안하구나, 연아야. 말하기 힘든 사정이 있었단다. 그런데, 왜 나를 찾았느냐. 무슨 일이라도 있느냐? 혹, 삼신교?"

곡유신은 뭔가 물으려다 소운이 있음을 깨닫고 말을 멈추었다.

그리고 소운 쪽을 돌아보며 서하연에게 물었다.

"그런데 이분 소협은?"

억지로 옮겨놓던 소운의 발걸음은 뚝 그쳐 있었다.

'난 떠나려 했지만, 강호의 선배를 만나 어쩔 수가 없는 것이다.'

그렇게 생각하며 소운이 진중한 음성을 토해내었다.

"저는 소운이라고 합니다. 사부님의 함자는 홍(洪) 자 천(川) 자 되시고, 별호는 천기노인(天機老人)이십니다. 저는 어제 처음으로 강호 초출하였습니다. 사부님의 명을 받들어 이 한 몸 부끄럽지 않은 협객행을 하고자 하오니, 앞으로 선배님의 많은 질책과 충고를 부탁드립니다."

미리 준비해 두고 생각해 두었던 말이라 책을 읽듯 술술 나왔다.

이런 투의 말은 사부님과 많이 연습해 두었던 형식이라 어렵지 않았다.

곡유신은 어리둥절하다 너털웃음을 터뜨리며 말했다.

"허허, 아마도 선사님께서는 고고한 학처럼 세속의 명리를 멀리하시는 은거고인이신 모양이구려. 소협 같은 영기발랄한 젊은이가 많이 나와 강호의 협기를 되살리고 탕마멸사(蕩魔滅邪)의 대업에 앞장서 주구려."

곡유신은 으레 하는 인사말을 하며, 눈짓으로 서하연에게 누구냐며 물었다.

서하연은 자신도 모르겠다며 어깨를 으쓱했다. 그리고 귓속말로 어젯밤 일견앙신을 물리쳤던 일을 말해 주었다. 그리고 이형환위를 펼쳐 보였던 것도.

소운은 곡유신의 말에 감격한 듯, 결연한 어조로 소리쳤다.

"저 같은 무림말학에게 너무나 과분한 말씀이시군요. 몸 둘 바를 모르겠습니다."

서하연의 말에 곡유신은 못 믿겠다는 표정으로 소운을 이리저리 살폈다.

"아, 소협… 같은 젊은 영웅이 많이 나오면… 무림의 홍복(洪福)이지요."

"그토록 기대해 주심에 감읍할 따름입니다. 비록 능력은 없으나 이 한 몸 아끼지 않고 강호의 정의를 위해 분골쇄신(粉骨碎身)할 것임은 약속드립니다. 만약 이 맹세를 어기게 된다면 이와 같이 될 것입니다."

그 말과 함께 소운은 곁에 있던 바위를 향해 목검을 종횡으로 휘둘렀다. 곧 바위는 반듯하게 네 조각이 나고 말았다.

곡유신은 그 무공에 놀라 멍하니 소운과 바위를 번갈아 바라보며 할 말을 잃었다.

그의 표정에 뭔가 이상하다고 생각한 소운은 고개를 갸웃거렸다.

'뭐가 잘못됐지? 아, 그렇구나. 사람을 종횡으로 두 번 베면 여섯 조각이 나는데, 이 바위는 네 조각밖에 안 되는구나. 이건… 잘못되었구나. 장부의 말은 태산처럼 무거워야 하는 법. 큰일났다!'

소운은 그런 생각으로 안절부절못하고 있었고, 곡유신은 은거울처럼 반질반질한 바위의 표면을 보며 할 말을 잃고 있었다.

곡유신은 문득 어떤 생각을 떠올리고는 안색을 굳혔다.

"소협은… 아니, 대협께서는… 아니, 노선배님께서 무슨 의도로 이

후배를 놀리시는 겁니까?”

그의 엉뚱한 말에 소운은 그가 누구에게 말하고 있는지 고개를 두리 번거리며 찾다 자신을 진지하게 바라보는 곡유신의 눈길에 당황했다.

“저, 저보고 하신 말씀이십니까?”

천수화타(千手華陀) 곡유신(曲維新)은 포권을 취하며 정중히 말했다.

“부디 더 이상 어린 후배들이 실수하지 않게 노선배님의 존성대명을 알려주십시오.”

“저는 소운이라고 조금 전에…….”

소운은 뭔가 해명해 달라는 눈빛으로 서하연을 바라보았다.

그녀는 어이없다는 듯 헛기침까지 하며 진지한 표정의 곡유신에게 말했다.

“곡 사숙! 왜 그런 말씀을… 이 녀석은…….”

“연아야!”

곡유신은 서하연의 말을 자르고 호통 쳤다.

“무림의 노선배님께 결례를 하면 안 된다. 최소한 네 사조(師祖)뻘은 될 것인즉, 언동(言動)에 예의를 다하도록 해라.”

“하지만…….”

서하연은 뭔가 억울한 느낌에 항변하려다 두 눈을 부릅뜬 곡 사숙의 표정에 목구멍까지 나왔던 말들을 삼켰다. 하지만 도저히 참을 수 없어 한마디 했다.

“어떻게 이 어린 꼬마가 노선배라는 거예요?”

‘어린 꼬마?’

소운이 울컥하여 검미를 치켜세웠지만 이어지는 곡유신의 말에 사레가 들 뻔했다.

"반로환동에 이른 전대고수이시니까 어려 보이시는 거다."

"반로환동?"

소운과 서하연이 이구동성으로 놀라 소리쳤다.

곡유신은 소운이 펼쳤다는 이형환위의 상승무공 경지나 막대광을 일패도지시켰다는 말을 들었을 때만 하더라도 소운이 어떤 기인의 가르침을 받은 절세기재일지도 모른다고 생각했다.

하지만 조금 전 소운이 목검으로 바위를 자른 것은 그 의미가 달랐다. 그 속에 내포된 기공의 의미 때문이었다.

혹, 기연을 얻어 내공이 강해지거나 간혹 절세기재가 등장하여 초월적인 무공진경을 보여주기도 하지만, 그래도 시간이 지나야만 도달할 수 있는 무공의 경지가 있는 법이다. 즉, 만약 기연을 얻어 갑자기 내공이 강해졌다 할지라도 오랜 세월이 흘러 순수하게 정순해지는 내공과는 차이가 있는 법이다.

그러니 설사 어떤 기연을 얻어 내공이 강해져 바위를 네 조각이 아니라 여덟 조각을 낼 수 있을지는 몰라도 이와 같이 반질거리는 거울처럼 바위를 잘라낼 만큼 그 기공의 정순함을 쌓는다는 것은 불가능했다.

그가 아는 절대적인 상식으로는 이와 같은 무공의 경지는 전대 고인들조차 쉽게 다다를 수 있는 것이 아니며, 젊은 나이로서는 도저히 불가능한 것이다.

그러니 무리(武理)와 의리(醫理)에 뛰어난 곡유신으로서는 소운을 반로환동(返老還童)에 이른 노고수로 생각할 수밖에 없었다.

곡유신은 안색을 엄중히 하여 서하연을 꾸짖었다.

"빨리 예의를 갖추지 못하겠느냐?"

"하지만……."

서하연은 토끼 눈을 하고 입만 벙긋거리다 곡유신의 매서운 눈길에 할 수 없이 사과했다.

"노, 노선배님… 께서 이 소녀를 어여삐 보아 장난치신 것도 모르고 제, 제가 너무 결례가 많았습니다."

소운은 터무니없는 오해에 한동안 할 말을 잃고 멍하니 있는데, 곡유신이 말을 이었다.

"노선배님께서 신분을 감추고 싶어하시니 굳이 묻지 않겠습니다. 그리고 이 아이가 아직 철이 없어 노선배님을 알아보지 못했으니, 부디 어여삐 여겨 용서해 주십시오."

소운은 입만 딱 벌리고 할 말을 잊었다.

그녀의 표정을 살피던 곡유신은 소운에게 정중히 포권을 취하며 돌연 말을 꺼내었다.

"삼가 노선배님께 청할 일이 있습니다. 예는 아닌 줄 아오나, 이 아이가 마음에 드시면 전인으로 거두어주시길 부탁드립니다. 본래 풍진 세속(風塵世俗)을 저어하여 어디에도 구애받길 싫어하시는 성품임은 익히 아오나, 어린 나이에 가문의 혈겁을 당하여 천애 고아가 되어버린 아이입니다. 이미 노선배님과 연이 닿았으니……."

그 말에 서하연은 어이가 없어 입을 쩍 벌렸다. 곡유신은 그녀를 억지로 무릎을 꿇어 앉히며 엄숙한 표정으로 고개를 끄덕였다. 자신에게 모든 일을 맡기라는 표정이다.

소운은 점차 어이없다 못해 황당하다는 표정이 되어 말했다.

"저, 정말 왜들 이러십니까? 저는 노선배도 아니고, 그냥 소운이라는 무림말학인데……."

“노선배님께서 세인들을 희롱하시려는 깊은 뜻은 알지 못하지만, 부디 이 아이를 불쌍히 여겨 한두어 수 무공만이라도 가르쳐 주십시오.”

곡유신의 말에는 어떻게라도 소운을 옭아매려는, 한 치도 물러설 수 없다는 결기가 맺혀 있었다.

“소, 소녀도 간청드리옵니다.”

서하연은 곡유신의 기세에 눌려 목구멍까지 튀어나오려는 다른 말을 억누르고 그렇게 말했다. 하지만 내심 소운의 멍청한 모습을 보며 속으로는 이빨을 갈고 있었다. 호색한에 멍청이에 불과한 소운의 정체를 반드시 밝혀내고 말리라 결심했다.

아침 햇살이 밝아오자 서서히 새벽 안개는 옅어져 갔다.

조그만 모옥 안.

대충 치웠지만 여기저기 부서진 벽이라든지 두 조각이 난 침상 등을 보면 누군가에 의해 어지럽혀진 흔적이 역력했다.

“그, 그렇습니까?”

연신 식은땀을 소매로 훔치는 소운에게 곡유신은 한탄스럽다는 표정으로 손에 든 앙상한 약초 줄기를 내보였다.

“아마도 어제 그 세 악당들 때문일 겁니다. 그러니까 어제저녁 무렵 그 쥐새끼… 아, 노선배님 앞에서 말버릇이 없었군요. 그 비천야신(飛天夜神) 호일봉(胡一峰)이라는 산악한 도둑놈이 웬 포대 자루를 메고 찾아왔었습니다. 평소 저와 친분 관계는 있었지만, 서로 경원시하는 사이라 냉담하게 대했지요. 그런데…….”

“부탁하네.”

쥐꼬리 수염을 단 육십대 정도 되어 보이는 한 노인이 무인으로서의 자존심도 버린 듯 무릎을 꿇고 간절한 음성으로 말했다.

"제발 이 아이를 살려주게!"

그 말과 함께 비천야신 호일봉은 포대 자루를 펼쳤다.

포대 자루 안에는 십사 세 정도에 백색의 나삼(羅衫)을 입은 귀여운 소녀가 몸을 웅크리고 잠들어 있었다.

곡유신은 검미를 치켜세우며 날카롭게 물었다.

"이젠 사람까지 도둑질인가? 자네는 일가친척 하나 없는데 이 아이는 도대체 누구 아이인가?"

"제발! 지금은 시간이 없네. 나중에 말해 줌세. 그러니……."

그때 날카로운 장소성이 멀리서 울려왔다.

호일봉은 안색이 변해 다급하게 말했다.

"무림의 세 악당들이 나를 쫓고 있네. 아니, 이 소녀를 쫓고 있어. 그러니 이 소녀를 데리고 빨리 피신하게. 그동안 내가 유인하고 있을 테니. 부탁하네."

그 말이 끝나기도 전에 호일봉은 빠른 경공술로 모옥을 벗어나 있었다.

"설마 무림삼대악인들이란 말인가! 왜 그들에게 쫓긴단 말인가."

밖에서 웅대한 진력을 담은 장소성이 가까워지고 있었다.

곡유신은 안색이 변해 소녀를 담은 포대 자루를 그대로 들고 황급히 밖으로 나섰다.

날은 저물었고 먹장구름이 몰려들며 비바람이 시작되고 있었다.

곡유신은 주위를 살피다 포대 자루를 안고 절곡의 수풀이 우거진 절벽 쪽으로 다가갔다. 어느 구석에서 나뭇가지와 풀잎 등을 급히 들어내자 조그만 동굴의 입구가 나타났다.

곡유신은 포대 자루와 함께 급히 안으로 들어갔는데, 밖에서 볼 때보다 훨씬 넓었다.

곡유신은 재빨리 밖을 원 상태로 해놓고 난 뒤, 화섭자(火攝子)를 켜고 안으로 들어갔다.

대략 삼 장 정도 들어가자 앞이 막혀 있었는데, 곡유신은 거침없이 그 속으로 파고들었다. 진법(陣法)이 펼쳐져 있었던 것이다.

이리저리 법도(法度)에 맞춰 걸음을 옮겨 진법을 벗어나자, 조악한 나무 문이 나타났다. 곡유신은 익숙한 손놀림으로 나무 문의 자물쇠를 열고 안으로 늘어갔다.

안에는 쾨쾨한 냄새를 풍기는 각종 의서(醫書)들과 침상같이 생긴 기다란 석상(石床), 팔뚝만한 황촉(黃燭) 등이 있었다.

곡유신은 황촉을 밝히고 나서 포대 자루 속에 든 소녀를 석상 위에 눕혔다.

“도대체 이 아이는 누구란 말인가? 그 호 늙은이는 왜 이 아이를 데리고 왔으며, 또 무림삼대악인들은 왜 그를 쫓는단 말인가?”

곡유신은 무수한 의문을 떠올리며 소녀를 진맥(診脈)했다.

소녀의 촌관척(寸關尺)에 세 손가락을 올려놓고 명상에 잠기듯 맥(脈)의 율동을 살펴보았다.

잠시 후, 곡유신의 미간이 찌푸려졌다.

“기혈(氣血)의 흐름이 막힌 곳도 없고, 오장육부(五臟六腑)의 상태도 아주 양호하다. 다만 어린 소녀치고는 기혈이 너무 성(盛)하긴 하지만…….”

곡유신은 이 소녀를 살려달라고 하던 호일봉의 간절한 표정을 떠올리며 고개를 갸웃거렸다.

"설마 하니 이 소녀에게 내가 발견치 못한 괴질이 있단 말인가?"

곡유신은 안색을 침중하게 굳혔다. 그리고 눈살을 찌푸리며 잠들어 있는 소녀에게 중얼거렸다.

"너의 병을 고치기 위해서이니 이해하거라."

그리고 소녀의 백의나삼을 벗겼다.

아직 채 성숙되지 않은 젖가슴과 체모(體毛)조차 제대로 나지 않은 소녀의 음부까지 드러내어 놓았다.

곡유신은 신중히 목의 인영맥(人迎脈)에서부터 발등의 태충(太衝)에 이르기까지 삼부구후맥(三部九候脈)을 살폈다. 그리고 흉복부(胸腹部)에 걸쳐 있는 각 십이경맥(十二經脈)의 모혈(募穴)을 살펴 장부(臟腑)의 허실(虛實)을 보았고, 등 뒤에 있는 수혈(兪穴)을 통해 사기(邪氣)의 집성(集成)을 보았다.

진맥이 길어질수록 곡유신의 안색은 점점 더 굳어져 갔다.

마지막으로 기항지부(奇恒之腑)와 기경팔맥(奇經八脈)까지 훑은 후, 총괄적으로 임독맥(任督脈)의 기시점(起始點)인 회음(會陰)으로 진기를 불어넣어 전신의 경락(經絡)을 점검한 것으로 끝을 맺었다.

곡유신은 기다란 한숨을 토해내며 이마에 맺힌 땀을 닦았다.

"어떻게 이럴 수가!"

한동안 말을 잇지 못하고 멍하니 소녀의 나신만 바라보았다.

곡유신은 장탄식과 함께 소녀에게 옷을 입혀준 뒤, 의서(醫書)를 뒤적거리기 시작했다.

얼마나 지났을까.

굵은 황촛불이 제 몸을 반쯤 살랐을 때, 곡유신은 마지막 의서를 덮었다.

"이런, 이런 것은 어디에도 없다. 과연 내가 진맥한 것이 사실일까?"

곡유신은 멍하니 허공으로 눈길을 둔 채 혼잣말을 중얼거렸다.

"아마도 누군가가 일부러 시술(施術)했을 것이다. 절대로 자연적으로 그런 현상이 체내에 일어날 수는 없다. 누가… 왜 이런 천인공노할 짓을……?"

곡유신은 자신이 가상의 인물이 되어 추론해 보았다.

순수한 음의 기운만으로 태어난 여아가 있다.

아니, 그것도 모친의 뱃속에 들어 있을 때부터 강제 시술에 의해 변형되었을 것이다. 절대 자연적으로는 순수한 음의 기운만으로 된 아이가 있을 수 없으니까. 어쩌면 모친까지도……. 일단 태어난 그 여아에게 젖 대신 치밀하게 배합된 보양 계통의 약을 먹인다. 아마 농축시켜서 식도를 통해 바로 넣었을 것이다. 몸속에 흐르는 기운을 보자면 보통 영약이 아니다. 그리고 태아 때의 순수함을 보전하기 위해 매일같이 막히려고 하는 임독맥 등과 각종 경맥을 뚫어주고 각종 추나요법 등과 함께 개정대법을 시술했을 것이다. 그렇기에 아마 시술자는 내가 고수일 수도 있고, 침술의 대가일 수도 있으리라.

그리고 의식이 깨어나면 그와 함께 기혈의 움직임이 불규칙하게 변해 버리기에 뇌호혈 등을 제압하여 항상 가사 상태로 만든다.

그 상태에서 영약만을 섭취하며 십 몇 년간을 키워온다.

그렇게 해서 가장 순수한 음의 지체를 가진 아이가, 가장 순수한 양의 기운을 가지고 균형을 이루고 있는 것이다.

"휴……."

곡유신은 또 한 번 장탄식을 터뜨렸다.

"만약 깨운다면 기혈의 흐름이 흐트러져 그 음양의 균형이 깨어지고 말 테지. 그러면……."

얼마 살지 못하고 죽고 말 것이라는 얘기는 차마 입 밖에 내지 못했다.

곡유신은 안타까움을 넘어 공허한 눈빛으로 소녀를 바라보았다.

"어느 누가… 이런 짓을……."

태어나 한 번도 눈으로 세상을 보지 못한다. 말하지 못한다. 귀로 듣지 못한다. 아니, 어쩌면 아예 생각조차 못하고 스스로 움직이지조차 못한다. 그러고도 과연 인간이라고 할 수 있을까.

한 인간의 존엄성을 완전히 짓밟아 버린 행위.

곡유신은 시술자에 대한 분노와 인간 본연의 존재에 대한 슬픔으로 한동안 말을 잃었다.

곡유신은 소녀를 살릴 방법에 대해 강구하다 문득 다급한 마음이 들었다.

소녀는 순수한 음의 지체.

매일같이 식도를 통해 섭취하는 보양 계통의 영약이 균형을 맞춰주어야만 살 수 있다. 호일봉이 저 소녀를 어디서 데리고 왔는지는 몰라도 제법 시간이 경과했을 것이고, 빨리 영약을 주지 않는다면 체내의 음양 균형이 흐트러져 바로 죽어버릴 것이다.

그것을 깨달은 곡유신은 다급히 동굴 밖으로 나섰다.

날은 어슴푸레 밝아오고 있었고, 짙은 새벽 안개가 끼어 있었다.

황급히 비밀리에 애지중지 길러왔던 하수오(何首烏) 밭으로 갔다.

보통 하수오 밭이 아니었다. 절곡 안의 묘한 기운 때문인지 백 년도

넘은 하수오들도 많았다.

하수오는 말 그대로 흰머리를 검게 만든다는 의미로 그만큼 보양에 효과있는 약이었다. 백 년 묵은 놈이라면 소녀에게 확실히 도움이 될 것이다.

그렇게 생각하며 하수오 밭에 도착한 순간 곡유신은 망연자실해졌다.

하수오 밭은 엉망이 되어 있었고, 그 위에는 사람 몸뚱이 크기의 도마뱀 한 마리가 꿈틀거리고 있었는데, 곡유신의 기척을 알아채자마자 번개같이 도망쳐 버렸다.

곡유신은 도마뱀이 먹던 약초 하나를 들고 망연자실해 있다가 황급히 연못가로 달려갔다.

기연처럼 하수오 밭을 발견하고 이곳에 모옥을 세운 며칠 뒤, 그날도 세찬 폭우가 쏟아졌다. 그리고 한 괴물 같은 도마뱀—나중에 추정하기로는 천 년 정도 묵은 것 같고, 어떤 영약을 먹고 난 뒤 그렇게 변이되었을 것이라 짐작했다—이 폭우에 의해 이곳 수로를 통해 떠내려 왔다. 그리고 영약의 냄새를 맡고 하수오 밭을 엉망으로 만들 뻔했던 것이다.

곡유신은 하수오 밭 주위에 진법을 설치했지만, 그놈은 영물이라 진법에 전혀 영향을 받지 않았다.

결국 나중에 꾀를 내어 수로로 유인하여 힘겹게 덫을 놓아 바윗덩어리로 막아버렸다.

그 후로는 괜찮았는데, 갑자기 그 녀석이 나타나 하수오 밭을 엉망으로 만들어놓았으니 연못가의 수로로 달려왔던 것이다. 그리고 소운 등을 보게 된 것이다.

“휴, 아마도 비천야신, 그놈을 뒤쫓던 무림삼대악인들이 혹시나 하고 바위를 치워 버린 모양입니다. 제가 그 바위를 설치할 때만 하더라도 엄청난 정력이 소모되었는데, 그 높은 곳에 있는 바위를 쉽게 치워 버리다니 그놈들의 능력이 신통광대하기 짝이 없군요. 휴, 그리고 이백 년 묵은 하수오 등이 아까운 것이 아니라 한 소녀의 생명이……..”

곡유신은 재차 안타까운 눈길로 손에 든 앙상한 약초 줄기를 내려다보았다.

멍하니 듣고 있다 속이 뜨끔해진 소운은 더듬거리며 물었다.

“호, 혹시 다른 방도가 없습니까?”

곡유신은 과장될 만큼 어둡고 절망 어린 표정으로 고개를 저으며 한숨을 내쉬었다. 그리고,

“다만……..”

슬쩍 한마디를 내뱉었다.

“본래 영약 자체보다는 영약을 먹은 동물이 더욱 효과가 있지요. 그러니 그 약은 도마뱀 녀석을 잡을 수만 있다면… 그러나 화중지병(畵中之餠)일 뿐이지요. 시간은 없고, 그놈은 전에 제게 당한 바가 있어 더욱 약아졌을 뿐 아니라, 도저히 제 경공으로는 따라잡지 못할 만큼 재빠른 놈이 되어놔서……..”

곡유신은 보다 더 애절한 어조로 말끝을 흐리며 소운의 표정을 살폈다.

소운은 검미를 치켜세우고 결연한 어조로 두 주먹을 불끈 쥐며 말했다.

“염려 마십시오. 제가 어떻게든 그 녀석을 잡아보겠습니다.”

그리고 당장 모옥 밖으로 뛰쳐나갔다.

곡유신은 뒤따라 나가며 내심 안도의 한숨을 쉬었다.

'긴 얘기를 해준 보람이 있구나. 소녀는 연아가 잘 보살피고 있을 테고… 저 노선배의 능력이라면 그놈을 잡을 수 있을 것이다.'

그리고 소운이 어떻게 천 년 묵은 도마뱀을 잡을지 궁금해 밖으로 나갔다.

소운은 모옥을 나오자마자 높은 나무 위로 올라갔다. 천조광안공(天照光眼功)을 펼쳐, 햇살이 하계(下界)를 비추듯 골짜기 안을 골고루 훑어보았다.

시야에 보이는 큰 생명체의 움직임늘을 살폈지만, 도마뱀으로 추정되는 녀석은 없었다.

이걸로는 안 되겠다 싶은 소운은 바로 내려와 땅에 귀를 대고 천리지청술(千里地聽術)을 펼쳤다. 그러나 혼란스럽게 들려오는 많은 소리들 중에서 어느 것이 그놈의 소리인지 알 수가 없었다.

'그러고 보니 사람 크기의 도마뱀이라는 것밖에 모르는구나. 어떡하면 좋을까. 시간이 별로 없는데……'

소운은 자칫 자신의 실수로 한 소녀의 생명을 꺼뜨리게 만들 순 없다는 다급한 마음에 안절부절못했다.

그리고는 경공술을 극한까지 펼쳐 원을 그리며 골짜기 안을 빠르게 뒤지기 시작했다.

곡유신은 그 모습들을 보고 미간을 찌푸렸다.

'왜 저렇게 허둥대실까?'

무공은 뛰어나지만, 행동들이 마치 전혀 강호 경험이 없는 강호초출의 애송이 같다는 생각이 들었다. 기인들의 행동은 언뜻 장난 같아 보여도, 늙은 생강이 맵다는 말처럼 나름대로의 여유와 연유(緣由)가 있는 법이었다.

그러나 곡유신은 고개를 가로저었다.

'아니야. 내가 보고 있으니 일부러 그런 체하는 거겠지. 쯧쯧, 나이가 들면 오히려 애들 같아진다더니… 저 정도면 장난이 아니라 주책이나 노망이라 불러야 될 듯하구나.'

빠르게 절곡 안을 돌던 소운은 수풀 등에 가려진 곳은 보이지를 않자 목검을 빼 들었다. 그리고 달리던 상태에서 검기를 뿜어내며 수풀 속을 헤집었다. 절곡 안의 생명체들은 때 아닌 수난을 겪었다.

소운이 지나간 곳은 무수히 많은 나뭇가지들이 잘려져 우수수 떨어져 내렸고, 풀잎들은 흙먼지와 함께 허공으로 말려 올라갔다.

그렇게 절곡 안을 온통 헤집어놓은 다음 소운은 다시 큰 나무 위로 올라갔다. 그리고 재차 천조광안공으로 아래를 두루 살폈다.

흙먼지 등이 가라앉으며 무슨 일이 일어났는가 싶어 두더지 한 마리가 불쑥 땅 위로 고개를 내밀었다. 고개를 움츠리고 있던 노루 한 마리는 다시 나뭇잎을 따 먹기 시작했고, 막 토끼를 잡으려다 헛발질을 했던 여우 한 마리는 재차 먹이 사냥을 나섰다.

그리고 커다란 고목 속에서 뾰족 머리를 내미는 놈이 있었다.

소운은 씨—익 미소를 지으며 번개처럼 그곳을 향해 신형을 날렸다. 그것을 눈치챈 커다란 도마뱀은 잽싸게 고목에서 튀어나와 나무 사이로 도망쳐 갔다.

"흥, 네까짓 놈이 나를 벗어날까 보냐?"

소운은 산에서 홀로 수련할 때의 추억이 떠올랐다. 이와 같은 짓은 효과도 있고 재미도 있었지만, 사부님께서 함부로 자연을 훼손치 말라는 엄명을 내리셨기에 하기 힘들었던 놀이였다.

그놈은 나무 사이를 뱀보다 더 영활히, 그리고 새보다 더 빠르게 기어서 도망치고 있었다.

소운은 수목(樹木)들이 진로를 방해하고, 시야를 일순 가리며 방해가 되자, 아예 목검을 휘둘러 베어버리며 뒤를 쫓아갔다. 그러나 도마뱀은 얼마나 재빠른지 도저히 따라잡기가 힘들었다.

'정말 빠르구나! 하지만 반드시 잡아야만 해!'

소운은 곧 신형을 멈췄다. 그리고 공력의 소모를 무릅쓰고 끌어올린 천원일기공의 진기를 바탕으로, 손에 쥔 목검과 스스로의 의식과 마음을 하나로 엮었다.

"가랏!"

소운과 심령(心靈)이 통해진 목검은 하얀 광채를 뿜어내며 가로막는 모든 것들을 관통하고 빛살처럼 쏘아져 갔다.

전설상의 이기어검술(以氣馭劍術)이었다.

소운의 의식이 담긴 목검은 도마뱀의 존재를 느끼자 그곳으로 방향을 틀어 그대로 뚫어버렸다. 소운이 뭔가 잡혔다는 것을 뚜렷이 느끼며 그곳에 뒤따라 도착했을 때에는 꼬리만이 남겨져 있었다.

"……!"

소운은 그놈의 꼬리를 땅에 박고 있는 목검을 뽑아 들며 빠르게 주위를 돌아보았다. 그러나 정적뿐, 아무런 기척도 없었다.

'달아나고 있으니 그 소리는 들릴 것이다.'

순간적으로 그런 생각이 들자, 귀를 땅에 대고 천리지청술을 펼쳤다.

삼백여 장 밖, 어지러운 발걸음 소리 등이 들려왔다.

'누구지? 아무래도 두 사람이 있는 것 같은데?'

소운은 곤혹스러운 표정을 짓다가 일단 그곳으로 경신술을 펼쳐 달려갔다.

수림(樹林)은 다시 정적을 되찾는가 싶었다. 하지만 잠시 뒤, 부스럭거리며 수풀을 헤치고 한 인영이 나타났다.

곡유신이었다.

그는 소운의 흔적을 쫓아 따라온 것이었다.

"저건?"

이곳에서부터 소운의 흔적이 약해지자, 두리번거리던 곡유신은 도마뱀의 꼬리를 발견했다. 그리고 급히 다가가 자세히 살폈다.

"과연! 그놈을 발견하고 잡을 뻔했던 모양이구나. 이거면 우선 급한 불은 끄겠다."

곡유신은 기뻐하며 도마뱀의 꼬리를 챙겨 들었다.

"그분의 행동이 노망이나 주책처럼 보였던 것은 나의 식견(識見)이 모자라서였다. 곡유신아! 너는 똑똑하다고는 하지만 좀 더 겸손해져야만 하지 않겠는가."

곡유신은 그렇게 자책하며 급히 동굴 속의 소녀에게로 되돌아갔다.

순식간에 삼백여 장의 거리를 가로질러 달려간 소운은 뒤쫓던 도마뱀을 발견할 수 있었다. 그리고 그와 함께 두 인영도 볼 수 있었다. 급히 풀숲으로 몸을 눕혀 몸을 숨겼다.

"둘째형! 그쪽으로 도망갑니다!"

털보화상 일견앙신 막대광은 그렇게 소리치며 예기(銳氣)를 흘리는 자오원앙월을 휘두르며 꼬리 잃은 도마뱀을 쫓아 공격해 갔다.

도마뱀은 급작스럽게 방향을 틀며 공세를 피했다. 그리고 커다란 눈알을 빙글빙글 돌리며 빈 공간을 향해 이리저리 기어 도망치려 했다.

화려한 비단 화복(華服)을 입은 한 노인―어제 군웅들에게 쫓기던 피투성이의 백발노인―이 어지러이 몇 개의 환영을 만들어내며 도마뱀의 진로를 가로막았다.

"흥, 네가 이 한혈망(恨血芒)을 피할 수 있는가 보자!"

화복의 백발노인은 그렇게 소리치며 수십 개의 한 뼘 길이의 바늘 고리 같은 것들을 도마뱀이 피할 수 있는 모든 방향으로 던졌다.

그것은 눈에 보이지도 않을 정도로 가느다란 천잠사(天蠶絲)로 백발 노인이 팔목에 차고 있는 은색 팔찌와 연결되어 있었다.

도마뱀은 소운의 공격에 커다란 충격을 받았고, 꼬리를 떼어주고 마지막 힘을 쏟아 도망쳤기에 행동이 그때보다 많이 둔해져 있었다. 때문에 쏟아져 오는 한혈망을 미처 다 피하지 못했다.

살갗을 뚫고 들어간 몇 개의 바늘 고리는 역갈고리라 도마뱀은 발버둥 쳤지만 빠지지 않았고 오히려 연결되어 있던 천잠사의 줄에 엮여져 버렸다.

털보화상, 일견앙신 막내광은 앙천광소를 터뜨리며 발버둥 치고 있는 도마뱀에게 다가갔다.

"크하하하! 이게 웬 횡재냐. 아마 영약을 먹고 큰 놈 같은데 족히 천 년은 묵은 놈……."

막대광은 은빛 한망(寒芒)이 자신을 향해오자 말을 잇지 못하고 급히 뒤로 피했다.

"이게 무슨 짓입니까, 형님!"

백발노인은 들은 체도 않고 도마뱀에게 다가가 혀를 찼다.

"쯧쯧, 제일 중요한 꼬리는 어느 놈이 잘라먹은 거야. 어쨌든 살아 있을 때 피를 뽑아 먹는 게 좋지."

그렇게 중얼거리며 일장을 때려 아직까지 발버둥 치고 있는 도마뱀을 기절시킨 뒤, 느긋하게 한혈망을 회수했다. 그리고 막대광에게 냉소를 날렸다.

"네가 한 일이 어디 있다고 미리 군침을 흘리느냐."

그 말에 막대광은 얼굴이 벌겋게 달아오르며 억울하다는 듯 소리 질렀다.

"이럴 수가 있습니까? 이놈은 제가 먼저 발견했고, 또 제가 몰아주지 않았다면 어떻게 형님 실력으로……."

막대광은 재차 날아오는 한망을 피하느라 말을 잇지 못했다.

"일단 잡은 것은 나다. 그보다 어제!"

백발노인이 '어제' 라는 말로 강하게 끝맺자 막대광은 움찔했다.

"이 형님이 어제 그 미치광이 성신교(聖神敎) 놈들을 땀 흘려가며 힘겹게 유인하고 있을 때 넌 뭐 했지? 그 쥐새끼 같은 도둑놈을 지켜보라니까 허여멀건 계집 엉덩이나 두들기며 있고!"

백발노인이 매섭게 바라보며 말을 잇자, 막대광의 어깨는 처지고 풀이 죽어갔다.

"또!"

백발노인의 강조된 한마디에 막대광은 슬머시 뒷걸음질치기 시작했다.

"어젯밤! 비도 오고 해서 술 한잔하는 것은 그렇다 치고, 겨우 그 쥐새끼를 발견하고 잡으려 할 때, 또 어디 가서 처박혀 있다가 뒤늦게 어슬렁거리며 나타났냐? 그놈을 잡으려고 어젯밤 헛고생한 것을 생각하면……! 대형(大兄)의 당부만 없었다면 이 녀석을 그냥!"

백발노인은 막대광을 따라가며 언성을 높이다 이제는 삿대질이 주먹질로 변하려 했다.

"혀, 형님, 그건……."

막대광은 본능적인 방어 자세를 취하며 더듬거리는 말투로 어떻게든 변명하려 쩔쩔맸다. 그러다 두 눈을 크게 뜨며 손가락으로 도마뱀 쪽을 가리키며 급한 마음에 더욱 말을 더듬거렸다.

"저, 저……."

"뭐가 저냐? 이 호로자식아. 넌 일견앙신이 아니라 일견색마(一見色魔)다, 이놈아!"

막대광은 답답하다는 듯 가슴을 두들기다 드디어 말문이 트였다.

"저 녀석 때문이라고요, 저 녀석!"

백발노인이 뒤돌아봤을 때는 소운이 도마뱀을 챙겨서 달아나고 있었다.

"저런 쥐새끼 같은 놈! 감히 이 극악무도(極惡無道) 복리추(卜利追)님의 것을 훔쳐?"

백발노인, 복리추는 분노를 터뜨리며 우선 막대광의 머리를 쥐어박았다.

"이 쓸모없는 놈! 왜 이리 늦게 소리친 거야. 빨리 쫓아. 네 것 아니라고 또 엉뚱한 짓 했다가는 네놈 물건을 잘라 버릴 테다!"

복리추는 빠르게 경공술을 펼쳐 소운의 뒤를 쫓는 막대광의 엉덩이를 차며 그렇게 말했다.

막대광은 얼굴 가득 억울하다는 표정이었지만 감히 말로 토해내지는 못했다.

"으드득! 모두 저 녀석 때문이다!"

막대광은 뒤쫓아가는 소운을 살기에 찬 눈길로 바라보며 그렇게 중얼거릴 뿐이었다.

복리추는 소운의 뒤를 쫓다 고개를 갸웃거렸다.

"왠지 낯이 익은 것 같은데… 그건 그렇고, 저 녀석도 호가(胡哥) 놈 못지않게 빠르구나. 젠장!"

'소녀의 생명을 구하기 위해서는 어쩔 수 없지!'

이렇게 몰래 훔치다시피 한 것에 대해 소운은 조금 꺼림칙했다.

현재 소녀의 생명이 시간을 다툰다고 하니 도마뱀은 자신이 쫓던 것이라며 그들을 설득할 시간이 부족한 것이다.

"어라!"

빠르게 두 악인과 거리를 벌려가며 달아나고 있는데, 갑자기 품에서 도마뱀이 불쑥 빠져 버렸다. 도마뱀의 체액 때문에 미끈거리는 데다가, 빠르게 경신술을 펼치느라 요동이 심했기 때문이다.

소운이 황급히 땅을 박차 허공으로 치솟아 달려가는 기세를 멈추고 뒤로 되돌아갔다.

그때 여태껏 기절한 척 잠잠히 힘을 비축해 두고 있던 도마뱀이 재빨리 수풀 속으로 달아나 버렸다.

"안 돼!"

소운은 급히 목검을 빼 들고 전력으로 진기와 심령을 불어넣어 도마뱀이 도망친 곳으로 뻗었다.

하얀 햇살과 같은 빛무리가 일직선을 그리며 날아갔다. 그리고 목검 속의 진기가 음양(陰陽)의 기운으로 나뉘어 요동을 치자, 일순 주위에 일진광풍(一陣狂風)이 일어나 수풀을 온통 휘저었고, 미처 마르지 않았던 물방울들이 허공으로 비산(飛散)했다.

그 기세에 도마뱀은 움찔하며 잠시 멈추었고, 목검은 빠르게 찔러갔다.

그때 '이 도둑놈 새끼! 왕팔단! 똥물에 튀겨 죽일 놈!' 그렇게 계속해서 욕설을 퍼부으며 소운을 쫓아왔던 막대광이 놓칠세라 자오원앙월 중의 하나를 강맹한 진기를 담아 던져 왔다.

그리고 복리추는 소매 속에 넣어두었던 한혈망을 몽땅 꺼내 들고 한광(寒光)을 발산하며 소운에게로 던졌다.

소운은 이기어검술에 모든 심령을 쏟아 붓고 있었기에 미처 피하지 못했다. 사실 강적이 쫓아오는 와중에 소운의 행동은 참으로 강호 경험이 없는 어리석은 짓이라 아니 할 수 없었다.

소운은 찰나지간에 천원일기공을 극성으로 끌어올려 몸을 보호했다.

목검은 도마뱀의 머리를 빠르게 꿰뚫어 버렸다. 그리고 동시에 한 개의 자오원앙월은 소운의 허벅지를 꿰뚫어 버렸고, 스물네 개의 한혈망이 소운의 전신대혈을 강타했다.

"크―윽!"

소운은 피를 뭉클 토해내며 이 장 밖으로 퉁겨져 버렸다.

막대광은 소운의 능력을 대략 알고 있었기에 이에 안심하지 않고 뒤이어 달려들어 주먹에 끼워져 있는 나머지 자오원앙월을 반야대승공과 함께 휘둘러 갔다.

소운은 월아의 날이 맹렬히 회전하며 목을 베어오자 이형환위로 피하려 했다. 그러나 이미 깊은 내상을 입어 진기의 흐름이 이어지지 않았고, 허벅지의 깊은 상처로 인해 뜻대로 되지 않았다. 그것을 깨닫는 순간 무릎을 굽히며 땅 위에 드러눕듯 철판교(鐵板橋)를 펼쳤다.

그러나 자오원앙월이 민활하게 허공에서 방향을 바꾸어 소운의 목으로 떨어져 내렸다. 또한 바로 뒤따라온 복리추의 쌍장이 소운의 육합(六合)을 제압하여 퇴로를 완벽하게 차단했다.

소운은 당황했다.

본래 이기어검술(以氣馭劍術)을 펼치면 전신의 진기를 통해 검과 심령상으로 연결이 되어 있다. 이때 외부의 크나큰 충격이 내부를 진동시키면 정밀하게 제어되어 흐르던 진기가 제멋대로 꼬여 버리며 심령까지 같이 충격을 받게 된다.

한마디로 심령의 충격으로 제대로 무공을 펼칠 수 없으며 진기가 꼬여 주화입마되기 쉽다.

무공의 이치에 대해서는 밥 숟가락질 하는 것보다 더 잘 아는 소운이었지만, 다급한 순간들이라 미처 그 정도까지 생각이 미치지 못했다. 아직은 강호초행의 애송이에 불과한 것이다.

위기의 순간.

소운은 금기(禁忌)의 수법인 진원지기(眞元之氣)를 끌어올렸다.

그와 함께 이화접목(移花接木)의 수법으로 회전해 오는 자오원앙월 사이로 손을 집어넣었다.

"어헉! 뭐냐?"

쌍장을 뻗어가던 복리추는 자오원앙월이 갑자기 자신에게로 향해오

자 심장이 목구멍으로 튀어나올 만큼 놀라 뒤로 물러서며 비명을 질렀
다.

"어! 저, 저는 아니에요!"

어제 이화접목을 경험한 바 있던 막대광이 다급히 자신을 째려보는
복리추에게 오해 말라고 변명했다.

"이 자식! 감히!"

복리추는 순간적으로 막대광이 자신을 암습(暗襲)하려 했다고 믿고
욕설을 퍼부으며 공격하려 했다. 그러나 등 뒤에서 심상치 않은 기세
를 느끼고 고개를 돌린 순간, 말을 멈추고 두 눈을 부릅떴다.

다급히 변명하던 막대광도 마찬가지로 두 눈만 크게 뜨고 있었다.

진원지기를 끌어올리며 일어선 소운의 손에는 어느새 목검이 되돌
아와 들려 있었다. 그리고 백광(白光)이 뻗어 나와 눈을 부시게 만들고
있었다.

"서, 설마?"

의아성을 토해내는 순간, 목검은 흰 빛무리를 이끌고 일진광풍과 함
께 두 악인을 향해 뻗어왔다.

"지, 진짜닷!"

두 악인은 이구동성으로 외치며 뒤로 빠르게 물러섰다. 그러나 둘은
이 장도 채 벗어나기 전에 백광이 이미 빠른 속도로 목전에 다가와 있
자 사색이 되어버렸다.

그런데 갑자기 백광이 주춤하며 멈춰 버렸다.

잠시 멍하니 서 있던 두 악인은 황급히 좌우로 메뚜기 튀듯 목검의
사정거리를 벗어났다.

소운의 뻗어 있던 손이 힘없이 내려졌다. 소운은 가물거리는 정신

속에서 치미는 역기(逆氣)를 참지 못하고 울컥 핏덩어리를 토해내었다.
그리고 땅으로 쓰러져 버렸다.

그와 함께 목검도 땅에 떨어졌다. 소운이 정신을 잃게 되니 심령이
연결되어 있던 목검도 중력의 법칙을 어기지 않은 것이다.

막대광은 자신도 모르게 배어 나온 이마 위의 식은땀을 훔치며 중얼
거렸다.

"이기어검술(以氣馭劍術)이라니! 도대체 저 녀석의 정체가 뭐야?"

복리추는 도저히 믿기 힘들다는 듯 두 눈을 부릅뜨고 있었다.

동굴 안.

원목을 잘라 대충 손본 듯한 탁자 위에 두 개의 굵은 황촉(黃燭)이
어둠을 밝히고 있었고, 진한 약 냄새가 진동을 하고 있었다.

그리고 달그락 하는 사기그릇을 숟가락으로 긁는 소리가 났다.

석상 위에는 한 소녀가 눈을 감고 입을 벌린 채 누워 있었다.

그 옆에는 서하연이 조심스레 탕약을 숟가락으로 떠서 소녀의 입속
으로 부어넣고 있었다.

잠시 후, 서하연은 비워진 탕약 그릇을 치우고, 소녀의 턱 주위의 협
거혈(頰車穴)을 눌러 입을 다물게 해주었다.

"이제 너도 좀 쉬거라."

곰팡내 나는 고의서(古醫書)를 뒤적거리고 있던 곡유신은 그렇게 말
하며 책을 덮고 석상 위의 소녀에게로 다가갔다.

"곡 사숙, 이 아이는……."

서하연은 뭔가 물어볼 듯하다 그만두었다. 다만 측은하기 그지없는
눈으로 소녀를 바라보았다.

곡유신은 무슨 질문인지 말 안 해도 안다는 듯 고개를 끄덕이며 장탄식을 토해내었다.

"휴, 그래. 대략 네게 말해 준 바대로다. 이 소녀는 이 상태로 영원히 지낼 수밖에 없다. 다만……."

"다만……?"

곡유신은 말끝을 흐리며 소녀의 팔목 촌관척(寸關尺)에 세 손가락을 대고 진맥에 열중했다. 서하연은 그 다음 말이 궁금했으나 진맥하는 사숙의 정신을 흩뜨릴 수 없어 더 이상 묻지 못했다.

황촉이 몇 번 일렁이고 난 후, 진맥에 열중하던 곡유신의 표정이 조금 밝아졌다.

"이 아이의 내성(耐性)은 정말 대단하구나. 그 천년석룡자의 꼬리와 다른 약재를 섞어 처방을 한 것이 조금 미비한 듯해 걱정했는데, 이 아이는 그것을 제대로 흡수하고 있구나."

곡유신은 그 도마뱀을 천년석룡자(千年石龍子)라 이름 붙였다.

"저는 이미 천수화타라 불리신 곡 사숙의 의술을 믿고 있었답니다."

서하연은 방긋 웃으며 같이 기뻐했다. 그녀가 평소 안색을 굳히고 있을 때는 무서워 보일 정도로 무표정하고 날카롭기까지 한 인상이었지만, 웃으니 만 개의 꽃들이 활짝 피어난 듯 화사하기 그지없어 보는 사람으로 하여금 기분 좋게 만들었다.

'언제나 저런 맑은 웃음을 지을 수 있게 해줘야 하는데.'

곡유신은 내심 씁쓸히 읊조리다 말했다.

"그러나 이렇게 한다고 한들, 또 그 노선배가 천년석룡자를 온전히 잡아온다고 한들, 그 양에는 한계가 있다. 그리고 언제 또다시 그런 영물을 얻을지 모르니 이것 역시 임시 처방일 뿐이지. 그러니 이 아이를 온전히 낫게 하지도 못하면서 강호 친구들에게 그런 별호를 얻었다는 것이 부끄러울 따름이구나.”

“그런데 조금 전, 다만… 이라고 말끝을 흐리셨잖아요. 혹시… 무슨 다른 방법을 생각해 내신 것 아닌가요?”

서하연의 기대에 찬 물음에 곡유신은 예의 씁쓸한 미소와 함께 고개를 저었다.

“의리(醫理)에 합당하다고 해서 실제 임상(臨床)에서 가능할지는 아무도 모른다. 게다가⋯⋯.”

“그래도 저라면 저렇게 식물인간이나 다를 바 없이 사는 것보다는 목숨이 위험해도 시술을 받을 거예요.”

곡유신은 더 이상 말을 않고 혼자만의 상념으로 빠져들었다. 서하연도 더 이상 채근하지 않고 물러섰다.

‘도대체 누가 저 소녀를 이렇게 만들었다는 말인가? 게다가 이런 상태를 유지하는 데는 참으로 간단치 않은 재력과 세력이 있어야만 할 텐데!’

곡유신은 차분히 샘솟듯 떠오르는 의문들을 하나씩 추론해 보았다.

소녀의 몸속에 흐르는 기운을 보아 짐작컨대, 보통 이상의 영약을 썼을 것이다.

그것이 최소한 십사 년! 천문학적인 은자는 둘째 치고라도 그만한 영약을 도대체 어디서 구했을까.

그리고 한동안 소녀의 임독맥을 막히지 않게 지속적으로 개정대법을 시술할 고수들이 즐비해야 될 것이고, 가사 상태로 생명을 정상적으로 영위시키기 위해서는 최소한 자신 못지않은 의술의 대가가 있어야 할 것이다.

'그 정도 일을 해낼 수 있는 집단은?'

몇 개의 단체들이 떠오르기 시작했다.

현 천하제일문파인 현천문(玄天門).

써도 써도 마르지 않는 황금의 샘을 가졌다는 황금성(黃金城).

확인된 바는 아니지만 사막에 사는 이들이 신처럼 추앙한다는 대막궁(大漠宮).

그리고 신화(神話)와 같이 반년 동안 해가 지지 않는 얼음 나라에 있다는 북해빙궁(北海氷宮).

가능성이 없기는 하지만 구파일방(九派一幇)이 전부 합칠 경우.

'그리고… 아득한 전설처럼 내려오는 신비와 공포의 삼신교(三神敎), 그놈들이 있지!'

곡유신은 진저리를 치며 고개를 절레절레 젓다가 사형의 일점혈육인 서하연에게로 시선을 돌렸다. 그녀는 석상에 누워 있는 소녀를 측은한 눈길로 바라보며 뺨을 쓰다듬고 있었다.

'불쌍한 것. 아마도 저 소녀를 보니 동병상련의 정을 느끼는 모양이구나.'

곧 곡유신은 머리를 세차게 저으며 떠오르는 회한(悔恨)을 지웠다.

친혈육 이상의 정을 가졌던 사형이 위험에 처했을 때 도움을 주지 못했다는 것이 천추의 한으로 남아 있었다. 하지만 지금은 감상에 젖을 때가 아니라 냉정하게 복수를 다짐할 때였다.

곡유신은 삼신교를 제일 크게 의심했다. 사형의 가문인 서가장에 혈겁을 일으켰으면서도 강호상에는 전혀 소문나지 않은 치밀함을 보인 것으로 보아 이 소녀의 일에도 제일 유력해 보였다.

비록 삼신교가 십여 년 전 무림의 문파들이 전부 힘을 합쳐 그들을 멸문시켰다고 중인들은 알고 있지만, 그는 분명 그 뿌리는 남아 있을 것이라고 굳게 믿고 있었다. 그렇다면 어쩌면 이 소녀를 통해 삼신교의 존재를 알리고 또한 무림의 공분을 자아내어 또다시 그들에게 대항할 세력을 규합할 수 있을지 모른다.

곡유신은 쓴웃음을 지었다.

'곡유신아! 아무리 복수가 중하다 하나, 여린 소녀를 이용하려는 생각까지 할 정도로 피가 식어버린 것이냐.'

머리를 세차게 흔들어 여태까지의 상념을 지우고 다시 근원적인 물음으로 되돌아갔다.

'그런데 왜 저런 상태로 만들었을까?'

그것이 가장 근원적인 의문이었다. 그리고 분명 인위적인 것이라면 어떤 목적이 있을 것이다. 그것을 알아야 나름대로 또 다른 방안을 연구할 수 있을 것이다.

'저렇게 해서 어떤 이득이 있다는 걸까?'

문득 소녀에게 먹였던 천년석룡자에 생각이 미치자 뭔가 막연한 불안감이 엄습해 왔다.

그냥 하수오보다 그것을 먹은 석룡자가 효과가 더 좋다. 그것은 석룡자의 체내에서 약과 상충(相衝), 상합(相合)하여 독성(毒性)이나 부작용을 제거하고 순수한 약의 기운만을 모으기 때문이다.

만약 사람에게 그런 영약을 먹인다면?

하지만 사람은 동물과 다르다. 자체의 자율성이 있어 어느 정도 이상의 약성은 배출시켜 버리고 말 것이다. 만약 무공을 익혔다면 운기조식을 통해 진기로 흡수해 버릴 것이다. 하지만 인간 자체의 자율성을 없애 버린다면?

그리고 강력한 양강(陽剛)의 영약(靈藥)을 감당할 수 있게 일부러 순음지체(純陰之體)로 만든다면?

곡유신은 몸을 부르르 떨었다. 그리고 홱 고개를 돌려 석상 위의 소녀를 바라보았다.

'설마?'

차마 상상할 수 없을 정도의 잔인함을 생각하며 진저리쳤다.

"인간 영약?!"

갑자기 부르짖는 곡유신의 경악성에 서하연은 어리둥절해하며 돌아보았다.

곡유신은 멍하니 석상 위에 누워 있는 소녀를 바라보다 점차 결심을 굳혔다.

"연아야! 네 말대로 저 소녀를 깨우겠다. 만약 그렇게 된다면 저 아이는 아마 백여 일을 채우지 못하고 죽게 될지도 모른다. 그렇다고 할지라도 이 상태에서… 누군가에게 어떻게 이용되는 것보다는 나으리라!"

그렇게 외치며 서랍 속에서 하나의 자단목으로 만든 상자를 꺼내었다. 서하연은 처음에는 얼떨떨해하다 곧 사숙을 돕기 시작했다.

상자를 여니 금빛이 휘황하게 빛나는 금침이 제각기 다른 크기와 모양으로 일열로 나열되어 있었다. 이른바 황제내경(黃帝內經)에서 일컫는 구침(九鍼)이었다.

곡유신은 엄숙한 표정으로 그중 칠 촌(七寸)에 이르는 장침을 꺼내

들었다. 불빛에 빛을 발하는 장침의 끝에서 새파란 기운이 모여들기 시작했다.

곡유신은 손가락을 꼽아 간지를 따졌다. 자오유주법을 따라 오늘 현재 시각을 흐르는 경맥의 기운을 계산하기 위해서였다.

그동안 서하연은 소녀의 옷을 벗기고 깨끗한 명주천으로 전신을 닦아주고 있었다.

곡유신은 생사 대적에 임한 엄숙한 태도로 소녀 곁으로 다가가서 시술을 펼쳤다. 그의 심후한 내공으로도 힘이 드는지 이마 위로 연신 송골송골 땀방울이 맺혔다. 서하연은 간간이 손수건으로 그의 땀을 닦아주었다.

얼마나 지났을까.

"이젠 되었다. 앞으로 몇 시진만 지나면 이 아이는 깨어날 것이다."

곡유신은 만감이 교차된 표정으로 이마에 맺힌 땀을 소매로 훔치며 그렇게 중얼거렸다. 서하연은 고개를 끄덕이며 뭔가 말하려는데, 밖에서 긴 장소성이 들려왔다.

"왜 때리는 겁니까? 젠장, 이번에도 제대로 된 이유를 대지 못하면……."

막대광은 뒤통수를 부여잡고 투덜거리다 복리추의 두 손에서 쏟아지는 한광(寒光)에 다급히 신형을 피했다.

"이 도마뱀보다 머리 나쁜 놈아. 우리가 왜 이곳에 왔는데 그렇게 소릴 질러?"

노성(怒聲)을 터뜨리는 복리추의 말에 막대광은 찔끔하면서도 승복 못하는 눈치였다. 그리고 피투성이가 된 채로 정신을 잃고 땅에 쓰러져 있는 소운을 가리키며 말했다.

"그, 그건 이 정력제, 아니, 도마뱀도 못 먹게 하고, 또 이 요상한 놈을 못 죽이게 하니까……."

복리추는 한심하다는 눈빛으로 막대광을 바라보다 끌고 온 도마뱀의 머리에 난, 시커멓게 타버려 피조차 흘리지 않는 구멍을 이리저리 뒤집어보며 생각했다.

'내가 듣기로 분명 이기어검술에 당하면 이렇게 타서 관통하는 것만으로 끝나지 않는다. 검을 통해 막대한 진력이 내부를 온통 휘저어 버리거나 폭죽처럼 산산조각나 버리게 만들지. 그런데 이 도마뱀의 내부는 멀쩡하다. 그렇다면 이기어검술이 아니었을까? 하긴 이 애송이 녀석이 이기어검술이라는 게 말이 안 되지. 단순한 회선검이나 비류검을 내가 착각한 것이 틀림없어!'

사실 소운은 도마뱀을 산 채로 잡아야 할 필요성이 있었기에 일부러 진기를 조정한 것이었지만, 복리추는 소운같이 젊은 애송이 녀석이 이기어검술을 펼쳤다는 것을 도저히 믿을 수 없어 그렇게 억지를 부려 생각했다.

갑자기 복리추의 검미가 날카롭게 치켜 올라갔다.

"누구냐!"

복리추의 소매에서 두 가닥의 은빛 한망이 빛살같이 쏟아져 갔다.

"어! 아, 아무것도 아닙니다. 그냥."

도마뱀을 살며시 끌어안고 몰래 자리를 옮기던 막대광은 지레짐작으로 놀라 소리쳤다.

그 소리가 끝나기도 전에 두 가닥의 은빛 한망에 한 사내가 낚싯줄에 걸린 물고기처럼 낚여 복리추 앞에 떨어졌다.

"누, 누굽니까?"

막대광은 도마뱀을 다시 제자리에 두고 딴전을 피우기 위해 물었다.

복리추는 황급히 사내의 옷자락을 와락 펼쳤다.

사내의 심장 부위에는 비상하는 봉황(鳳凰)이 붉은 문신으로 정교하게 새겨져 있었다.

"젠장, 성신교(聖神敎) 놈이군. 네놈 혼자 왔냐?"

복리추의 물음에 잡혀진 사내는 광기(狂氣)에 찬 눈알을 희번덕거리며 발악하듯 소리 질렀다.

"성고(聖姑)를 납치한 네놈들에게 신벌이… 큭!"

복리추는 더 이상 들을 필요 없다는 듯 일장으로 사내의 머리를 바수어 버렸다. 그리고 귀를 쫑긋거리며 주위의 기척을 살폈다.

"젠장, 여기까지 쫓아오다니 지독한 놈이군! 다른 놈들도 몰려올지 모르니 빨리 성고를 찾아봐야겠다. 아무래도 비천야신 그 쥐새끼가 대형 말마따나 이곳에 은밀히 숨겨놓았을 가능성이 높아!"

복리추는 미간을 찌푸리며 그렇게 중얼거렸다. 그리고 냉소를 흘리며 소운을 바라보다, 허리를 끌어안고 급히 절곡 안으로 빠르게 걸어가기 시작했다.

"같이 가요, 형님!"

막대광은 미끈거리는 도마뱀을 끌어안고 허겁지겁 복리추의 뒤를 따랐다.

대략 이 리 정도 걸어가자 잔디가 가득한 분지가 나왔다. 주위에는 소나무와 수풀 등이 우거져 있었다. 그리고 저 멀리 한 채의 모옥이 보였다. 어제 샅샅이 뒤져 봤지만 그 모옥 안에는 별달리 이상한 것은 없었다.

"그건 내려놓고 빨리 근처를 뒤져 봐라. 특히 모옥 안에 비밀 장소가 없는가 살피고, 수상한 동굴이 있으면 조사해!"

"우선 이놈부터 먼저 구워먹고… 아, 형님 말대로 할게요."

막대광은 복리추의 인상이 험악해지자 꼬리를 말았다.

복리추는 막대광이 동쪽으로 가는 것을 확인한 다음, 소운을 풀밭 위에 눕혀놓고 뇌호혈(腦戶穴)과 몇 개의 혈을 풀어주었다. 그리고 곧 정수리 쪽 백회혈(百會穴)에 장심(掌心)을 대고 진기를 불어넣었다.

소운은 미약한 신음성과 함께 깨어나기 시작했다.

"성고는 어디 있나? 빨리 말해. 다 알고 있다. 성고는 어디 있지?"

넘겨짚기로 다급하게 반복해서 묻는 복리추의 물음에 소운은 반쯤 뜬 눈으로 멍하니 허(虛)한 목소리로 되물었다.

"성고, 성고가 뭐죠? 그리고 당신은……."

"젠장, 다 알고 있는데 시치미 뗄 참이냐!"

복리추는 계속 다그쳤으나 소운의 멀뚱한 표정에 곧 실망했다.

소운의 표정으로 보아 성고를 모르는 것 같았기 때문이다. 그러나 이런 인적 드문 곳에 보기 드문 무공을 지닌 청년이 있다는 것은 실로 수상했다.

복리추는 수상한 눈빛으로 소운을 보며 물었다.

"네놈의 정체는 뭐냐? 누구에서서 무공을 배웠지? 그리고 네가 펼친 것이 무어냐? 비류도냐? 아니면 회선도냐?"

그때 소운은 스스로의 몸 상태를 살펴보고 '내상이 정말로 심각하구나! 일 년을 조섭해도 쉽지가 않겠어!' 라고 생각했다. 날뛰는 야생마처럼 약동하면서도 당연한 것처럼 고분고분 따라주던 전신의 모든 근육은 게으르기 짝이 없는 당나귀처럼 되어버렸다.

도도한 황하처럼 창통하던 각 경맥들은 이리저리 꼬여 있었고, 마음이 일면 동시에 일어주던 진기는 텅 빈 듯 공허하기 짝이 없었다.

복리추는 소운의 내심을 짐작한다는 듯 냉소하며 말했다.

"네 무공이 제법 쓸 만했다만 이제는 폐인이나 다름없지. 네 몸속을 흐르는 진기는 빈 항아리처럼 텅텅 비어 있다. 흐흐, 미친놈처럼 진원진기를 끌어 쓰니까 그렇게 되고 만 거지. 쉽게 말해 넌 무공을 전부 잃고 만 거다!"

소운은 복리추의 말이 사실임을 알았기에 내심 절망에 빠졌다.

"자, 이제 네가 알고 있는 것을 털어놓아라. 저 모옥에 사는 놈이 네 사부냐? 네 사부의 이름은 뭐지?"

복리추의 물음에 소운은 멍하니 넋이 빠져 아무 대답 하지 않았다.

복리추는 잠시 눈살을 찌푸리더니 서슴없이 소운의 성한 허벅지를 찔러 버렸다.

"윽!"

복리추는 비명을 지르는 소운에게 냉소를 터뜨리며 물었다.

"흥, 나는 네가 강골철심(强骨鐵心)의 나한(羅漢)이라고는 생각 않는다. 한마디 물음에 대답 않을 때마다 한 번씩 찔러주마. 다시 묻겠다. 저 모옥에 살고 있는 놈은 누구지? 혹시 비쩍 마른 늙은이는 못 보았나? 아니면 조그마한 꼬마 계집아이는?"

그렇게 연달아 물어보며 세 번을 찔렀다. 또다시 복리추가 물어보려고 비수를 찌르려는데 갑자기 등 뒤에서 요란한 방울 소리와 함께 날카로운 파공성이 들려왔다.

"누구냐?"

복리추는 몸을 비틀어 암기를 피하며, 날아온 방향으로 신형을 폭사시켜 갔다. 그곳에는 소나무 숲이 있었다.

그때 반대 방향의 우거진 수풀에서 누군가 번개처럼 소운을 낚아채고는 다시 숨어버렸다.

"젠장, 겨우 회선령(廻旋鈴)에 내가 속다니!"

복리추는 곧 자신이 쏘아져 온 소나무 숲에 아무런 기척도 없음을 깨달았다. 그리고 허공에서 공중제비를 돌며 한 나무를 박차고 소운이 있는 곳으로 재차 돌아왔다.

"이런! 누가?"

의문을 떠올리는 순간, 또다시 요란한 방울 소리와 함께 우거진 수풀 속에서 회선령이 날아왔다.

"흥!"

복리추는 냉소를 지으며 손에 공력을 모아 회선령을 때려내며 주위를 빠르게 살폈다. 그때, 수풀이 미비하게 흔들거리며 빠르게 무언가 움직이며 이동하는 흔적이 보였다.

"잡았다. 이 쥐새끼 녀석!"

복리추는 쌍장을 가슴 앞에 세워 갑작스런 암기에 대비하며 노성(怒聲)과 함께 수풀 속에서 빠르게 이동하는 인영의 흔적을 쫓아갔다.

이곳은 순식간에 꼬리 없는 도마뱀만이 억울한 죽음을 항변하듯 큰 눈을 뜬 채로 남게 되었다. 그리고 정적이 감돌았다.

소운을 낚아챘던 수풀 속.

"다행히 곡 사숙의 생각대로 되긴 했는데… 괜찮을까?"

서하연은 조금 걱정스럽다는 표정으로 힐끗 복리추가 사라진 방향을 바라보았다.

"곡 사숙의 유운신법은 나와는 비교가 안 될 정도니 괜찮을 거야!"

그렇게 중얼거리며 수풀 밖 도마뱀, 천년석룡자가 있는 곳으로 눈길을 돌렸다.

'어쨌든 빨리 저놈을 데리고 동굴 속으로 숨어야……'

그렇게 생각하며 막 나가려는 순간, 누군가가 앙천광소를 터뜨리며 도마뱀 옆에 나타났다.

"크하하하, 누군지는 몰라도 나를 도우는구나!"

막대광이었다.

"도대체 성고는 그 쥐새끼 녀석이 훔쳐 갔을 텐데, 왜 여기에 있다고 생각하는지 도무지 모르겠단 말이야."

그는 가는 척하다 몰래 숨어서 도마뱀을 어떻게 훔치나 궁리하며 지켜보고 있다가 이때다 싶어 나타난 것이었다.

막대광은 그렇게 중얼거리며 도마뱀을 보고 군침을 흘렸다. 그리고 도마뱀을 안아 들고 주위를 휘 둘러보고는 복리추와 반대되는 방향으로 사라져 갔다.

그 모습을 수풀 속에서 서하연은 멍하니 지켜보았다.

"휴, 곡 사숙도 저 멍청한 녀석의 머리 속만은 계산할 수 없었구나."

그녀는 허탈하게 중얼거리며 땅 위에 눕혀져 망연한 눈길로 하늘만 쳐다보고 있는 피투성이의 소운을 바라보았다.

"흥, 바보 자식. 잘난 체하더니… 하여간 드디어 본색이 탄로났군! 잘됐군, 잘됐어!"

그녀는 입을 삐죽이며 그렇게 중얼거렸다. 말의 내용과는 달리 음성에는 걱정스런 빛이 잔뜩 담겨 있었다.

그녀는 잠시 망설이다 소운을 허리에 끼고 조심스레 주위를 살피며 동굴로 향했다.

조심스레 동굴 밖에 위장된 나뭇가지 등을 치우고 소운을 밀어 넣은 뒤, 자신도 따라 들어갔다.

그때, 멀리서 뭔가 합창으로 염불 외는 듯한 소리가 들려왔다. 웅얼웅얼 알아듣기 힘든 소리였는데, 기이하게도 듣는 순간 심장이 두근거리고 정신이 아득해져 오며 전신의 기운이 빠져갔다.

"뭐지?"

서하연은 막연한 두려움을 느끼며 재빨리 다시 나뭇가지 등으로 동굴 밖을 위장하고는 안으로 들어갔다.

第四章

성고(聖姑)

　동굴 안의 진법을 통과하고 나무 문을 꼭 닫고 나자 기묘한 염불 같은 중얼거림은 더 이상 들려오지 않았다.

　서하연은 그제야 마음이 안정되어 일단 화섭자를 밝혀 황촉에 불을 밝혔다. 그리고 나서 조악한 나무 탁자 위에 소운을 눕혔다.

　소운의 옷 여기저기는 한혈망에 맞아 너덜너덜 찢겨져 있었으며, 흠뻑 피가 배어 나오고 있었다. 그리고 오른쪽 허벅지는 자오원앙월의 월아에 관통당해 상처가 깊었으며 새로 비수에 의해 왼쪽 허벅지에 생긴 상처에서는 연신 피가 배어 나오고 있었다.

　서하연은 조심스럽게 상처를 만져 보다 자신의 겉 장포(長袍)를 벗어 거칠게 찢었다.

　먼저 피가 배어 나오는 곳은 혈도를 취해 지혈을 한 다음, 찢겨진 천으로 소운의 상처를 감싸기 시작했다. 그녀 역시 곡유신에게 어깨너머로 배워 만만치 않은 의술 실력을 가지고 있었다.

서하연은 소운에게 빈정거리듯 물었다.

"흥, 어떻게 된 거지? 반로환동에 이른 전대의 고수가 이렇게 형편 없이 당하고 말이야."

서하연은 소운이 멍하니 아무 대답이 없자 냉소와 함께 상처를 감던 천을 꽉 조여 버렸다.

"으윽!"

소운은 짤막한 고통의 신음을 내었지만, 허망하기 짝이 없는 눈빛은 여전히 허공 중의 공허함만을 바라보고 있었다.

"흥, 뭐, 당연한 건지도 모르겠지만… 아무리 무공이 높다 해도 너는 결국 호색한에 멍청이에 불과하다는 걸 진작 알고 있었지. 그러니 이렇게 되었다고 해도 나는 하나도 안 놀란다구."

그녀는 내심 따뜻하게 위로해 주고 싶어도 말이 거칠게 나왔다.

숨어 있을 때 소운이 무공을 잃고 폐인이나 다름없이 되었다는 것을 그녀도 들었던 것이다.

소운은 여전히 무반응이었다. 이에 화가 난 듯 서하연은 투덜거렸다.

"남자가 그게 뭐야. 무공을 잃었다고 그렇게 풀이 죽어 있다니. 내가 잘못 봤어! 무공이야 다시 익히면 되잖아! 그런데 뭘 그렇게 세상이 끝난 것 같은 표정을 짓는 거야?"

소운은 마음이 심란하기 그지없어 계속 쫑알대는 그녀의 말이 귀찮아졌다.

"꽤나 시끄럽군. 남자 같은 계집애가 어울리지 않게 웬 수다… 헉!"

소운은 대꾸에 걸맞은 대가—갑작스레 몰려오는 통증—에 비명을 질렀다.

"흥, 벙어리가 된 것은 아니었군."

서하연은 코웃음을 치며 소운의 전신 경맥을 훑어보았다. 그리고 일단 혈을 풀어주기 위해 소운의 발바닥에 있는 용천혈(湧泉穴)에 장심을 대고 진기를 불어넣기 시작했다. 그러나 진기는 발목에 있는 간경(肝經)의 태충혈(太衝穴)로부터 막혀 더 이상 나아가지 못했다.

방법을 달리해서, 우선 제압된 삼십육 개 대혈을 공력을 담은 손가락으로 신중하게 두들기고, 비틀고, 꼬집으며 추궁과혈(追宮過穴) 수법으로 해혈(解穴)하려 노력하였다.

그녀의 콧등으로 땀방울이 맺히고 있었다.

"쳇!"

서하연은 아무리 노력해도 반응을 보이지 않자 손길을 멈추며 소리쳤다.

"왜 이렇게 안 풀리는 거야? 네가 멍청하니 혈조차 안 풀리는 거잖아!"

복리추의 독문수법으로 제압되었기에 그녀의 힘으로는 풀 수가 없었다. 그녀는 소운에게 화를 내고 있었지만 그 음성은 조금씩 울먹이고 있었다.

그러다 곧 눈물을 보일 것 같자 그녀는 고개를 돌려 버렸다.

잠시 침묵이 감돌았다.

소운은 멍하니 허공을 바라보다 훌쩍이는 소리에 고개를 돌렸다.

황촉에 일렁이는 불빛에 그녀의 옆모습이 보였다. 분명 불빛에 반짝이는 그녀 눈가의 액체는 눈물이었다.

'설마… 나를 위해서 눈물을 흘리는 걸까?'

소운은 그런 생각이 들자 무공을 상실하고 폐인이 되었다는 절망감
은 어느새 사라지고, 대신 가슴이 설레고 알 수 없는 안타까움과 기쁨
을 느꼈다. 분명 거칠기 짝이 없는 여인인데 왜 그렇게 연약하고 가냘
프게 느껴지는지 알 수가 없었다. 자신이 영원히 그녀 곁에서 보호해
주고 싶다는 생각이 들었다.

'그런데 왜 저 소저가 나로 인해 눈물을 두 번 다시는 안 흘렸으면
좋겠다는 생각이 들까?'

소운은 내심 그렇게 생각하며 그녀에게 입을 열어 말했다.

"미안해! 잠시 생각할 것이 있어 그냥 있었던 것뿐이야. 난 한 몇 달
정도만 조용히 섭생을 하면 무공이 회복될 거야. 그러니까 슬퍼하지
않아도 돼!"

서하연의 두 눈에는 그렁그렁 눈물이 맺혀 있었다.

"거짓말 마! 복리추 같은 사람이 잘못 볼 리 없잖아!"

"하하, 솔직히 말해 나의 무공은 불가사의한 경지에 있지! 그 복리추
라는 사람은 나의 경지를 알지 못해 그와 같이 말한 것뿐이야."

서하연은 반신반의했다.

"정말로… 무공을 회복할 수 있는 거야? 괜찮아. 날 안 속여도 돼.
네가 더 이상 풀이 죽어 있지만 않으면 돼!"

"하하, 바보 같군. 이미 간 길을 다시 가는 것이니, 처음 무공을 익힐
때와는 달라! 한 몇 달 정도만 지나면 완전히 정상이 된다니까!"

소운은 호탕한 웃음을 터뜨리며 그렇게 그녀를 위로했다. 그러나 서
하연은 아직도 못 믿겠다는 표정이었다.

"어쨌든 네 혈도는 곡 사숙이 와야 풀어줄 수 있겠다. 그때까지만
조금 참아. 곡 사숙의 의술은 뛰어나니 염려 말라구. 그때 같이 상의해

보면 될 거야."

소운은 그녀의 부드러운 말에 내심 호기가 생겼다.

"좋아! 내가 증거를 보여주지. 막힌 혈도를 내가 지금 풀어보겠어! 잠시만, 다시 용천(湧泉)으로 진기를 넣어줘!"

서하연은 소용없다고 말하려다 소운의 자신있는 표정에 설마 하면서도 고개를 끄덕였다.

"쳇, 너의 냄새 나는 발바닥을 다시 만지라는 거야?"

그녀는 과장되게 코를 쥐고 손바닥을 흔들며 빈정거렸지만, 한 가닥 기대의 빛을 떠올렸다. 그리고 소운의 말대로 발바닥의 용천혈에 장심을 가져다 대고 진기를 불어넣기 시작했다.

소운은 우선 서하연이 준 진기를 구두쇠가 동전 일 문을 아끼듯 세밀히 모았다. 그리고 진기를 상생(相生)의 방향으로 자체적으로 몇 바퀴 돌려 농축을 시켜 힘을 모았다.

그런 다음 용천(湧泉), 연곡(然谷), 태계(太溪)로 이어지는 족소음신경(足少陰腎經)의 경락을 우선 뚫어나갔다.

혼신의 힘을 다했기에 대략 향 한 대 피울 시간이 지나자 드디어 수태양소장경(手太陽小腸經)을 개경(開經)시킬 수 있었다. 그렇게 해서 일단 한 손을 움직일 수 있게 되었다.

소운은 제압되었던 전신 삼십육 개 대혈을 내부의 진기와 외부의 추궁과혈을 이용해서 빠른 속도로 풀어낼 수 있었다.

그리고 천천히 일어나 앉아 그녀에게 히죽 웃어 보였다.

"어때? 내 말이 맞지?"

소운은 그녀의 기뻐하는 모습을 상상하며 그렇게 물었다. 그러나 그녀의 기뻐하는 모습은 잠깐, 돌아오는 것은 그녀의 주먹이었다.

꽝—!

"왜 괜히 걱정시키고 난리야? 괜찮다면 괜찮다고 빨리 말했어야 되는 것 아냐? 바보, 멍청이에 천치 밥통 같으니라구!"

그녀는 꽥 소리 지르고는 소녀가 누워 있는 석상 쪽으로 가버렸다.

소운은 눈앞에 별들이 반짝이는 것을 보며 영문을 알 수 없는 그녀의 행동에 화가 치밀어 올랐다.

'참자! 대장부가 어찌 아녀자와 다툴 수 있으랴! 소인과 여자는 상대하지 말라는 공자님 말씀도 있지 않는가! 참자, 참아!'

소운은 연신 그렇게 중얼거렸다.

소운은 일단 가부좌를 틀고 앉았다. 그리고 본격적인 요상법을 행하기 시작했다 들숨 날숨으로 고요히 내식을 다스리기 시작했다.

서하연은 아직도 눈가에 남아 있는 눈물을 훔치며 힐끔 소운을 훔쳐보고는 속으로 투덜거렸다.

'괜히 저 녀석 때문에 나만 손해 봤잖아. 앞으로 저 녀석 때문에는 절대로 울지 않을 거야! 절대로!'

그렇게 생각하며 석상 위의 소녀에게로 시선을 고정시켰다.

'그나저나 곡 사숙의 말씀대로라면 깨어날 때가 되었는데……'

소운은 우선 전신에 흩어져 있는 진기를, 그야말로 장지문 사이로 들어오는 먼지같이 흩어져 있는 진기를 참새 눈물방울을 종지에 담듯 끌어 모았다.

조금이나마 진기가 모이자 음양의 기운으로 나눈 뒤 서로 상충(相沖)시켰다. 그렇게 일시적으로 힘을 증폭시킨 다음 강한 회전력을 주어 내상으로 인해 막힌 경혈을 하나씩 뚫고, 꼬인 경맥을 조심스레 바로잡아 나갔다.

그렇게 세밀하고 정밀한, 또한 지루하기 짝이 없는 운기요상(運氣療傷)을 해 나가고 있었다.

대략 반 시진(半時辰) 정도의 시간이 흐르자 소운은 가부좌를 풀었다.

일단 어느 정도 내상은 치료가 된 듯싶었다.

소운은 크게 숨을 들이키고 나서 천천히 일어났다. 여기저기 상처가 쑤셔왔지만 어느 정도 참고 움직일 만했다. 최소한 그녀 앞에서 약한 모습을 보이기는 싫었다.

소운은 천천히 석상 위에 누워 있는 소녀에게로 다가갔다.

"이 소녀가 곡 선배가 말씀하시던……?"

소운의 물음에 서하연은 말없이 고개를 끄덕이며 최대한 무심한 어조로 물었다.

"이제 몸은 괜찮아?"

"아, 하하하, 당연하지. 한 몇 달만 더 운기요상하면 괜찮을 거야."

그렇게 큰소리치는 소운의 이마 위로 땀방울이 맺혔다. 이렇게 움직이고 큰소리치는 것도 현재로서는 부담스럽고 힘이 드는 일이었다.

그녀는 뜻밖에도 부드럽게 말했다.

"하여간, 상처가 심하니 조심해. 그리고……."

그때 동굴 밖으로부터 기이힌 울림 소리가 다시 들려왔다.

"저건?"

서하연의 아미가 찌푸려졌다.

이곳으로 들어오기 전에 들었던 염불 같기도 하고, 주문 같기도 했던 음산하고 기이한 웅얼거림이었다. 진법과 나무 문을 뚫고 소리가 들어온다는 것은 알 수 없는 그들의 존재가 더욱 가까이 다가왔음을 의미했다.

그것은 뭔가 암울한 불행을 지켜봐야 할 때처럼 막연한 두려움을 주었고, 그와 함께 가슴이 두근거리고 심령이 울려왔으며 전신의 기운이 빠져나가는 듯했다.

"음공(音功)의 일종인가?"

소운이 그렇게 중얼거리며 고개를 갸웃거렸다.

서하연은 잠시 불안한 눈빛으로 나무 문밖을 쳐다보더니 입술을 깨물고 말했다.

"넌 여기서 이 소녀와 같이 있어. 나는 잠시 나가서 살펴보고 올게."

서하연은 소운의 대답도 듣지 않고 재빨리 나무 문을 열고 나가 버렸다.

"어! 잠깐."

소운은 갑작스런 그녀의 행동에 뒤따라 나가 물으려다 흠칫했다. 갑자기 호랑이가 나타나 으헝 하며 달려들었기 때문이다.

"진(陣)?"

호랑이의 살기나 기세가 느껴지지 않기에 소운은 곧 환상임을 깨달았다.

사부에게 배운 대로 진을 뚫고 나가려는데, 갑자기 안쪽에서 미약한 신음 소리가 들려왔다.

'……?'

석상 위에 눕혀져 있던 소녀가 천천히 눈을 뜨고 있었다.

진을 통과하자 기이한 웅얼거림이 더욱 커졌다. 서하연은 다급히 운기하며 심경(心經)의 신문(神門), 소해(少海) 등의 혈을 취해 심기를 안정시켰다.

그녀가 조심스레 위장된 나뭇가지를 들추고 밖을 내다보려 할 때, 멀리서 우렁찬 고함 소리가 들려왔다.

"이 미친놈들아! 그만 좀 중얼거려라! 시끄러워 잠을 못 자겠다!"

일견앙신 막대광의 목소리였다.

연이어 극악무도 복리추의 나지막한 목소리가 가까이에서 들려왔다.

"흠, 저놈이 이번에는 조금 제대로 하는군."

이어서 한줄기 정중한 목소리가 들려왔다.

"도대체 왜 이러시는 것입니까? 본래 여기는 나의 은거지처(隱居之處)외다. 내가 내 땅을 돌아다니는데 갑자기 나타나 터무니없는 트집을 잡아 공격해 오다니 참으로 강호의 예의가 아닌 듯합니다."

서하연은 그 목소리의 주인이 곡유신임을 깨닫고 황급히 나뭇가지를 살며시 들추어 밖을 내다보았다.

곡유신은 이미 한차례 격전을 벌인 듯 옷차림새가 엉망으로 흐트러져 있었고, 찢겨진 곳도 있었다. 그리고 입가에는 한줄기 피가 흘러내리고 있었다.

하지만 그와 마주하고 있는 복리추는 아무런 손해도 입지 않은 듯 멀쩡했다.

그는 가소롭다는 듯 코웃음을 치며 말했다.

"흥, 정말로 몰라서 묻는 것인가? 그 쥐새끼 같은 호가 늙은이가 네놈을 찾아 여기로 숨어들었다. 그건 네놈에게 성고를 맡기기 위해서였지!"

그는 자신의 짐작을 확신한다는 듯 싸늘한 음성을 토해내며 손바닥

위에서 살기를 뿜어내고 있는 한혈망을 만지작거렸다. 당장이라도 발출할 듯한 위협적인 태도다.

곡유신은 어리둥절한 표정을 지으며 고개를 갸웃거리며 말했다.

"도대체 성고는 누구를 일컫는 것입니까? 참으로 알지도 못하는 사람을 제게서 찾으니 심히 난감하군요."

그 표정과 태도가 워낙 태연하고 그럴듯해 보여, 복리추는 눈살을 찌푸리며 생각했다.

'혹시 이놈이 정말로 성고를 모르는 것이 아닐까? 그렇구나! 그 욕심 많고 교활한 쥐새끼가 제대로 성고의 내력을 말해 주었을 리는 없지!'

그렇게 생각하고 혹시나 싶어 말했다.

"십사오 세가량 되어 보이는 계집아이다."

"아─! 혹시, 머리는 길고 예쁘장하게 생기지 않았습니까?"

곡유신이 감탄사를 터뜨리고 나서 뭔가 아는 것처럼 말하자 복리추는 눈을 반짝였다.

"그렇다. 어디 있느냐?"

복리추는 과연 곡유신이 성고를 숨기고 있는 것을 실토하는 듯하자 기뻐했다.

"성고를 넘겨주면 네놈의 생명을 살려주지. 네놈의 귀 한 짝만 떼어내고 말이다. 흥, 나의 비위를 거스르고도 살아난 놈은 드물다. 흐흐, 그러니 그것만으로도 네놈은 강호에서 명성을 날릴 수 있을 것이며, 이는 귀 한 짝에 비하면 터무니없이 높은 가격이라고도 할 수 있지! 또한……."

복리추는 기쁜 마음에 성고를 넘겨주면 얼마만큼의 이득이 있을 것인지 말해 주었다. 즉, 회유책인 셈인데, 확실히 곧 실토하려는 사람도 입을 다물게 만들 만한 위력이 있었다.

다행히 곡유신에게는 입을 열게 만드는 효과가 있는 모양이었다.

"그렇다면 진작 말씀해 주시지 않고요. 하하, 그랬더라면 이토록 서로 다툴 이유조차 없지 않았습니까? 하하하!"

복리추는 의외로 쉽게 일이 이루어진 듯하여 기뻐 입을 다물지 못했다.

곡유신을 죽여 버릴 수는 있겠지만, 성고를 찾지 못하면 헛되이 땀을 흘리는 것에 불과하다. 그런데 한마디 말로 이토록 쉽게 일이 이루어짐을 보고 앞으로도 자주 약간의 인내심을 발휘하여 일단 말로써 해결해 보자는 갸륵한 생각까지 할 정도였다.

물론 곡유신의 그 다음 말이 이어지기 전이었다.

"여기서 삼십 리 정도만 내려가면 안탕읍(雁蕩邑)이라고 있지요. 그곳에는 저도 간혹 술 한잔하러 가는 구화루(九華樓)라는 주점(酒店)이 있습니다. 거기에는 술시중을 드는 아이들이 몇 명 있는데, 아, 물론 저는 혼자 술을 마십니다. 그 아이들 중에 제일 나이 어린 소녀가 있는데, 이름이 성고(成皐)라고 하더군요. 그 아이가 머리도 길고 제법 예쁘장하게 생겼지요. 성고라… 하하, 어린 소녀의 이름이 불알을 이룬다는 뜻이니 기이하기 그지없었는데 알고 보니… 남자 아이더군요. 하하하, 우습지 않습니까? 그런데 설마 하니 취향이 그쪽이실 줄이야!"

유심히 듣고 있던 복리추는 잠시 아무 표정이 없었다. 곡유신이 자신을 놀렸다는 것을 일시 실감하기 어려워서였다.

설마 사숙이 작은 소녀를 복리추에게 건네줄까 하여 가슴 졸이며 숨어 지켜보던 서하연은 얼떨떨한 복리추의 표정을 보고 다급한 형세 와중에서도 킥 하며 웃음을 금치 못했다.

'사숙은 정말 장난을 좋아하는구나. 그런데 나는 어떻게 해야 할까? 지금 내가 나선다 하더라도 도움이 되지 못할 텐데.'

"이—놈!"

복리추는 자신이 놀림감이 되었다는 것을 확실히 자각한 순간 그의 안색은 휴지 조각처럼 구겨졌으며, 천둥 같은 고함을 내질렀다.

그리고 공력을 극성으로 끌어올렸는지 그의 머리카락은 하늘로 치솟았고, 입고 있는 장포는 바람이 잔뜩 든 것처럼 부풀어 올랐다.

그의 양손에 들려 있는 한혈망이 극성의 공력을 담아 막 쏟아내려고 할 때, 곡유신이 다급하게 외쳤다.

"잠깐! 성고를 찾을 방법이 있습니다."

복리추는 열화 같은 분노가 치솟는 가운데서도 혹시나 하는 한 가닥 기대를 버리지 못했기에 막 쏟아내려던 공력을 가까스로 멈추고 아무 말 없이 살기를 폭사하며 곡유신을 쏘아보았다.

만약 자신을 놀리기 위해서라면 더 잔인하게 돌려주겠노라 맹서하면서… 곡유신은 잠시 호흡을 가다듬었다. 그리고 빙긋 친근한 웃음을 보여주고 나서 공력을 모아 크게 외쳤다.

"성고야—! 빨리 나오너라! 네 지아비가 눈물로 기다리고……!"

복리추는 순간 눈에 보이는 것이 없어졌다.

으헝! 하는 기합 소리와 함께 곡유신을 향해 스물여덟 개의 한혈망을 한꺼번에 폭사시켰다.

곡유신은 미리 대비하고 있은 듯 유운신법을 통해 재빠르게 옆으로 피했다. 그러나 스물여덟 개의 한혈망은 천지 사방의 모든 방위를 동시에 점하여 피할 장소를 제압하고 있었다.

곡유신이 재빨리 품속에서 하나의 부채를 꺼내 폭사해 오는 몇 개의 한혈망을 쳐내며 태방(兌方)으로 피했다.

순간 눈에 보이지도 않을 정도로 가느다란 천잠사로 연결되어 있는 한혈망들은 마치 살아 있는 뱀처럼 영활하게 허공에서 움직여 곡유신의 뒤를 뒤쫓았다.

곡유신은 이를 피하기 위해 방향을 트는 것이 아니라, 한 방향의 숲을 향하여 최대한 빠르게 신형을 옮겼다.

막 먹이를 노리는 뱀처럼 빠르게 쏘아져 가던 한혈망들이 곡유신의 뒷면 전체를 덮쳤다. 옷을 파고들어 막 피부를 파헤치려고 할 때, 갑자기 한혈망들이 멈추었다. 매달려 있는 십여 장 길이의 천잠사가 끝을 다한 것이다.

곡유신은 등 부위에 몇 개의 옅은 상처가 났지만 일단 가까스로 일차 공격을 피했다. 그는 재차 공력을 담아 큰 소리로 '성고야!' 하며 고함쳤다.

숨어서 지켜보던 서하연은 형세의 험악함에 초조해하면서도 곡 사숙의 기행에 웃음이 나왔다.

'곡 사숙은 이 지경에 이르러서도 저 사람을 놀리고 있구나.'

그러나 곧 닥쳐온 장내의 변화를 보고 자신의 생각이 틀렸음을 알 수 있었다.

장내의 싸움은―복리추의 일방적인 공격이기는 했지만― 피같이 붉은 혈의를 입고 나타난 중년인에 의해 멈춰져 있었다.

빨간 장갑을 낀 그의 한 손에는 석양처럼 붉은 검이 들려 있었는데, 검신에서부터 검의 손잡이까지 붉었다. 검의 손잡이에는 붉은 보석이 달려 있었고, 매달린 수실조차 붉었다.

한마디로 온통 붉은색으로 치장한 사나이였다.

혈의 중년인의 출현에 복리추는 벌레 씹은 표정을 했다.

"호성이위(護聖二衛)……?"

쥐어짜듯 그의 신분을 내뱉고는 황급히 주위를 두리번거렸다.

그와 함께 온 성신교의 무리들이 없나 살펴보기 위해서였다.

성신교 인물들의 등장에 곡유신의 안색이 침중해졌다.

성신교는 뚜렷한 악행을 저지르지는 않으나 하는 행동들이 음사(陰邪), 괴이(怪異)한 점들이 많고 그 세력이 오히려 구대문파를 능가하는 면이 있다고 알려져 있다.

그들과 은원 관계를 맺으면 저승까지 따라가 괴롭힌다 하여 되도록이면 상종하고 싶어하지 않는 곳이기도 했으며, 정확히 강호에 자세하게 알려진 바는 없었다.

아무래도 상황을 보아 성고는 비천야신이 데리고 온 그 소녀인 것이 틀림없고, 또한 성신교에서 몰래 납치해 온 것 같았다. 상황을 정리해 보면 복리추 등의 무림삼대악인과 비천야신이 힘을 합쳐 성고를 납치하고, 그 외중에 비천야신이 배신하여 몰래 빼돌려 자신에게로 데리고 온 것이다.

'그렇다면 성신교에서 그 아이를 그렇게 만들었을까? 아니다. 제아무리 성신교라 할지라도 그 정도의 힘과 재력은 없다. 그렇다면 어떻게 된 일일까?'

혈의 중년인은 곡유신에게 물었다.

"네가 방금 소리쳤느냐?"

곡유신은 고개를 끄덕이며 말했다.

"그보다 귀 교는 저기 계시는 극악무도 복리추와 먼저 해결할 것이 있어 보입니다만……."

그 말에 혈의 중년인은 흠칫하며 복리추를 돌아보았다. 곧 분노에 차 소리 질렀다.

"그렇다면 네놈이 성고님을 납치한……!"

노성(怒聲)과 함께 그는 적검(赤劍)을 곧추세웠다.

장엄한 노을과 같은 붉은 검기가 그의 주위로 자욱하게 피어오르는 것을 보며 복리추는 생각했다.

'저놈의 무공은 결코 내 아래가 아니다. 만약 호성오위가 전부 이곳으로 온다면 이 자리를 벗어나기 힘들 것이다. 그러나 나 복리추가 어찌 등을 보일 수 있다는 말인가.'

붉은 검기가 안개처럼 밀려오는 가운데, 그의 시야에 혈의 중년인에 의해 끊어진 몇 가닥의 천잠사와 한혈망들이 바닥에 널브러져 있는 것이 들어왔다.

'젠장, 이대로는 불공평하지. 저놈은 보검(寶劍)을 들고 있으니.'

생각과 동시에 그는 경신술을 발휘해서 도망치기 시작했다.

혈의 중년인은 그 모습을 보고 코웃음을 치며 재빨리 품속에서 기이하게 생긴 피리를 꺼내어 불었다.

끼—이—익!

소름 끼치는 피리 소리가 허공으로 울려 퍼졌다. 혈의 중년인은 곧 복리추를 뒤쫓았다.

서하연이 동굴을 가로막은 수풀을 헤집고 나오려 하자 곡유신이 눈치채고 나지막하게 고개를 저었다.

서하연이 흠칫하는데, 여기저기서 기이한 피리 소리가 울려 퍼졌다. 곡유신은 다시 한 번 서하연 쪽을 향해 고개를 젓고는 재빨리 복리추가 사라진 반대 방향으로 경신술을 이용해 달려가기 시작했다.

'왜 곡 사숙은 나보고 나오지 말라는 걸까? 그리고 어디로 가는 걸까?'

그때 몇 명의 인영들이 허공에서 뚝 떨어지듯 날아 내리더니, 뒤이어 중인들이 몰려왔다.

중인들은 전부 다섯 가지 색깔의 옷으로 구분되어 있었는데 그들이 소지하고 있는 병장기는 대부분 장검이었다.

그들 중 우두머리로 보이는 황의 중년인이 손짓으로 재빠르게 수하들에게 지시했다.

그는 황색 장갑을 끼고 있었고, 황색 장화에 황색 보검을 허리에 차고 있었다.

그의 지시에 중인들은 일사불란하게 움직여 일부는 멀어져 가는 곡유신의 뒤를 쫓고, 나머지는 피리 소리를 울리고 있는 혈의 중년인을 뒤쫓아갔다.

신형을 날리며 옷자락 스치는 소리가 부산스러운 가운데, 황의 중년인이 태연한 표정으로 힐끔 주위를 훑어보았다.

숨어 있던 서하연은 그의 눈길이 자신이 있는 곳으로 향할 때 깜짝 놀랐다. 그러나 다행히 숨어 있는 동굴을 찾지는 못한 듯 곧 신형을 날려 사라졌다.

서하연은 안도의 한숨을 내쉬었다.

'그렇구나. 저들 때문에 나오지 말라고 했구나. 그리고 사숙은 저들의 이목을 다른 곳으로 돌리기 위해… 유인하신 거구나! 여기도 언제

저들에게 발각될지 모른다. 빨리 피하는 게 좋겠구나.'

그렇게 생각하며 뒤돌아 동굴 안으로 들어가려다 깜짝 놀랐다.

눈앞에 검은 인영 하나가 서 있었던 것이다.

하지만 곧 소운임을 알아보고 놀란 가슴을 쓸어내렸다.

"진법도 알고 있었어? 그런데… 표정이 왜 그래?"

"아, 아무것도 아냐."

소운은 말로 형언키 어려운 복잡한 낯빛을 하고 있었다.

"이럴 시간이 없어. 빨리 그 아이를 데리고 이 자리를 피해야 해! 언제 성신교에서 이곳을 찾아낼지 몰라!"

서하연은 그렇게 말하며 소운의 손을 끌고 안으로 들어갔다.

진법을 통과하고 나무 문을 여는 순간 서하연은 깜짝 놀랐다. 석상 위에 꼼짝도 못하고 누워 있던 소녀가 앉아서 자신 쪽을 바라보고 있었던 것이다.

커다란 두 눈망울은 흑요석을 박아놓은 듯 맑게 반짝이고 있었는데, 마치 요정의 눈같이 신비스럽기 그지없었다.

"아! 역시 곡 사숙의 시술이 성공했구나!"

서하연은 기뻐하며 그녀를 부둥켜안으려는데, 갑자기 소녀가 손을 뿌리쳤다.

소녀의 얼굴에 떠오른 표정은 싫어! 라는 뜻이 역력했다. 그리고 소녀는 서하연의 등 뒤를 향해 시선을 돌리며 천사같이 천진난만한 미소를 지었다.

물론 그곳에는 소운이 있었다.

서하연은 당황해하며 소운에게로 고개를 돌렸다. 그녀의 눈빛에는 어떻게 된 일이냐는 의문이 가득했다.

소운이 쭈뼛거리며 석상 곁으로 다가가자 소녀는 손을 뻗으며 일어서려고 했다. 그러나 몸이 아직 완전히 자유스럽지 못한 듯 삐걱거리며 석상 아래로 떨어지려 했다.

서하연이 소녀를 재빨리 부축하자 그녀는 몸부림을 쳤다.

그리고는 소운에게 간절히 뭔가를 원하는 표정으로 손을 뻗어 올렸다.

"삐—!"

"……?!"

서하연은 소녀를 아직도 쭈뼛거리고 있는 소운에게로 넘겨주었다. 소운은 여전히 복잡한 낯빛을 한 채 소녀를 받아 안았다.

"삐—!"

소녀는 소운의 품에 안기자 환하게 만족스런 웃음을 띠며 그렇게 말했다. 아기 같은 목소리였다.

서하연이 두 눈을 동그랗게 뜨고 소운을 바라보았다. 소운은 그녀의 눈빛으로 묻는 말에 고개 저으며 말했다.

"나도 몰라. 이 애가 왜 이러는지……."

소운은 한 번 더 머뭇거리다 난처한 표정으로 말을 이었다.

"그건 그렇고, 이거나 좀 어떻게 해줘. 안 그래도 이것 때문에 너에게 갔던 거야."

소운의 시선이 닿은 곳은 소녀의 치마. 어떤 액체로 축축하게 젖어 있었다.

"……!"

소운이 그녀를 서하연에게 넘기려고 하자, 소녀는 울상을 지으며 고개를 도리질했다.

서하연은 멀뚱히 바라보다 퉁명스레 말했다.

"나한테 오기 싫어하는데 나보고 어쩌란 거야? 그리고 지금 그럴 시간 없어. 빨리 와!"

그리고는 밖으로 나가 버렸다.

"삐—!"

소녀는 여전히 소운의 품에 있다는 것에 만족한 듯 천진난만한 미소를 띠며 손으로 소운의 얼굴을 더듬고 있었다. 마치 다시 사라지지 않을까 두려워하듯이.

"휴!"

소운은 한숨을 내쉬고 소녀를 안은 채 밖으로 나갔다. 결코 소녀가 무거운 것은 아니지만 현재 소운의 상태로는 힘겹기 그지없었다.

진법을 통과하고 위장된 나뭇가지를 뚫고 동굴 밖으로 나가자, 서하연이 심각한 표정으로 주위를 살피고 있었다.

"당장 그들 성신교를 피하기는 어려워. 그들이 물러날 때끼지 숨을 곳이 필요한데……."

소운은 그녀의 말에 문득 생각난 것이 있어 한쪽 방향을 가리켰다.

"우선 이리로 가보자."

그렇게 소운이 소녀를 안고 앞장을 섰고, 서하연은 뒤를 따랐다.

소운은 수풀을 뚫고 이리저리 달리기다 갑자기 예감이 이상해서 급히 웅크려 앉았다. 서하연도 덩달아 같이 숨었다. 소녀가 재미있다는 듯 웃으려 하자 소운은 급히 그녀의 입을 틀어막았다.

순간 몇 개의 인영이 그들 앞을 지나갔다.

"어떻게……?"

서하연이 어떻게 알았냐는 의문을 토하기도 전에 소운이 '쉿!' 하며 손가락을 입에 가져다 대었다.

또다시 몇 개의 인영이 빠른 경공술로 지나갔다.

'도대체 어떻게 된 일일까? 설마 벌써 무공을 회복하고 그들의 기척을 알아챈 것일까?'

서하연은 도저히 궁금증을 참지 못하고 물었다.

"어떻게 안 거지?"

소운은 자신도 모르겠다는 듯 고개를 갸웃거리다 말했다.

"몰라. 그냥… 감이야."

그리고 벌떡 일어나 또다시 빠르게 달려가기 시작했다.

"……?!"

잠시 후, 소운은 하나의 고목 앞에 도착했다. 천년석룡자가 숨어 있던 그 고목이었다. 그 고목의 일 장 높이에는 하나의 커다란 구멍이 뚫려 있었는데, 소운은 소녀를 안은 채 땀을 뻘뻘 흘리며 그곳으로 올라갔다. 그리고 멍하니 서 있는 서하연에게 따라 들어오라는 손짓을 했다.

서하연이 뛰어올라 가 구멍을 통해 들여다보니 고목 안은 비어 있었다.

소운은 소녀를 안고 안으로 뛰었다.

욱씬!

여기저기 상처에서 아프다고 아우성을 쳤지만 소운은 결코 약한 모습을 보이지 않고 히죽 웃어 보였다.

서하연은 뛰어들어 가 물었다.

"여긴 어떻게 안 거지? 그리고 이 소녀가 왜 날 싫어하고 너한테만 안기려 하는 거지? 혹시……."

서하연은 혹시 무슨 수작을 부린 것은 아니냐고 쏘아붙이려다 곧 소운의 이마 위로 흐르는 땀방울을 보고 터무니없는 생각이라는 것을 깨달았다. 하지만 여전히 수상쩍은 눈빛으로 소운을 바라보았다.

소운이 한숨을 쉬며 대답했다.

"휴, 나도 잘 모르겠어. 네가 나가고 난 뒤에 이 소녀가 깨어나길래 다가가 지켜봤어. 그런데 눈을 뜨더니 갑자니 나보고… 빼—! 라고 했어."

서하연은 문득 곡 사숙에게 들은 말이 생각났다.

알에서 깨어난 새는 처음 자신의 눈에 각인(刻印)되는 것을 자신의 부모로 안다는 이야기였다.

그 이야기를 해주자 소운은 뜨악해하며 부르짖었다.

"그럼, 날 아빠로 안다는 말이야?"

서하연은 계속 싱글벙글거리며 소운의 얼굴을 만지작거리는 소녀를 쳐다보며 중얼거렸다.

"울지도 않고 착한 아기네."

그녀는 곡 사숙으로부터 만약 소녀가 깨어나면 세상일은 전혀 모르는 갓난아기와 같을 것이라는 것을 이미 들었기에 그녀의 아기 같은 행동을 이상하게 여기지는 않았다.

서하연은 농담 삼아 말했다.

"만약 네가 나중에 장가가면 이 애는 어떻게 할……."

갑자기 소운이 안색을 굳히며 손가락을 입가에 대었다. 밖에서 어떤 목소리가 들려왔다.

“이단(二團)은 아무도 발견 못한 모양이군. 역시 누군가의 유인(誘引)이었어. 홍, 그러나 한 명의 눈에만 띄어도…….”

그자는 느긋이 걸어가며 말을 하는 듯 점점 목소리가 멀어져 갔다.

서하연은 자칫 기척을 들킬 뻔했다는 사실에 식은땀이 흘러나왔다. 그리고 소운이 그의 기척을 알아챈 것을 보고 확실히 무공을 회복했구나 싶어 한편으로는 기뻐했다.

그때, 멀리서 긴 장소성이 들려왔다. 그리고 펑! 펑! 장풍이 부딪치는 소리와 병장기 소리도 같이 들려왔다.

서하연의 안색이 급변했다.

“저건 곡 사숙의 음성이야. 아무래도 곡 사숙이 위험에 처한 것 같아.”

그녀는 다급히 일어서며 소운에게 빠르게 말했다.

“여기서 이 소녀를 지키고 있어.”

말과 함께 고목의 구멍으로 튀어나가 버렸다.

고목의 구멍 사이로 들어온 가느다란 햇살에 고목 안의 먼지가 뿌옇게 피어오르는 것이 보였다.

소운은 잠시 얼떨떨하게 있다 인상을 구기며 소리쳤다.

“날 뭘로 보는 거야?”

자신을 홀로 두고 떠난 것은 이번이 두 번째였다. 소운은 자신을 이제는 종이호랑이로 취급하는 모양이라며 투덜거렸다.

“홍, 현재 내공은 거의 없지만, 몸에 익혀진 무공의 차원이 다르다구! 지금도 너보다는 낫단 말이야!”

하지만 아직도 외상으로 인한 상처가 계속해서 통증을 호소했고, 대략 내상과 주화입마로 인한 경맥의 이상은 바로잡았지만 정상으로 되돌아가려면 나무가 크는 데 세월이 흘러야 하듯 시간이 필요했다.

소운은 소녀를 간신히 떼어놓고 몸을 일으켜 이리저리 신형을 움직여 보았다. 이 정도면 어느 정도 움직일 만했다. 그리고 곧 서하연의 뒤를 쫓으려고 구멍 위로 기어오르려는데,

"삐—!"

소녀는 간절히 애원하는 눈빛으로 소운을 부르며 엉금 기어와 다리를 붙잡았다.

"휴, 차마 놔두고 갈 수는 없지!"

소운은 소녀를 조심스레 업었다. 축축한 느낌이 등 뒤로 전해져 오자 찜찜한 듯 잠시 입맛을 다시다 고목 위의 구멍으로 힘겹게 기어올랐다.

본래 소운의 현재 내공은 거의 없다시피 했다. 하지만 천원일기공은 진기를 가장 효율적으로 모아 이용할 수 있는 총체적인 방법론이기도 했고, 또한 미약한 진기를 오행(五行)의 상생(相生), 상극 (相剋)으로 상충(相沖)시켜 일시적으로 증폭시켜 사용할 수 있었기에 나름대로 한 가지 방면으로는 효율적으로 무공을 조금씩이나마 펼칠 수 있었다.

소운은 주위를 두리번거리다 곧 장소성이 울렸던 방향을 기억해 내었다. 그리고 그곳을 향해 달려갔다.

경신술은 펼치지 않았다. 현재 거의 없다시피 한 진기이기에 내공 소모는 줄여야 하는 것이다.

외부로 발휘되는 내공의 기운은 소모가 되면 다시 운기조식 등을 통해 채워질 수 있지만, 진기는 선천의 기운을 오랜 세월 동안 연마한 것이라 만약 이것이 소모되고 나면 현재 소운과 같이 내공의 근원 자체를 상실하게 되는 것이었다.

‘휴!’

재차 한숨이 나왔다.

똑같은 진기의 양을 이용한다고 해도 전과는 전혀 다른 기분이었다. 이는 마치 천하의 갑부가 한 냥의 은자를 쓸 때와 가난한 이가 은자 한 냥을 쓸 때처럼 전혀 다른 심정인 것과 같았다. 현재는 조금의 내공을 쓰는 것도 아깝기 그지없었다.

하늘을 가릴 듯 울창한 숲을 뚫고 달려가는데, 갑자기 날카로운 기합 소리 등이 들려왔다.

한 나무 뒤에 숨어 지켜보니 서하연과 두 명의 성신교도가 서로 싸우고 있었다.

‘가는 도중에 멍청하게도 저들과 마주친 모양이구나. 바보같이 두 명 정도도 제압 못하고 뭘 하는 거야? 혼자 떠날 때 알아봤다니까!’

소운은 내심 멋지게 둘을 물리친 다음 그녀를 놀려줘야겠다고 생각했다. 그리고 자신의 품에서 벗어나기 싫어하는 소녀를 간신히 떼어놓고 다정하게 속삭이듯 말했다.

“금방 올 테니까, 여기서 좀 놀고 있으렴! 응? 제발!”

소녀는 소운이 머리카락을 쓰다듬어 주자 기쁜 듯 활짝 웃었다.

“그래그래. 금방 올 테니까 그동안 이걸 가지고 놀아라!”

소운은 품속을 뒤져 은자 막대기 하나를 꺼내 소녀에게 주었다. 소녀는 반짝이는 은자 막대기가 신기한지 이리저리 만져 보며 입으로 가져갔다.

‘이런, 이러다 이걸 삼키면 어떡하나. 설마 그럴 리야 있겠어?’

소운은 그렇게 무책임하게 단정 짓고는 나뭇가지를 꺾었다. 그리고 대충 잔가지를 떼어내어 목검 모양으로 만들었다. 자신이 가지고 있던 목검은 복리추 등에게 빼앗겨 버린 상태였기 때문이다.

곧 소운은 싸움이 있는 곳으로 신형을 날리려다,

"삐—! 삐—!"

소녀가 급하게 부르는 소리에 뒤돌아보았다. 엉금 기어오는 소녀의 시선은 자신이 가진 나무 작대기에 머물러 있었다.

"휴, 그래, 이걸 줄 테니까, 제발 얌전히 있어야 한다!"

소운은 정말로 아빠같이 진지하게 타이르고는 나무 작대기를 주었다.

그리고 다시 새로운 목검을 만들어 싸우고 있는 곳으로 뛰어들었다.

두 명의 성신교도는 빠르게 칼을 휘두르며 공격하고 있었는데, 서하연은 적수공권(赤手空拳)으로 힘겹게 피하고 있을 뿐, 제대로 반격조차 못하고 있었다.

"멈춰랏!"

소운은 그렇게 소릴 질렀지만, 칼을 휘두르며 서하연을 공격하는 두 명의 성신교도는 힐끔 쳐다보다 무시해 버렸다.

목소리에 담긴 기운도 별것없었고, 행색이란 것이 찢겨지고 피와 흙으로 더럽혀진 옷자락에 겨우 나뭇가지 하나 꺾어 나타났으니 지나가는 거지 취급한 것이다.

소운은 떨떠름한 표정으로 진기를 모아 나뭇가지로 막 서하연에게 칼을 휘둘러 가는 성신교도의 오금을 찔러갔다.

"훙, 웬 병신 같은 놈이……."

그는 코웃음을 치며 휘두르던 칼 그대로 소운의 목을 베어갔다.

그런데 어느새 나뭇가지의 끝이 칼의 그림자를 뚫고 들어와 눈을 찌르자 '이!' 하며 황급히 뒤로 물러섰다. 그러나 나뭇가지는 영활한 뱀처럼 그의 발목에 있는 태충혈과 손목의 신문혈을 찔러 버렸다.

쨍그랑!

그는 일순 칼을 놓치며 비명과 함께 마비된 발을 붙잡고 허리를 숙였고, 재차 소운이 그의 목뒤에 있는 대추혈을 찔러 버렸다. 그는 반신이 마비되어 인상을 찡그리며 쓰러져 버렸다.

경적필패(輕敵必敗)라.

한 수에 당할 정도의 무공은 아니었지만 너무 소운을 경시했던 것이다.

"이런! 무슨 짓이냐? 너는 누구……!"

그제야 다른 성신교도는 경각심을 가지고 소운을 향해 공격했지만, 서하연와 소운의 연합 공격에 말조차 제대로 잇지 못하고 금방 제압되어 버렸다.

"고마워. 그런데 정말로 무공을 회복했구나! 도움이 되었어!"

서하연은 싱긋 웃으며 소운에게 그렇게 말했다.

"하하, 뭘."

소운은 처음 그녀를 놀리겠다는 내심과는 달리 그녀의 칭찬에 머리를 긁적이며 히죽 웃고 말았다.

서하연은 땅에 떨어진 칼을 주웠다. 익숙했던 검이 아닌 투박한 칼이기는 하지만 일단 병기가 생긴 것이다.

그런데 칼을 주워 허리를 펴다 서하연은 전신을 압박하는 무형의 기세를 느끼고 빠르게 일 장 뒤로 물러서며 일어섰다.

삼 장 밖, 어느새 혈의(血衣) 중년인이 나타나 있었다.

"재미있군."

그는 강자(强者)만이 가지는 여유있는 웃음을 지으며 왼쪽 허리춤에 매달려 있는 붉은 검을 툭 손가락으로 두들겼다. 그 손길은 마치 애인을 대하듯 자연스럽고 친근했으며, 이제 깨어나라고 말하는 듯했다.

서하연은 그의 모습을 본 순간, 전신에서 소름이 돋았다. 심장이 빠르게 두근거리며 세차게 혈행(血行)을 촉발시켰고, 알 수 없는 열기가 확확 달아올랐다. 그것은 마치 전신의 모든 기관이 그의 존재를 본능적으로 느끼고 소스라치게 놀라 경보를 끊임없이 울리는 듯했다.

동굴 안에서 그를 훔쳐볼 때와 이렇게 직접 대면했을 때의 느낌은 천양지차로 다름을 깨달았다.

그녀의 얼굴은 무표정해졌고 싸늘한 살기를 내뿜기 시작했다.

강적을 만나자 그녀는 본능적으로 무심선자 본연의 태도로 되돌아간 것이다. 하지만 그녀로서는 감당할 수 없는 고수라는 것을 직감했기에 얼음같이 타오르는 투지 속에서 은연중 불안한 눈빛도 띠었다.

그녀는 힐끔 소운 쪽을 바라보았다.

소운은 호기심이 가득한 눈으로 뚫어져라 혈의 중년인을 바라보고 있었다.

혈의 중년인은 소운 등은 신경 쓰지 않고 태연히 제압되어 쓰러져 있는 두 명의 성신교도에게 다가가 한 번씩 툭 발로 찼다. 그러자 그들은 황급히 일어나 혈의 중년인의 앞에 부복하며 외쳤다.

"속하, 적성이위(赤聖二衛)님을 뵈옵니다!"

혈의 중년인은 고개를 한번 끄덕여 주고는 소운에게 말했다.

"내공은 형편없지만 검술은 제법 볼 만했다. 하지만 나중에라도 결코 절정고수 소리는 못 듣겠군."

그리고 아직까지 부복하고 있는 두 성신교도를 바라보며 혀를 찼다.

"쯧쯧, 손속에 인정이 넘쳐흘러."

그리고는 한 번 손짓을 하자, 두 성신교도는 한 번 더 예를 취하고 나서 다른 곳으로 사라졌다.

혈의 중년인이 소운에게 말했다.

"생사란 호리의 순간에 결정되는 법이거늘 만약 네가 '무정(無情)'이란 두 글자를 이해하고, 또 세월이 흘러 내공도 강해진다면 능히 내 적수가 될 수 있을 듯하다만… 쯧쯧, 아까운 일이지. 그래 가지고도 강호에서 살아남는다면 그게 기적이야."

혈의 중년인은 고개까지 흔들며 연신 아깝다는 듯 혀를 찼다.

아무 말 없이 듣고 있던 소운이 그에게 물었다.

"당신은 거의 신검합일(身劍合一)의 경지에 이른 것 같군요. 맞나요?"

혈의 중년인은 한눈에 자신의 경지를 알아보는 소운에게 호감을 느낀 듯 싱긋 웃으며 칭찬했다.

"호! 제법 너의 안목은 쓸 만하구나. 그렇다. 나는 이미 신검합일의 경지에 이르렀다. 검을 쥐면 손이 검인지 검이 손인지 분간이 가지 않을 정도지. 어떨 때는 검을 쥐고 밥을 먹으려 한 적도 있었고 얼굴이 간지럽다고 긁으려다 베일 뻔하기도 했다네. 하하하, 네가 이해할지 모르겠다만, 이미 검과 나는 대화를 나누기 시작했다. 즉, 심령이 통하기 시작했다는 말이지."

혈의 중년인은 소운이 고개를 끄덕이자 헛웃음을 터뜨리며 말을 이었다.

"어디서 주워들은 풍월이 있는 모양이다만, 듣던 것과 실제 경험하는 것은 다르다. 검이 나에게 말을 걸어올 때의 감격이란 실제 경험해

보기 전에는 실감 못해. 그에 비하면 오묘한 검초(劍招)를 깨닫는 따위
는 오히려 별것 아니라고 할 수 있지."

소운이 감회 어린 표정으로 연신 고개를 끄덕이자, 혈의 중년인은
묘하게 기분이 나빠져 눈살을 찌푸리며 소리쳤다.

"너는 뭘 안다고 아는 척 고개를 자꾸 끄덕이는 거냐?"

소운은 한숨 쉬며 대답했다.

"휴, 아뇨, 정말 부러워서 그래요."

옛일을 회상하노라면 정말로 부럽기 그지없다고 생각했다. 소운은
옛날 처음으로 검이 말을 걸어올 때 느꼈던 흥분이 되살아나는 듯해서
묘한 감상에 젖었다.

그것은 마치 반해 버린 아름다운 여인에게 처음으로 사랑을 고백받
는 것과 같았다. 그러나 시간이 흘러 이젠 조석지간으로 마누라 대하
듯 무덤덤해져 버린 스스로가 조금 처량했고, 게다가 이젠 내공까지 거
의 소실되어 버렸으니… 마치 마누라가 야반도주해 버려 홀로 남겨진
듯한 쓸쓸함만이 남을 뿐이었다.

혈의 중년인은 소운의 심정을 짐작 못하고 다만 후배가 자신을 부러
워한다는 생각이 들자 진심으로 유쾌해졌다.

"그렇다. 흥, 강호의 역사가 유구하지만 아마도 나와 같이 오십 전에
이와 같은 경지에 오른 이가 많지는 않을 것이다. 아마 천운(天運)이 따
라준다면 전설의 이기어검술도 가능할지 모르지. 하하핫!"

스스로의 웅지와 야심을 드러내며 호탕한 웃음을 터뜨리는 혈의 중
년인을 보고 소운은 한마디 해줄까 하다 그만두었다.

'어차피 시간이 지나면 스스로 깨닫게 되겠지.'

자신이 반해 있는 여자가 똥 누고 오줌을 싼다는 평범한 사실을 지

금 알려줘서, 그녀에 대한 환상을 굳이 미리 깰 필요는 없는 것이다.
게다가 지금이 한참 열애에 빠져 가장 행복할 때이니만큼 헛소리로 치
부하며 들으려고 하지도 않을 것이다. 소운 자신도 그랬었던 것처럼.
다만 묘한 웃음만을 자신도 모르게 머금을 뿐이었다.

 그때 잔뜩 긴장한 채로 무인으로서의 투지와 살기를 품고 있던 서하
연이 느슨해지는 분위기를 못 견디고 싸늘하게 소리쳤다.

 "흥, 말로만 싸울 참인가?"

 이에 혈의 중년인은 오히려 빙긋 웃으며 말했다.

 "역시 미숙하기 그지없어. 이 정도 긴장감을 못 견디고 먼저 이빨을
드러내다니… 오랜만에 괜찮은 후배들을 보니 나도 말이 많아지는군
그래."

 혈의 중년인은 서하연을 바라보며 제법 귀엽다는 듯 그렇게 말하다
소운의 묘한 미소에 갑자기 기분이 나빠져 눈살을 찌푸렸다.

 '저 녀석 검술로 보면 제법 괜찮은 놈일까 했는데… 왜 저렇게 멍청
해 보이는 거야?'

 혈의 중년인, 적성이위는 돋아 올랐던 흥이 싸늘하게 식어버렸다.

 "자, 이제 한번 놀아볼까? 우리가 없을 때 쥐새끼마냥 분탕질했던
놈들은 다 잡은 것 같고… 이제 너희들만이 남은 것 같은데 말이야."

 적성이위의 말에 서하연은 재차 살기를 돋우며 진기를 극성까지 끌
어올렸다.

 "아, 참! 너희들은 누구냐? 혹시 천수화타와 관련된 놈들이냐? 음,
그리고 혹시 성고께서 어디 계신지 안다면 너희들의 목숨을 살려줄 수
도 있다만… 당연히 알 리 없겠지?"

 적성이위는 느긋하게 내뱉으며 허리춤에 차고 있던 붉은 검을 빼 들

었다. 이에 호응해서 서하연이 들고 있는 칼에서 시퍼런 검기가 맺혔다.

"흠, 미리부터 검기를 뽑다니, 역시 진기 아까운 줄 모르는 애송이로구면."

적성이위는 그렇게 말하다, 그제야 자신이 처한 상황을 깨닫고 묘한 감상에서 벗어난 소운이 나뭇가지를 엉성하게 쥐고 있는 모습에 못마땅한 표정을 지었다.

"거기 있는 칼로 바꿔."

적성이위는 성신교도 중 하나가 떨어뜨린 칼을 가리키며 그렇게 말했다.

그 말에 소운은 등골이 오싹했다.

'아차! 내가 아직도 옛날 기분이 남아 있었구나. 내공이 미약해 거의 소실된 지금 저자와 싸우려면 최소한 이런 나뭇가지로는 안 되겠다.'

"깨우쳐 주신 점 정말 감사합니다."

소운은 포권을 취하며 정중히 말한 뒤, 칼을 주워 고쳐 잡았다.

그 모습을 한심하게 쳐다보던 적성이위는 아무래도 소운을 잘못 판단한 모양이라면서 고소를 지었다.

소운은 힐끔 긴장한 채 칼을 들고 서 있는 서하연을 보며 생각했다.

'이대로 잡혀 버리면 안 되겠구나. 어떡할까? 저자의 무공은 최소한 복리추의 아래가 아니다. 현재 내게 남아 있는 내공을 모두 끌어다 한꺼번에 격발시킨다면… 한 번 정도 가능하겠구나.'

반드시 한번에 그를 격퇴시켜야 한다며 소운은 마음을 먹었다.

설사 가진 무공의 경지가 있어, 상대방의 초식 변화 흐름을 느린 동작을 보듯 꿰뚫는다 하더라도 적성이위 정도의 고수라면 그 허점은 살아 움직이는 뱀처럼 예측하기 어렵게 나타났다 순간적으로 없어져 버

릴 것이다. 그러니 이를 공격해서 성공시키려면 그만한 힘과 속도가
필요하기에 모여 있는 내공을 한꺼번에 격발시키는 수밖에 없었다.

거리는 삼 장.

적성이위는 서서히 적검(赤劍)을 치켜들었다.

나뭇가지 사이로 새어들어 오는 햇살에도 붉은 검신은 아무런 광택
을 발하지 않았다.

서하연은 순간 허점을 발견한 듯 눈빛을 빛내며 한꺼번에 열두 개의
시퍼런 검기로 된 환을 그려내며 신형을 폭사시켜 갔다.

연환십이검(連環十二劍)에 전력을 기울인 유운신법(流雲身法).

그녀는 시간을 끌면 불리하다고 판단한 듯 이번 공세에 전력을 기울
였다.

적성이위는 예상했다는 표정과 함께 한가롭게 적검을 내리그었다.
그러자 열두 개의 각기 다른 방향을 노리던 검기지환(劍氣之環)들이 빨
려들 듯이 적검과 마주쳤다.

쿠앙!

번쩍이는 광채와 함께 굉음을 울리며 부딪친 순간 서하연은 공격해
가던 자세 그대로 피를 토하며 뒤로 미끄러지듯 튕겨져 나갔다. 그 와
중에 최대한 신형을 안정시키려는 그녀의 양 발은 땅바닥을 긁어 두
개의 긴 일직선의 도랑을 만들어내며 흙먼지를 피워 올렸고, 칼을 통한
경력의 여파를 이기지 못한 옷자락은 찢어질 듯 펄럭였다.

마치 내 솜씨가 어떻냐는 듯 작품 감상하듯 바라보던 적성이위는 마
지막 마무리라고 중얼거리며 아직도 뒤로 튕겨 나가고 있는 서하연의
명치 쪽 구미(鳩尾)혈을 향해 적검의 검봉을 미미하게 진동시키며 찔러
갔다.

마치 허공에 거대한 붓으로 붉은 물감을 적셔 한일 자로 쫙 그어버리듯 그렇게 쏘아져 가고 있었다.

소운은 거의 무아지경에서 적성이위의 모든 것을 눈에 각인시키듯 바라보며 그의 다음 동작들을 그리고 있었다. 그리하여 현재 소운이 대응할 수 있는 것보다 훨씬 빠르게 움직이는 그의 적검이 그려낼 모든 검초의 변화 가능성과 그럴 경우 생길 허점들을 한순간에 그려내며 뚜벅뚜벅 걸어가고 있었다.

이는 마치 바둑의 고수가 다음의 수많은 변화수를 앞서 읽고 미리 대응하는 것과 같았다.

일체의 변화도 없는 단순한 찌름.

소운이 그렇게 한 칼을 찔러가자, 적성이위는 내심 코웃음을 치며 붉은 검기와 함께 변초(變招)를 일으켜 그를 베어버리려 했다.

순간, 기이하게도 자신이 뿌려대는 검초의 순간적으로 생멸(生滅)해 가는 허점 사이로 칼이 쑤시고 들어왔다.

“이런!”

적성이위는 소운을 경시했던 자신을 탓하며 적검에 더욱 공력을 일으켰다. 그러자 붉은 광채와 함께 수없이 많은 검기들이 모여 하나의 검막(劍膜)을 이루었다.

이것이라면 어떤 공격이라도 일순간은 막을 수 있었고, 그사이 다른 대응을 취할 수 있을 것이다.

그러나 바위의 결을 갈라내듯 소운의 칼은 치밀하기 그지없는 검막을 가로질러 왔다.

‘이럴 수가!’

적성이위는 아득한 절망감에 휩싸였다. 자신이 그토록 자신해 왔던 검이었건만 도무지 자신이 왜 당하는지조차 이해가 되지 않았다. 평생에 걸쳐 일구었던 자신의 무공에 대해 강렬한 회의감마저도 들었다.

적성이위는 이빨을 꽉 깨물었다. 그는 거역할 수 없는 소운의 일 검에 대해 마치 천재(天災)를 만난 것처럼 오히려 포기해 버렸다.

그리고 그렇게 내준 생명의 대가로 단 하나만이라도 자신의 성취에 대한 결과물을 보고 싶어했다.

이러한 것들이 순간적으로 그를 스쳐 지나갔고, 이에 대한 반응으로 적검은 소운의 검을 무시하고 서하연을 찔러갔다.

이 모든 것은 찰나의 순간에 벌어졌다.

천려일실(千慮一失)일까. 서로 간의 공방에 대해서만 변화도를 그리던 소운은 직감적으로 기이함을 느꼈다. 그리고 그의 공세가 서하연을 향하고 있다는 것을 느낀 순간, 칼은 적검을 막아가고 있었다. 설사 적성이위를 찔러 죽인다 한들, 기세를 담고 뻗어나가는 적검은 그녀를 찌르고 말 것이라는 것을 순간적으로 깨달았기 때문이다.

서걱!

소운의 칼은 그대로 적검에 잘려 나갔다. 소운이 진기를 격발시켰다고는 하나 적성이위의 내공에 비할 바가 아니었기에 정면으로 부딪친 결과였다.

서하연은 필사적으로 칼을 들어 막아갔지만, 이미 내상을 입어 진기의 흐름이 고르지 않음을 깨닫고 죽음에의 예감에 안색이 굳어졌다.

"안 돼!"

소운은 절규하듯 부르짖으며 온몸을 던져 그녀의 앞을 막아갔다.

그때, 적성이위의 시야에 한 나무 뒤에서 엉금엉금 기어나오고 있는 소녀의 모습이 보였다.

'성고!'

그는 본능적으로 돋우었던 공력을 황급히 회수했다. 이대로 공격해 나간다면 검의 기세에 소녀까지 휘말리게 될 것을 깨달아서였다. 그러나 이미 물밀듯 쏟아져 나간 것들은 어쩔 수 없었다.

그때, 소운의 손은 기묘한 회전을 그리며 서하연의 칼을 잡아 비틀고 있었다.

쿠앙!

재차 폭음이 터지고, 쏟아져 오는 힘을 이기지 못한 서하연의 검이 허공으로 퉁겨 오르며 박살이 났다. 그러나 소운이 이미 사량발천근의 수법으로 몰아닥친 력도를 허공으로 틀어놓은 것이었다.

소운은 서하연을 안은 채 다섯 걸음 뒤로 물러서 있었다.

적성이위는 감히 공세를 더 이상 취하지 못하고 빠르게 뒤로 물러섰다. 그리고 이미 식은땀으로 축축해져 버린 가슴팍의 옷자락을 거칠게 젖히며 거친 숨을 몰아쉬었다.

그리고 소운을 향해 기어가고 있는 소녀를 보고 부르짖었다.

"성고님!"

메아리가 울려 퍼지고, 적성이위는 소녀에게로 다가가려다 아직 소운이 건재함을 자각했다. 그리고 그는 이해할 수 없는 존재에 대한 공포를 담은 눈길로 소운을 바라보았다.

고수가 될수록 여간한 일에 잘 놀라지 않는 평정심을 갖게 된다.

하지만 평생 자신이 쌓아 올렸던 무공에 대한 벽이 무너지는 충격은 너무 컸다.

소운은 일시적인 진기의 허탈로 잘려 나간 칼을 늘어뜨린 채 멍하니 서 있었다.

"너, 넌… 누구냐?"

적성이위는 쥐어짜듯 소운에게 물었다. 그는 지금이라도 재차 공격을 하여 무언가 확인해 보고 싶은 마음과 그러고도 다시 똑같은 일이 반복되면 얻게 될 자아의 상실에 대한 두려움 때문에 망설이고 있었다.

게다가 소녀까지 그 곁에 있으니 함부로 공격하기 어려웠다.

그때 소운은 서하연을 안은 채 서서히 땅으로 무너져 내렸다.

일시적인 진기 격발과 적검(赤劍)을 정면으로 받은 충격이 아직 완전히 바로잡히지 않은 경맥을 뒤흔들었고, 이에 혼몽(昏懞)해 오는 정신과 함께 쓰러져 버린 것이다.

적성이위는 망연자실하게 그런 소운을 바라보았다.

그때 허공에서 청삼(靑衫) 중년인이 뚝 떨어져 내렸다. 그리고 주위를 두리번거리며 적성이위에게 물었다.

"성고님은 어디 계시나?"

그러다 곧 소운에게 다가가 '빠ㅡ! 빠ㅡ!' 하며 몸을 흔드는 소녀를 발견했다.

"아, 여기 계시는…….'

말하다 말고 그는 두 눈을 크게 부릅뜨고 경악성을 발했다.

"성고님이 움직이시다니!"

그제야 적성이위도 소녀가 스스로 움직이고 입을 열었다는 것을 자각했다.

"어떻게!"

다른 중인들이 몰려올 때까지 그들은 망연자실해 있었다.

第五章

성신교(聖神敎)

　해가 서산 마루로 넘어갈 무렵, 설하곡은 수백 명이 넘는 성신교 군웅들의 움직임으로 시끌벅적해졌다.

　솥을 나뭇가지에 걸어 물을 끓이고 일부는 나뭇가지에 열린 열매를 따고, 일부는 사냥을 했다.

　그렇게 서둘러 저녁 식사 준비를 하고 있는 그들의 모습은 마치 개미 떼 같았다.

　한편 성신교에서 호신오위라 불리우는 다섯 명의 수뇌부들은 은밀히 숲 속의 한쪽 공터에 심각한 표정으로 모여 앉아 있었다.

　바깥의 소란스러움과는 달리 이곳은 묘한 침묵만이 흐르고 있었는데, 모여 앉은 그들의 중앙에는 간이 침상 위에 성고라 불리우는 소녀가 새근거리며 잠을 자고 있었다.

　그들 앞에는 제각기 향기로운 차가 놓여 있었으나 이미 식어버린

지 오래였고, 침울한 적막(寂寞)이 주위의 공기를 무겁게 만들고 있었다.

달그락.

찻잔이 조그맣게 부딪치는 소리에 중인들의 시선이 집중되었다.

창백해 보이는 얼굴에 조금 어울리지 않는 관운장 수염을 한 백의 중년인이 어색한 표정으로 든 찻잔을 잡고, 말할 듯 입술을 달싹였지만 끝내 음성을 토해내지는 않았다.

"으험."

약간 경박해 보이는 청삼 중년인이 무언가 말하기를 재촉하는 듯 입을 삐죽이며 헛기침을 했다. 다른 중인들 역시 계속해서 시선을 둠으로써 말하기를 재촉했다.

"다들 아시다시피……."

백의 중년인은 약간 곤혹스런 표정을 짓다가 드디어 입을 열어 침묵을 깼다.

"대략 이번 사건의 개괄은……."

오랜만에 토해낸 음성이라 조금 갈라져 있었고 재차 머뭇거렸지만, 일단 결심한 표정으로 침착하게 말을 이었다.

"우리 호성오위(護聖五衛)가 황산(黃山)의 진교(眞敎)로 간 틈을 타서 극악무도 복리추가 안탕산의 총교(總敎)로 와서 분탕질을 하여 우리 교도들을 유인하고 그사이 비천야신 호일봉이 성고님을 납치해 간 것 같소."

백의 중년인은 중인들의 따가운 시선 속에 식어버린 찻물을 조금 들이킨 다음 제 음색을 찾은 음성으로 말을 이었다.

"이에 몇 가지 의문점들이 있소. 첫 번째로 우리 교단(敎團)의 위치

"이제… 본론으로 들어가는 게 어떻겠나?"

하지만 중인들은 침묵만을 지켰다.

이에 불만인 듯 황의 중년인은 손가락으로 찻잔을 규칙적으로 두들기며 그들의 결정을 촉구했다.

그러나 중인들은 서로의 눈치만 살필 뿐 아무런 응답이 없었다.

황의 중년인은 한마디 불쑥 토해내었다.

"성고님이 깨어나신 것은 그렇다 치고……."

잠시 여운을 두다 말을 이었다.

"어떻게 해야 그들에게 비밀로 할 수 있을까요?"

그러나 조금 전보다 더 가슴을 짓누르는 침묵만이 감돌 뿐이었다.

백의 중년인, 백성이 입을 열었다.

"그들… 삼신교가 요구한 시일은 아직 이 년이나 남았지 않습니까? 그동안 무슨 대책을 마련할 수 있을 겁니다."

그러나 그의 음성은 자신없는 말투였기에 좌중의 호응을 받지 못했다.

황성이 한숨 쉬며 말했다.

"그건 그렇고, 성고님의 비밀을 엄수하도록 하게. 만약 이번 일로 외부에 알려진다면… 본 교는 날파리처럼 꼬여드는 놈들로 정신이 없어질 걸세."

그가 말한 성고의 비밀이란 인간 영약이었다. 무공을 목숨보다 더 아끼는 무림인들이 만약 성고의 비밀을 안다면 무공과 내공을 높이려는 욕심에 눈이 멀어 무슨 짓을 해올지 몰랐다.

혈의 중년인, 적성은 암울한 침묵 속에 회의를 파(破)하고 제각기 아무 말 없이 일어서는 다른 이들에게 묵례를 취한 다음 우선 저녁 식사를 하러 숲 밖을 나섰다.

그때 그를 부르는 소리가 났다.

"어이, 넷째, 아니, 적성(赤聖)!"

약간 경박한 표정의 청의 중년인, 청성이었다.

"무슨 고민이 있는가? 내내 안색이 별로 안 좋아 보이더라구!"

적성은 고소를 지으며 고개를 저었다.

"별것 아닙니다."

"근데, 대형, 아니, 황성오위님 말이야. 음……."

"예?"

"아, 아무것도 아냐!"

청성은 뭔가 말하려 하다 입을 다물었다.

바깥은 차츰 어둠 속에 물들어갔다. 은근한 운무(雲霧)가 옅게 깔리기 시작했다. 멀리 구름에 어렴풋이 가려진 산봉우리들이 병풍을 이루고 있는 모습이 마치 감옥 같은 느낌을 주었다.

적성은 뭔가 답답한 느낌에 길게 한숨을 쉬었다.

그들이 숲 밖을 나서자 다른 교도들과 수하들이 절을 했다. 적성과 청성은 고개를 끄덕이며 수하들이 마련해 놓은 한 솥 주위로 가서 둘러앉았다.

솥 안에서는 향긋한 고깃국 냄새가 연신 풍겨오고 있었다.

두 명의 수하들이 식사 시중을 들려 하자 적성은 손을 저어 그들을 물리쳤다. 청성은 곧 적성이 자신과 무슨 이야기를 나누고 싶어한다는 것을 알았다.

적성은 술을 한 잔 따라 마시고 나서 청성에게 말을 걸었다.

"형님, 이 자리에서는 그냥 형님이라고 하겠습니다. 형님은 어떻게 생각하십니까? 삼류무사가… 아니지, 내공이 거의 없는 자가 신검합일의 경지에 오른 자를 이길 수 있을까요?"

적성의 물음에 청성은 술잔을 입가로 가져가다 어이없다는 빛을 띠며 반문했다.

"무슨 황당한 소리야? 자네는 그런 공상을 별로 안 좋아하잖아!"

그러나 적성이 진지한 표정으로 가만히 있자, 헛말이 아님을 깨닫고 신중하게 대답했다.

"음, 네가 더 잘 알다시피, 그건 불가능하지. 흥, 무공에서 한 단계의 차이만 나도 갓난애와 어른보다 더 심한 격차가 생기니, 지고 싶어도 질 수가 없지! 하물며……."

더 이상은 말할 필요도 없다는 듯 헤헤거리며 웃었고, 적성은 고개를 끄덕이며 긍정했다.

"그렇죠. 만약 이긴다면 그는 삼류무사가 아니라 이미 더 뛰어난 경지에 달해 있다고 봐야겠죠. 그러나……."

적성은 이해할 수 없는 난제에 곤혹스런 표정으로 미간을 찌푸렸다.

청성은 아무래도 이상하다는 표정으로 물었다.

"도대체 왜 그래? 무슨 일이 있었어? 혹시, 아니지, 무공이라면 황성 오위를 제하고 으뜸인 네가 누구한테 당할 리도 없을 테고."

적성은 탄식을 터뜨리며 물었다.

"만약, 만약에 말입니다. 누군가가 내공이 거의 소실된 상태에서도 신검합일에 달한 자를 이겼다면 본래는 어떤 경지에 있었던 것일까요? 또 그럴 만한 경지에 간 기인은 누구를 꼽을 수 있겠습니까?"

를 그들이 어떻게 알았는가? 둘째로 우리가 황산의 진교로 간 사실을 어떻게 알고 하필 그때를 맞춰 왔는가? 하는 점이오.”

하지만 그뿐이었다.

백의 중년인은 힐끔 황의 중년인을 쳐다보고는 더 이상 말을 잇지 않았고, 좌중은 별로 그의 말에 귀를 기울이는 기색이 아니었다.

침묵이 흘렀다.

잠시 후, 누군가 입을 열었다.

“아, 아!”

뚱뚱하고 사람 좋아 보이는 미소를 띤 황의 중년인이 발성 연습을 하듯 음성을 토해내어 중인들을 주목시켰다.

“그 의문점을 풀자면 우선 무림삼대악인 중 첫째인 인면수심(人面獸心) 모용백(慕容伯)과 비천야신 호일봉을 잡아야겠지. 그리고 혹시 배후가 있는지 살펴보면 될 거고… 비천야신 호일봉은 경공이 뛰어나 잡기 힘들고, 인면수심 모용백의 무공은 결코 얕볼 수 없으니 쉽진 않겠지만 본 교의 힘을 모은다면 별 어려울 것은 없을 것 같네.”

한참 후에야 나온 답변이지만 백의 중년인은 성실히 받았다.

“좋습니다. 황성오위(黃聖五衛)님의 말씀에 따르겠습니다.”

한동안 그들을 잡는 방법에 대해 활발한 토의가 이루어졌다. 그러나 중인들은 과장된 표정과 언동으로 불안함을 감추고 있었고, 왠지 공허하기 짝이 없었다.

다시 침묵이 이루어졌다.

“휴.”

황성오위는 나직한 한숨으로 침묵을 깼다. 그는 새근 잠들어 있는 성고를 보고 나직하게 중얼거렸다.

"이제… 본론으로 들어가는 게 어떻겠나?"

하지만 중인들은 침묵만을 지켰다.

이에 불만인 듯 황의 중년인은 손가락으로 찻잔을 규칙적으로 두들기며 그들의 결정을 촉구했다.

그러나 중인들은 서로의 눈치만 살필 뿐 아무런 응답이 없었다.

황의 중년인은 한마디 불쑥 토해내었다.

"성고님이 깨어나신 것은 그렇다 치고……."

잠시 여운을 두다 말을 이었다.

"어떻게 해야 그들에게 비밀로 할 수 있을까요?"

그러나 조금 전보다 더 가슴을 짓누르는 침묵만이 감돌 뿐이었다.

백의 중년인, 백성이 입을 열었다.

"그들… 삼신교가 요구한 시일은 아직 이 년이나 남았지 않습니까? 그동안 무슨 대책을 마련할 수 있을 겁니다."

그러나 그의 음성은 자신없는 말투였기에 좌중의 호응을 받지 못했다.

황성이 한숨 쉬며 말했다.

"그건 그렇고, 성고님의 비밀을 엄수하도록 하게. 만약 이번 일로 외부에 알려진다면… 본 교는 날파리처럼 꼬여드는 놈들로 정신이 없어질 걸세."

그가 말한 성고의 비밀이란 인간 영약이었다. 무공을 목숨보다 더 아끼는 무림인들이 만약 성고의 비밀을 안다면 무공과 내공을 높이려는 욕심에 눈이 멀어 무슨 짓을 해올지 몰랐다.

혈의 중년인, 적성은 암울한 침묵 속에 회의를 파(破)하고 제각기 아

청성은 너털웃음을 터뜨리며 말했다.

"허허, 무슨 말도 안 되는 소리야! 그런 일이 있을 수가 있나? 네가 신검합일의 경지에 든 것은 나도 눈치채고 있었지. 흐흐, 나한테 자랑하고 싶은 건가? 아니면 또 무슨 새로운 무공을 연구하는 중인가? 흐흐, 자꾸 그러다 심마에 빠져든다구!"

그러나 적성의 안색이 굳어 있자 청성은 어색한 웃음을 띠며 말했다.

"글쎄, 음, 전설적인 일성일검 정도면 어떨까? 고금제일인이라는 절대무성(絶對武聖)! 또 그의 최대 호적수이자 유아독존(唯我獨尊)이었던 뇌정마검(雷霆魔劍)도!"

그 말에 적성은 눈살을 찌푸리며 말했다.

"누가 농담하자고 했습니까? 그리고 전해지는 그들의 이야기는 소문내기 좋아하는 자들이 공연히 부풀린 이야기잖습니까. 일 갑자의 세월이 흘렀으니 소문은 과장에 과장을 거듭한 거죠. 도대체 한 수에 산을 무너뜨린다든지, 장강을 역류시킨다든지, 태풍을 불러일으킨다든지 하루에 만 리를 날아간다는 등 허황된 이야기뿐, 도무지 믿을 구석이 없어요. 사실 난 그런 자들이 있었는지도 의심스럽습니다!"

청성은 머쓱하게 웃으며 말했다.

"헤헤, 네가 너무 과민한 것 같아 농담 한번 해본 것뿐이야. 하지만 만약 실존했다면 아무리 과장되었다고 할지라도 본래 실력이 있었기에… 아, 알겠어. 그렇게 무서운 표정 짓지 말라구. 음, 험험, 드넓은 강호에 무수한 기인이사들이 많다지만, 자네가 말한 경지에 이른 자들은 아마도 열 손가락 안에 꼽힐 거야."

적성은 동감한다는 듯 고개를 끄덕였다.

"그리고 삼신교주라면 확실히 가능하겠지."

무심코 나온 청성의 말에 적성은 안색이 홱 돌변했다.

"자네……."

청성은 뒤늦게 자신이 말실수를 했음을 알고 어색하게 웃었다.

그리고 분위기를 돌리기 위해 농 삼아 말했다.

"미안허이. 그런데, 혹시 또 모르잖아? 소림사나 무당파에서 누군가 절세기재가 있어 한 백 년 정도 폐관참수하고 나올지. 아, 물론 이건 농담이야. 음, 그리고 혹시 모르지. 세속을 멀리하는 강호의 은거기인들이 어디 한둘인가? 혹시 그들 중 우리들의 상상을 초월하는 경지에 오른 자가 또 있을지도!"

모처럼 진지하게 대답하는 청성의 말에 적성은 미간을 찌푸린 채 깊이 생각해 보다 회의적인 표정을 하며 입을 열었다.

"만약에… 아직 약관의 청년이 그런 경지에 오를 수 있을까요?"

그 말에 청성은 어처구니없다는 듯 일갈했다.

"말도 안 돼! 터무니없는 소리! 만약 그런 놈이 있다면 내 손에 장을 지지겠네! 아니, 목을 걸라고 해도 걸지!"

적성은 큰소리치는 청성의 말을 귓가로 흘려들으며 생각했다.

'그렇다면 그놈은 도대체 뭐란 말인가? 도무지 정체를 짐작할 수가 없구나!'

적성은 마저 술병을 비운 뒤 일어섰다. 그리고 잠시 심호흡을 한 다음 천수화타의 은거지였던 모옥을 향해 걸어갔다. 그 모옥의 지하에서 비밀 석실을 발견했고, 그곳에 막대광과 복리추, 소운 일행을 산공독(散功毒)을 먹인 후 잠시 가두어두었던 것이다.

날은 완전히 어두워 어스름한 별빛이 새어들고 있었다.

모옥의 지하 석실 안, 조그만 등롱 하나만 밝혀져 있는 이곳은 어두
컴컴했다. 복리추와 소운 일행 등은 산공독에 의해 내공을 발휘할 수
없는 데다 각기 쇠사슬과 밧줄에 묶인 상태라 제대로 움직이기도 힘들
었다.

제각기 벽에 기대어 앉거나 누워 있었는데, 소운은 제대로 움직이기
힘든 상황에서 석실 벽에 기대어 거꾸로 물구나무 서 있었다.

"으으윽—! 후—욱!"

소운은 말을 잘 듣지 않는 신체가 호소하는 통증을 쥐어짜는 신음
으로 억누르며 깊은 숨을 토해내었다. 그와 함께 양팔을 서서히 뻗었
다.

불끈 뛰어나온 전신의 근육에서는 비 오듯 땀이 흘러내리고 있었고,
아직 완전히 아물지 않은 외상의 상처는 벌어져 피가 배어 나오고 있
었다.

"그만 해!"

석실 안 다른 구석에 앉아 있던 서하연은 더 이상 못 참겠다는 듯 신
경질적으로 소리쳤다.

"도대체 왜 그러는 거야? 불만있으면 말을 해! 벌써 두 시진째 계속
그 짓만 하다니!"

소운은 들은 척도 않고 계속해서 나름대로의 외공 수련에 열중하고
있었다.

서하연이 재차 투덜거리려 할 때, 엄중하게 꾸짖는 소리가 들려왔
다.

"연아야, 네 사부님께 무슨 말버릇이냐? 그리고 수련하시는 데 방해하지 말아라."

한쪽 구석에서 명상에 잠겨 있던 곡유신은 그렇게 꾸짖은 뒤 재차 눈을 감고 생각에 잠겼다.

서하연은 뭐라고 항변하려 하다 소용없는 것을 알고 한숨과 함께 고개를 저으며 입을 다물었다.

"제기랄!"

맞은편에서 우렁찬 욕설이 튀어나왔다.

"똑같이 잡히고, 똑같이 내공을 제압당했는데, 왜 저놈들은 그냥 밧줄에 묶여 있고, 우리는 왜 이따위 쇠사슬에 묶여 있어야 하는 거야? 왜? 왜? 왜? 젠장, 나가면 모조리 찢어 죽일 테다!"

막대광은 온 전신이 묶인 쇠사슬을 철렁이며 고래고래 고함 질렀다.

"시끄러워! 이 멍청한 놈아!"

막대광의 옆에서 똑같이 전신을 쇠사슬로 묶여져 있는 복리추가 핏대를 올리며 더 크게 소리 질렀다.

"잠자코 있어!"

그리고 맞은편에 있는 곡유신에게 냉소를 지으며 말했다.

"흥, 천수화타가 새제갈(賽諸葛)일 줄은 미처 몰랐군 그래. 그들을 끌어들여 나를 잡게 만들다니 말이야!"

곡유신은 눈을 뜨지 않은 채 고소(苦笑)를 지으며 말했다.

"수차 말씀드리지만 궁여지책(窮餘之策)이었을 뿐이오."

복리추는 이빨을 갈며 말했다.

"으드득, 그럼 내가 멍청한 놈이로군. 몇 번이고 속아 넘어갔으니!"

그 말에 막대광이 억울하다는 듯 투덜거렸다.

“그럼 멍청한 놈에게 멍청하다고 욕먹는 저는 뭐가 됩…….”

막대광은 노려보는 복리추의 매서운 눈길에 찔끔하고 말을 흐렸다.

복리추는 눈길을 돌려 계속 석실 벽에 거꾸로 기댄 채로 팔을 굽혔다 폈다 수련하고 있는 소운을 바라보며 물었다.

“근데 정말로 저놈 정체가 뭐냐?”

곡유신은 고분고분 계속 대답해 주었다.

“말했잖소. 반로환동에 이른 전대 고인…….”

“쓸데없는 소리 마! 저따위 애송이가 무슨! 게다가 하는 행동을 보면 강호의 햇병아리 티가 줄줄 흐르는데 무슨 강호의 노선배란 말이냐?”

“본래 사람의 성정(性情)은 예측하기 어려운 법 아니오. 하여간 내가 말해 주었다시피 이분의 무공은 측량하기 힘들 정도로 높은 게 틀림없소. 아마 지금도 어쩌면 우리가 알지 못하는 무슨 역혈기공 같은 걸로 산공독을 풀고 내공을 회복시키고 있는지도 모르지요! 하여간 그런 무공의 경지로 보아 절대 젊은 후기지수일 리가 없소!”

복리추는 눈살을 찌푸리며 반박했다.

“홍, 역혈기공? 넌 의원이면서도 그따위 무공이 있을 것이라 생각하느냐? 그리고 저놈이 우리의 상상을 절하는 절세의 기재라 무공을 빨리 익혔을지도 모르지.”

곡유신은 정색을 하고 되물었다.

“만약 여름에 쌀을 본다면 봄에 파종한 것이라 생각할 수 있겠소?”

“홍, 너는…….”

복리추가 말하기도 전에 막대광은 자신이 아는 문제가 나왔다는 데 기뻐 말을 가로채고 재빨리 말했다.

"작년 가을에 추수한 것이지!"

곡유신은 미소 지으며 고개를 끄덕였다.

"잘 아시는군요. 바로 그와 같습니다."

그리고 말을 계속해서 이었다.

"영위지기(榮衛之氣)의 행도(行度)가 일일일야(一日一夜) 동안 신체 내외(內外)를 오십주(五十周)할 뿐입니다. 그리고 보통 일호일흡(一呼一吸)에 맥행삼촌(脈行三寸)하니, 한 시진에 기껏 네 번 정도 진기를 경맥에 유주시킬 수 있겠지요. 내공의 강약을 떠나 어떤 커다란 질적인 변화를 일으키려면, 즉 보통 한 단계를 넘어서려면 삼백육십(三百六十)에 삼백육십(三百六十)하여 십이만구천육백(十二萬九千六百)의 자연지수(自然之數)에 합당한 주천(周天)이 필요한 법이오. 아무리 절세기재라도 인신소천지(人身小天地)니 천지간(天地間) 음양지기(陰陽之氣)의 승강잉허지리(昇降盈虛之理)에 따르지 않을 수 있겠소?"

의리(醫理)와 천지운기(天地運氣)의 수리(數理)를 섞어 반론하는 말에 막대광은 마치 욕을 듣는 것처럼 인상을 구겼고, 복리추는 냉소를 지으며 알아 듣는 척 슬쩍 고개를 끄덕이기도 했다.

막대광과 복리추는 내심 동시에 부르짖었다.

'무슨 개뼈다귀 같은 소리야!'

물론 무식하다는 비웃음을 듣고 싶지 않았기에 겉으로 내색하지는 않았다.

서하연은 멍하니 갑론을박하는 두 사람의 말을 듣고 고개를 갸웃거리다 소운을 바라보았다. 그리고 코웃음을 쳤다.

'그냥 무공이 강할 수도 있는 거지, 뭘 그렇게 꼬치꼬치 따진담.'

그녀는 계속 소운을 노선배라 우기는 곡유신의 말에 마음이 불편했다. 서하연은 힐끔 곡 사숙이 논의에 열중하는 것을 보다 땀을 비 오듯 흘리며 외공 수련에 열심인 소운에게 다가가 조용히 물었다.

"이봐, 너 정말로 나이 든 늙은이야? 아니지?"

그러나 소운은 대꾸 않고 삐져 나오는 신음과 거친 호흡을 몰아쉬며 한 번이라도 더 팔을 뻗쳐 몸을 들어 올리려 애쓰고 있었다.

이에 서하연은 코웃음을 치며 소운의 겨드랑이를 간질였다.

소운이 꽈당 하며 넘어지는 소리에 잠시 시선이 모아졌다.

그러나 소운이 엎드려 누운 자세로 거친 숨만 몰아쉬며 가만히 있자 중인들의 시선은 거두어지고 재차 본질을 벗어나 상대를 이기기 위한 반론에 들어갔다.

서하연은 소운 옆에 쪼그리고 앉아 재차 물었다.

"너 정말로 노선배인 거 아니지?"

소운은 말할 힘도 없다는 듯 엎드린 채로 고개만 끄덕였다.

서하연은 방긋 미소 짓고 있다가 소운이 갑자기 몸을 뒤집자 급히 안색을 바로 했다.

"후—아! 정말 쉽지 않네."

소운이 숨을 길게 토해내며 중얼거리자 서하연은 호기심에 가득 찬 눈으로 바라보며 물었다. 지루하기는 그녀 역시 마찬가지였다.

"뭐가 쉽지 않은데?"

그러나 한참 동안 대답을 기다려도 소운은 아무 말 없이 장탄식만 토해낼 뿐이었다.

'휴, 반드시 이렇게 거꾸로 서서 뭔가 하면 될 것 같았는데… 안 되는구나!'

서하연이 쌍심지를 켜며 꼬집어볼까 생각하는데, 철커덩 하는 철문의 자물쇠 열리는 소리가 들려왔다.

중인들의 시선이 전부 위쪽에 난 철문 쪽으로 향했다. 심문을 하기 위한 성신교의 무리들이든지, 아니면 자신들을 구하기 위해 누군가 찾아오든지 계속해서 막연히 이어지는 이런 불안한 지루함을 어쨌든 떨쳐 주는 자이기를 바랐다.

그러나 한 대한이 커다란 나무통을 들고 내려오는 것을 보고 실망해서 고개들을 돌렸지만, 저마다 속으로 군침은 삼키고 있었다.

"벌써 저녁인가?"

서하연은 소운에게 관심을 끄고 대한의 근처로 갔다.

점심때만 하더라도 일식일찬(一食一饌)의 초라한 식사였지만 이번에는 제법 구수한 냄새가 풍겨왔다.

"술?"

서하연의 그 한마디에 중인들의 시선이 다시 집중되었다.

소운은 누운 자세에 벌떡 일어났고, 침착하던 곡유신도 두 눈을 휘둥그레 떴다. 복리추와 막대광은 혈안이 되어 생사대적을 바라보듯 나무통을 뚫어져라 바라보았다.

술만이 아니었다. 대한이 나무통의 뚜껑을 여는 순간, 향긋한 구운 닭 냄새가 지하 감옥 안을 진동했다.

대한은 한 사람마다 한 그릇의 밥과 채소, 한 병의 술, 한 마리의 통닭을 꺼내놓았다.

"다 먹거든 부르시오."

그렇게 한마디 한 다음 무뚝뚝한 표정 그대로 다시 철문 밖으로 나가 버렸다.

소운은 술병을 멍하니 바라보며 갈등하고 있었다.

'어떡할까? 사부님께서 절대로 술만은 마셔선 안 된다고 하셨는데!'

주위를 돌아보니 막대광과 복리추는 쇠사슬에 묶인 상태라서인지, 아니면 성격이 본래 그래서인지 아예 술병을 입에 달고 목젖이 울리도록 호탕하게 마시고 있었고, 곡유신은 음미하듯 향기를 맡고 조금 입에 넣어 음미하는 식이었다.

그리고 서하연은 혼자서 홀짝거리며 잘도 마시고 있었다.

소운이 망설이다 창호지로 막힌 술병의 입구를 개봉시켰다. 코를 찌르는 독하면서도 향긋한 술 냄새가 후각을 자극했다. 냄새만으로도 머리가 어찔해질 정도였다.

'딱 한 번만 먹어볼까? 내가 여기서 마신다 하더라도 사부님이 어떻게 알겠어? 하지만 대장부로서 한 번 내뱉은 약속을 어길 수는 없잖아! 대장부의 일언은 사마난추(駟馬難追)요, 장부일언 중천금이라고 하지 않는가! 하지만 딱 한 모금만이라면 괜찮을지도⋯⋯.'

그렇게 갈등하고 있는데, 항상 의식하지 않으려 해도 저절로 기척을 알게 되는 존재가 자신에게 다가오고 있었다.

그녀는 지금 술 때문인지 얼굴이 발갛게 달아올라 있었다.

내공이 제압당한 상태에서 빈속에 예전 습관으로 술을 마셨으니 빨리 취할 만했다.

서하연은 소운 앞에 우뚝 서서 소리 질렀다.

"야, 소운! 이 나쁜 자식아! 왜 날 그렇게 무시하는 거야? 엉? 한번 나한테 맞아볼래? 그리고 전에 왜 나한테 입을 맞춘 거야? 흥, 꼴에 예뻔 것은 알아가지고! 하여간 내가 손해라 이 말씀이야. 딸꾹! 흥, 좋아!
내가 다시 한 번 하면 서로 비긴 거지?"

소운이 얼떨떨해하며 뭐라고 대꾸하기도 전에 그녀는 두 눈을 감고
소운 앞에 꿇어앉으며 입을 내밀었다.

"……?!"

소운은 멍하니 새근거리며 긴 속눈썹을 드리운 채 두 눈을 감고 있
는 그녀의 얼굴만 바라보고 있는데, 곡유신은 싱글벙글하면서 말했
다.

"하하핫, 노선배님. 이거 참 아무래도 앵속각(罌粟殼)을 정제해서
넣은 것 같군요. 환각 작용이 있는 것 같으니 말입니다. 이런 것은 보
통 몸에 해로운데… 흐흐, 그래도 비싼 건데 왜 이런 것을 주는
지……."

서하연은 소운이 가만히 있자 두 눈을 뜨곤 소리쳤다.

"왜 안 하는 거야? 나쁜 자식!"

그리고 입을 맞추려고 다가오다 풀썩 소운의 품 안으로 쓰러져 버렸
다. 그리고는 술에 취해 잠들어 버렸다.

"……!"

그때 맞은편 석실에서는 대성통곡하는 소리가 들려왔다.

"으헝, 형님! 제가 나쁜 놈입니다! 제가 죽일 놈이에요!"

막대광은 닭똥 같은 눈물을 흘렸고, 복리추 역시 눈물을 글썽이며
훌쩍였다.

"흑흑, 아니다. 너는 나쁜 놈은 맞지만 죽일 놈은 아니야. 여자 좀
밝히는 게 뭐 큰 문제겠냐. 대형이야말로 나쁜 놈에 죽일 놈이지. 흑
흑, 걸핏하면 때리고 쥐어박고… 내 명대로 못살게 만들고……."

“엉엉, 맞아요! 형님보다 더 나쁜 놈에 죽일 놈은 대형이에요! 엉, 엉!”

그들 주위에는 이미 다 마셔 버린 듯 술병이 뒹굴고 있었다.

잠시 후, 지하 감옥을 소란스럽게 하던 소리들이 서서히 가라앉았다. 전부 잠이 든 것처럼 제멋대로 쓰러졌고, 곡유신도 ‘미혼약도 탔구나’ 하고 중얼거리며 가부좌 자세 그대로 옆으로 쓰러졌다.

석실 안은 곧 정적에 휩싸였다.

소운은 멍하니 술병을 바라보다 위의 철문이 재차 덜커덩거리는 소리에 눈길을 돌렸다.

검은 인영 하나가 횃불을 들고 나타나 있었다. 그는 석실 안으로 내려와 주위를 살펴보고는 어리둥절했다.

“전부 술들이 약한 모양이군.”

그렇게 중얼거리며 소운에게로 다가왔다.

“마침 너는 안 마셨으니 잘됐군.”

횃불에 그의 모습이 비춰졌다. 적성이었다.

“그나저나 팔자 좋군. 여기가 무릉도원이라도 된 것 같겠어.”

그 말에 소운은 자신의 품속에 서하연이 아직도 안겨 있음을 깨닫고 얼굴을 벌겋게 붉히며 허둥지둥 그녀를 옆에 뉘었다.

“흠.”

적성은 소운의 당황해하는 모습에 실소하다 말했다.

“자네에게 물어볼 말이 있네. 자네가 오늘 낮에 나에게 펼친 일 검은 뭐였나? 그리고 자네의 사문은, 사부는 누구신가? 어떻게 젊은 나이에 그런 무공을 지니게 되었지?”

적성은 궁금했던 것들을 한꺼번에 물었다.

"낮의 일 검은… 그냥 펼친 거구요, 사부님은 홍 자 천 자 성함에 천기노인이라 불리십니다. 그리고……."

소운은 가만히 생각해 보았지만 더 이상 그에게 대답해 줄 것이 없었다.

'그런데 이렇게 쉽게 대답해 줘도 될까? 장부는 목에 칼이 들어와도 쉽게… 하지만 비밀도 아니잖아. 말해 줘도 별것은 아닌데…….'

"천기노인? 못 들어본 별호로군."

적성은 미간을 찌푸리며 중얼거리다 다시 소운을 날카롭게 훑어보더니 물었다.

"혹시, 자네 반로환동한 노고수가 아닌가?"

소운은 그 말에 뜨악해졌다.

"무, 무슨 소리입니까?"

곡유신이야 알아서 착각하든 말든 그렇다 치고 난데없이 나타난 적성조차 그런 말을 내뱉으니 황당했다.

적성은 다시 날카롭게 말했다.

"홍, 너는 강호초행에 실전 경험이 없는 것처럼 꾸미지만, 애송이가 내공을 거의 잃고 그렇게 태연히 다른 고수와 아무 두려움 없이 겨룬다는 게 가능하다고 생각하나? 강호의 늙은 구렁이들조차 그런 상황이라면 난감하기 이를 데가 없을 텐데. 게다가 금제를 당해 갇혀 있는 지금 상태에서도 아무 감정의 동요도 없이 너무 태연해! 그게 강호의 햇병아리로서 할 태도냐!"

소운은 더 더욱 황당했다.

"무슨 터무니없는 소리입니까? 난데없이 저를 늙은이로 만들지 마십시오!"

적성은 눈빛을 빛내며 말했다.

"좋아! 그건 네 성격이니 그렇다 치고… 그보다 더 확실한 증거가 있지. 검과 심령이 통한다는 것은 내공을 닦거나 초식을 빨리 깨우치는 것과는 달라. 수없이 많은 반복 속에 어느 한순간 통하게 되는 거지. 아무리 검초의 신묘한 변화와 정묘한 뜻을 깨우쳐도 소용없지. 최소한 검에 미쳐 지내기를 수십 년 이상이어도 될까 말까야. 그런데 자네는… 흥!"

적성은 싸늘하게 코웃음을 치며 따지듯 물었다.

"물어보지. 자네는 언제 신검합일의 경지에 올랐나? 지금쯤은 이기어검술 정도는 어린애 장난하듯 할 테고 말일세. 도대체 언제 신검합일에 올랐지?"

소운은 반복해 묻는 그 말에 더듬거리며 말했다.

"어, 그러니까, 옛날에……."

적성이 더욱 눈매를 매섭게 해서 따져 물었다.

"옛날 언제?"

순간 소운은 머리 속이 어지러워지기 시작했다.

분명 검이 자신에게 말을 걸어올 때의 환희는 조금 전에 있었던 일처럼 생생히 되살아나는데, 그게 언제쯤인지 아득해지기 시작하는 것이었다.

"하여간 난 아니에요!"

소운의 부인에 적성이 곧 뭐라고 말하려는데, 갑자기 싸늘한 경풍(勁風)이 그의 등 뒤로 몰려왔다.

적성은 경풍이 자신의 지척에 이르렀을 때야 비로소 눈치채고 경악했다. 재빨리 진기를 극성으로 끌어올리고 퉁겨나듯 횡으로 몸을 비켰다.

꽈앙!

두 개의 육장이 소운의 목 양옆을 지나 석벽을 때렸다. 화강암으로 만든 석벽에 두 치 넘는 장인(掌印)이 뚜렷하게 찍혔다.

한 인영이 한 쌍의 육장(肉掌)을 서서히 거두며 미소 짓고 말했다.

"아! 이거 적성이위의 무공이 대단한 경지에 이르렀다더니 명불허전이구려. 반드시 성공할 줄 알았는데 그만 실패하고 말다니. 으음, 이럴 바에야 정중하게 인사부터 건네는 건데 괜히 암습이나 하는 비열한 놈이 되어버렸군."

그렇게 짜증내듯 투덜거리는 인영의 모습은 뜻밖에도 술과 구운 닭을 가지고 왔던 대한이었다.

적성은 쌍장에 진기를 가득 끌어올려 대비 자세를 취하며 그의 모습을 보고 얼굴을 찌푸렸다.

"너는 왕칠(王七), 아니지. 너는 누구냐? 감쪽같이 왕칠로 변장을 하다니."

그러나 곧 그의 정체를 짐작했다는 듯 쥐어짜듯 내뱉었다.

"인면수심 모용백!"

모용백은 싱긋 웃으며 얼굴을 문질렀다. 곧 아주 유약하고 소심해 보이는 모습이 드러났다.

"감히 간도 크게 여기까지 침입해 오다니!"

적성은 그렇게 소리치며 진기를 끌어올렸다. 한 쌍의 육장을 쭉 뻗어 모용백을 공격해 갔다. 어지러이 번득이는 손바람에 횃불이 꺼질 듯 크게 일렁였다.

모용백은 음침한 미소를 지으며 슬쩍 한 걸음 물러나 피했다. 적성은 재빨리 허리춤의 적검을 빼 들어 그에게로 겨누는데, 갑자기 등 뒤에서 철렁 하는 쇠사슬 부딪치는 소리와 함께 두 가닥 써늘한 경풍이 몰려왔다.

깜짝 놀라 피하려 했지만, 계속해서 자신을 공격해 오는 모용백의 웅후한 진기가 담긴 공세가 더 급했다.

적성은 이를 악물고 진기로 전신을 보호하며 검에 진기를 주입하고 심령을 합일시켜 모용백의 공세에 대응해 갔다.

모용백이 급히 옆으로 피하며 품속에 예리한 빛을 발하는 비수를 꺼내어 막는 순간, 적성의 등 뒤로 경풍이 몰려들었다.

퍼, 퍼엉!

적성은 등 뒤에 얻어맞은 충격에 입으로 피분수를 토하며 비틀거렸다. 그리고 황급히 뒤로 물러서서 자신을 공격했던 이들을 보았다.

"흐흐흐, 설마 우리가 벌써 해약을 먹었을 줄은 몰랐을 거다."

복리추는 음산하게 웃으며 말했고, 막대광은 앙천광소를 터뜨렸다.

"크하하핫, 역시 대형이 최곱니다!"

"시꺼, 목소리 낮춰, 이 바보 자식들아."

모용백이 짜증을 부리며 내뱉자 둘은 찔끔했다. 모용백은 적성에게 히죽 웃으며 말했다.

"조금 전 한 놈이 술을 가지고 들어가더군. 그래서 몰래 내가 그놈으로 바꿔치기 한 거야. 흐흐, 나의 역용 솜씨야 천의무봉의 경지에 이르렀으니 아무도 의심 않더군! 그리고 저 바보 같은 내 아우들이 마실 술에만 해약을 탄 거지."

"어떻게 해약을? 산공독의 해약은 우리 호성오위만이 가지고 있는데!"

"흥, 무슨 허튼소리냐? 성신교도 별것없군!"

모용백은 적성과 대화를 나누는 동안 단검으로 복리추와 막대광을 묶고 있는 쇠사슬을 싹뚝 잘라 버렸다.

평범한 단검으로 몇 가닥의 쇠사슬을 쉽게 자르는 것을 보고 적성은 은근히 놀랐다.

'저 정도면 최소한 나보다 못하지 않다!'

막대광은 희희낙락하는데, 모용백이 지나가듯 말했다.

"아, 나를 칭찬해 줘서 참 고맙더군. 나쁜 놈에 죽일 놈이라고 하더군 그래."

"허억! 그, 그건 형님이 먼저 말했고, 저는 그냥 장단만……!"

막대광이 헛바람을 들이키며 변명하자, 복리추는 사색이 되어 말했다.

"우, 우리가 저 술을 마시고 취한 척해야 될 것 같아서……."

모용백이 온화한 웃음과 함께 고개를 끄덕이자 둘은 입이 얼어 말을 더 이상 잇지 못했다.

모용백의 눈이 힐끗 적성에게로 향했다. 막대광과 복리추는 대번 눈치를 채고 같이 일시에 적성을 향해 공격해 갔다.

"비, 비열한!"

"흥, 괜히 우리가 악인들이냐?"

이미 큰 내상을 입은 적성은 이빨을 깨물며 최대한의 진기를 끌어모아 신검합일하여 그들에게 부딪쳐 갔다. 좁은 석실 안이라 피할 곳도 없었다.

꽈―앙!

한 명이라면 몰라도 세 명의 공력을 한꺼번에 감당하기는 무리였다.

비록 막대광과 복리추의 내공이 아직 완전히 회복된 것은 아니지만, 모용백의 공격에 능히 한 팔을 도울 만했다.

적성은 피를 토하며 뒤로 퉁겨 나갔다. 석실 벽에 부딪쳤다 다시 바닥에 쓰러졌다.

모용백은 냉소를 날리며 곧장 적성의 마지막 끝을 내기 위해 그에게로 뚜벅뚜벅 걸어갔다. 그리고 한 손을 들어 올려 적송에게 장풍을 뿜었다.

그때 갑자기 철문 위에서 하나의 인영이 기다란 무언가를 들고 뚝 떨어져 내리며 모용백의 일장을 받았다.

펑―!

그들은 제각기 한 걸음씩 물러났다.

모용백은 새로 나타난 이의 무공이 만만찮다는 것을 깨달았다.

그리고 계속 여기 있어봤자 좋을 것은 없었다.

"이런 제기랄! 빨리 가자!"

모용백은 짤막하게 소리치며 양손으로 복리추와 막대광의 목덜미를 잡고 철문 위로 신형을 날렸다. 새로 나타난 인영은 그냥 멀거니 구경만 할 뿐, 방해하지 않았다.

"으음."

적성이 신음 소리를 흘리며 품속에서 뭔가 꺼내 들었다. 조그만 피리였다. 적성은 피리를 입가에 대고 힘껏 불려는데, 갑자기 혼혈을 짚여 정신을 잃고 말았다.

"자네 덕분에 망칠 뻔했군. 미안하네. 나중에 사과함세."

새로 나타난 인영은 나직하게 쓸쓸히 중얼거리며 석실 중앙으로 나왔다. 횃불에 비친 그의 모습은 황성이었다. 그리고 들고 있는 것은 하나의 커다란 관이었다.

황성은 담담하게 말했다.

"아주 경극(京劇) 실력이 뛰어나시군요."

"예?"

소운은 어리둥절한 채 구경하고 있다 자신에게 말하는 줄 알고 뭐라고 대답하려 했다. 그때 술에 탄 미혼약에 정신을 잃고 쓰러져 있는 줄 알았던 곡유신이 멀쩡한 모습으로 일어나 앉았다.

"글쎄요. 제가 환각제를 탔다고 했을 때, 그들이 보인 경극 실력이 더 뛰어났던 것 같군요. 그렇게 갑자기 울고불고 할 줄이야 생각도 못 했죠. 웃음을 참지 못해 들통날 뻔했습니다. 하하핫."

멍하니 여태껏 지켜보기만 했던 소운은 말도 못하고 멍하니 둘을 번갈아 바라보았다. 도무지 그의 머리로서는 이해가 가지 않았다. 누가 적이고 누가 아군인지조차 구분할 수 없었다.

황성은 묘한 미소를 지으며 농 삼아 말했다.

"그런데, 이분 소저도 꽤나 경극 실력이 뛰어나군요. 그 길로 나선다면 아주 인기 끌겠는데요?"

그러나 깨어날 줄 알았던 서하연은 여전히 잠에 빠져 있을 뿐이었고, 곡유신이 빙긋 미소 지으며 말했다.

"저 아이에게 말하면 들통날까 봐 말을 안 했습니다."

그리고 다시 낯빛을 굳히며 물었다.

"그런데 왜 이런 짓을 해야 하는지 말씀해 주시지 않겠습니까?"

황성은 깊게 허리를 굽히며 말했다.

"우선 낮에 제 말을 믿고 따라주신 것을 감사드립니다."

곡유신은 실소하며 고개를 저었다.

"어차피 저의 실력으로서는 귀 교의 포위망을 벗어날 수 없었소. 그러니 저로서 잡히는 것은 어쩔 수 없는 일이었지요. 그리고 산공독과 함께 해약을 주는 것을 보고 조금 귀하의 말씀을 따라보자고 생각한 것뿐이오. 이제 사정을 설명해 주시겠소?"

황성은 잠시 위의 철문 쪽을 바라보다 '조금 시간은 있겠구나' 하고 중얼거렸다. 갑자기 처량하기 그지없는 장탄식을 토해내었다.

"휴, 사실, 비천야신에게 부탁을… 아니, 하나밖에 없는 그의 노모를 죽이겠다고 협박해서 무림삼대악인을 꼬시게 만든 사람이 바로 접니다. 그리고 성고를 납치하게 해서 바로 귀하에게 보내게 했습니다."

곡유신은 어리둥절해하다 곧 뭔가를 깨닫고 물었다.

"그렇다면… 당신은 성고라는 아이가 깨어나길 원하는군요. 왜지요?"

황성의 표정이 더욱 슬프고 처량해졌다.

"지금으로부터 약 십오 년 전, 전 무림의 협공에 멸문했다고 알려진 삼신교에서 돌연 당시 중주오악(中州五惡)이라 불리우던 우리 다섯 의형제에게 한 조그만 아이를 맡기면서 성신교를 설립하게 만들었지요. 그리고 많은 자금과 힘을 빌려주었지요. 수많은 영단(靈丹)과 무공비급(武功秘笈)까지도!"

"삼신교!"

곡유신은 깜짝 놀라 안색이 창백해졌다.

"조건은 단 하나였습니다. 그 아이를 키워 십칠 년 후에 다시 되돌려주는 것이었죠. 벌써 십오 년이 지났습니다. 그리고 그 후, 성신교를 완전히 우리들 손에 맡긴다고 하더군요. 당시 우리들로서는 꿈만 같은 조건이었습니다."

황성의 어조는 쓸쓸했다.

"귀하도 아시다시피… 그 아이의 운명을 짐작하면서도 우리는 욕심과 야망에 눈이 멀었던 것입니다. 그런데, 휴, 운명의 장난이랄까."

"……?!"

"내가 젊을 적 수많은 분탕질과 도박으로 팔아넘긴 본처 소생의 딸이 하나 있었지요. 그 딸도 운명이 기구하여 이 아비 없이 참으로 간난이 많았던 모양입니다. 그러다 한 기루로 팔려가게 되었는데… 그곳이 삼신교에서 비밀리에 운영하는 곳이었습니다. 그들은 내 딸아이에게 무슨 수작을 부려 딸 하나를 순산하게 만들었습니다. 그리고 그 딸은 결국… 우리 다섯 의형제 손으로 되돌아왔습니다."

"……!"

"결국 그 아이가 내 손녀딸이라는 것을 제가 일 년 전 우연히 알게 되었지요. 그 후로… 참으로 많은 고통을 겪어야만 했습니다. 사실 저는 세상에 이런 저런 나쁜 짓을 몽땅 다 해보았습니다. 그런 제가 뒤늦게서야 그렇게도 친혈육에 대한 그리움이 클 줄이야 미처 깨닫기 전에는 몰랐습니다. 움직이지 못하고 말하지도 못하는 그 아이를 보면서 저는 무한한 괴로움에 사로잡혔습니다. 그럼에도 불구하고 저는 선뜻 용기를 내지 못하고 많이 망설였습니다. 허허, 삼신교에 대한 두려움 때문이었지요. 오해는 마십시오. 제 한 목숨에 대한 미련을 버린 지는 오래입니다. 살아오면서 유일하게 정을 주고 의리를 지키는 다른 의형제들 때문이었습니다. 만약 제 손녀딸을 빼돌리고 나면… 그들 역시 저와 같이 처참한 죽음을 면치 못할 것이라는 것은 뻔한 사실이기에… 그리고 혹 본 교 내에 삼신교의 인물이 교묘히 숨어 있을지 모른다는 생각에 그 어느 누구와도 의논하지 못하고 혼자 고민해야 했습니다.

저는 매일같이 움직이지조차 못하고 생각조차 못하는 그 손녀딸을 볼 때마다 매일 밤 삼신교의 그 누군가에게 산 채로 잡혀먹는 악몽을 수 없이 꾸게 되었습니다. 저는 도저히 견딜 수가 없었습니다. 그래서 결국 손녀딸을 빼돌려야겠다고 생각했습니다. 그리고 단 하루라도 그 아이를 인간답게 살게 하고 싶었습니다. 그래서 귀하에게 보낸 것이지요. 귀하의 인술을 믿고, 또한 삼신교에 원한을 가지고 있다는 것을 아니 믿을 수 있었던 겁니다."

곡유신은 탄식했다.

그때 철문 밖 사방에서 피리 소리와 함성 소리가 들려왔다.

황성은 안색이 변하며 말했다.

"자, 대략 사정은 알았을 것이오. 저들 무림삼대악인들로 어수선할 때 빨리 내 손녀를 데리고 도망쳐 주시오!"

그러면서 가지고 온 관을 가리키며 말했다.

"내가 몰래 준비해 가지고 온 이 관 속에 나의 손녀딸이 자고 있습니다. 부디, 만일, 만일… 가능하다면 그 아이의 목숨을 조금만 더 연장시켜 주시구려. 그리고……."

황성은 잠시 망설이다 품속에서 하나의 단검을 꺼내었다. 검을 뽑으니 검날에 푸르스름한 기가 도는 것이 독약이 묻어 있는 것 같았다.

"만약 이 아이가 남의 손에 들어갈 것 같으면… 바로 죽여주시오! 이것으로 심장을 단숨에……!"

황성은 억지로 담담한 투로 말하다가 결국 마지막 말에는 울음이 묻어 나왔다.

곡유신은 탄식하며 그가 내민 단검을 받아 들었다. 손잡이를 잡았을 뿐인데도 불구하고 손끝이 찌르르해질 정도의 지독한 독약이 묻어 있었다. 이 정도라면 단검이 파고드는 순간, 순식간에 내부의 내장과 기혈을 태워 버릴 것이다.

아무 말도 할 수 없었다.

그 누가 자신의 손녀가 추악한 욕심에 가득 찬 무리들로부터 생피를 빨리거나 산 채로 잡아먹히는 것을 보고 싶겠는가! 그래서 독약이 묻은 단검을 주며 잔인하게 자신의 친혈육을 죽여달라고 부탁할 수밖에 없는 그의 심정을 충분히 알 수 있었다.

가만히 듣고 있던 소운은 코끝이 시큰했다.

'아, 가련하구나! 어떻게 그런 일이 있을 수 있는가! 그 삼신교라는 곳은 참으로 천인공노할 집단이구나!'

소운은 자신을 아빠라고 부르며 천진난만한 미소로 안겨오던 한 소녀의 모습을 떠올리며 가슴 가득 의기가 솟구쳤다. 그래서 자기도 모르게 소리쳤다.

"걱정 마십시오! 제가 반드시 목숨 걸고 지키겠습니다!"

황성은 어리둥절하다 씁쓸하게 웃었다.

"고맙소, 소협! 만약 내 손녀딸이 정상이었다면 그대같이 재기발랄한 청년과 짝을……."

황성은 목이 메는지 더 이상 말을 잇지 못했다. 대신 관을 들고 철문 위로 훌쩍 뛰어오르며 손짓으로 따라오라는 시늉을 했다.

곡유신은 황급히 서하연을 안고 뛰어올랐고, 소운은 늘어뜨린 밧줄을 타고 간신히 올라갔다.

모옥 안에는 몇 명의 성신교 인물들이 혼혈이 제압당한 채 쓰러져 있었다. 황성은 재빨리 말했다.

"이 근처는 제가 미리 소거시켜 놓았습니다. 자, 빨리 제 뒤를 따라

오며 저의 수하인 척하십시오. 그러다 소나무 숲을 벗어나면 곧장 서쪽으로 달려나가십시오! 조금 전 신호로 보건대, 삼대악인들은 동쪽으로 도망친 모양이니 서쪽 편에 본 교 인물들이 적을 것입니다."

그리고 모옥 밖으로 나서다 황성은 세 명의 그림자를 발견하고 깜짝 놀랐다. 달빛 아래 비춰진 그들은 전부 자신의 의형제들이자 현재는 같이 호성오위로 불리우던 그들이었다.

"자, 자네들……."

황성은 안색이 창백해졌다. 그때 그들 세 사람이 무릎을 꿇으며 일제히 소리쳤다.

"대형! 저희들도 다 들었습니다! 사실, 이번에 성고가 납치된 사건은 내부의 협조자가 없으면 이루어질 수 없다는 것은 저희들도 이미 깨닫고 있었지요. 대형임을 짐작하면서도 저희들은 어떤 의중이신지 몰라 가만히 있었습니다!"

"왜 여태껏 저희들에게 직접 말씀하시지 않았습니까? 저희들의 의리를 그토록 믿지 못하셨습니까! 정말 섭섭합니다, 대형! 진작 말씀하셨더라면 짚을 이고 불속으로 뛰어들래도 서슴없었을 겁니다. 흑흑, 그리고 사실, 저희들도 성고를 키우는 일에 죄책감을 느끼는 일이 한두 가지가 아니었습니다! 그 불쌍한 어린것을……!"

백성, 청성의 진심 어린 말에 황성은 기어이 얼굴이 일그러졌다.

그의 눈에서 닭똥 같은 눈물이 뚝뚝 떨어졌다. 비록 무표정하고 냉정하기 그지없는 흑성은 아무 말도 하지 않았지만 그의 두 눈에서도 눈물은 흐르고 있었다.

황성은 세 명에게 무릎을 꿇고 머리를 땅에 쿵쿵 박았다.

"미안하네, 미안해! 이번 일이 발각되면 자네들도 비참한 죽음을 면치 못할 텐데! 결국, 내 손으로 자네들을 죽이는 셈이 되고 마는데! 그런데, 이토록이나 이 대형을 생각해 주니 나는… 나는……!"

"대형!"

의형제들은 제각기 부둥켜안고 울었다.

소운과 곡유신은 콧등이 시큰해졌다. 곡유신은 저들 세 명이 얼마나 큰 결심을 한 것인지 충분히 공감했다.

자신의 사형 가문을 멸문시킨 그들 삼신교! 결국 처지는 다르지만 동병상련의 감정을 느꼈던 것이다.

'내 어떻게 하든 그 아이를 정상으로 되돌려주리라!'

내심 그렇게 결심했다.

한참을 울고 난 뒤, 백성이 격렬하게 말했다.

"형님! 비록 삼신교의 무리들이 무섭다고는 하지만, 저희 다섯 형제들이 힘을 합쳐 모은다면 그 어떤 난관이라도 헤쳐 나갈 수 있을 겁니다!"

청성이 맞장구쳤다.

"맞습니다. 흥, 저희 형제들이 언제 상대가 두려워 꼬리를 만 적이 있었습니까? 그리고 적이 하나이거나 백이거나 언제나 우리 다섯 형제가 힘을 모아 물리치지 않았습니까! 흥, 삼신교 녀석들이 제아무리 신통방대하다고 할지라도 까짓것 부딪쳐 봅시다!"

황성은 아우들의 충정에 깊이 감복하여 눈물만 흘렸다. 그러다 모옥의 지하 석실로 들어가 곧 적성을 업고 나왔다. 곧 그의 혈을 풀어주고 진기를 불어넣어 주었다. 적성은 곧 힘없이 깨어났다.

황성은 비장한 어조로 형제들에게 외쳤다.

"좋아! 우리 다섯 형제는 동년동월동일동시(同年同月同日同時)에 죽기로 이미 맹서한 바 있다! 지금 그것을 실천할 때가 온 것일 뿐!"

달빛은 교교하게 내리쬐고, 다섯 명의 의형제는 의기투합했다.

소운과 곡유신도 그들의 의리에 감동하여 멍하니 지켜보고 있는데, 갑자기 귀곡성과도 같은 웃음소리가 울려 퍼졌다.

"흐흐, 가소롭구나, 가소로워!"

그 음성은 동쪽의 소나무 숲에서 들려왔는데, 갑자기 멀어졌다 가까워졌다 하여 마치 정말로 귀신의 짓 같아 참으로 으스스했다.

일행은 마치 찬물을 끼얹은 듯 조용해졌다. 호성오위는 저마다 안색이 새파랗게 질려 버렸다.

"삼신교구나! 삼신교…….""

청성은 떨리는 목소리로 자신도 모르게 중얼거렸다. 조금 전의 호기는 어디로 갔는지 온데간데없었다.

황성은 침착한 표정으로 품속에서 폭죽을 꺼내었다. 부싯돌을 꺼내 불을 붙였다. 위로 솟구친 폭죽은 노란 불꽃으로 밤하늘을 수놓았다.

황성오위가 모든 교도들을 불러 모으는 신호탄이었다.

"흐흐흐."

계속해서 음침한 웃음소리만이 멀어졌다 가까워졌다 할 뿐, 아무런 동정이 없었다. 게다가 무림삼대악인들을 뒤쫓느라 떠들썩했던 소음도 지금은 어느새 조용해져 있었다.

"어, 어떻게 된 거지?"

비교적 침착하던 백성조차 목소리가 떨려 나왔다.

귀신이 곡할 정도였다. 수백 명에 달하는 성신교도들은 순식간에 어디로 갔는지 호응하는 소리조차 하나 없었다.

"설마!"

황성의 나지막한 중얼거림에 호성오위는 공포로 질린 서로의 얼굴만 처다보았다.

"아무도 없느냐!"

황성은 갑자기 공력을 끌어올려 소리쳤다. 그러나 밤하늘 아래 메아리만 들려올 뿐이었다.

그때 소나무 숲에서 미약한 소리가 들린 것 같았다. 동시에 뭔가 허연 것이 언뜻 나타났다 사라졌다.

황성은 형형한 눈빛을 빛내며 갑자기 등 뒤에서 황색 보검을 뽑아 들고 소나무 숲을 향해 달려갔다. 풀 위를 쭉 미끌어지듯 경쾌하게 쏘아져 가는 그의 경신술은 가히 무학종사의 풍모가 엿보였다.

곡유신은 나직이 탄식했다.

"휴, 저 정도의 무공을 지니고도……!"

흑성은 적성을 등에 업고 황성의 뒤를 쫓아갔다. 나머지 백성과 청성도 아무 말 없이 그 뒤를 따랐다.

곡유신은 빠른 어조로 소운에게 포권하며 말했다.

"여태껏 경과는 지켜보셨을 테니 노선배님의 판단에 맡기겠습니다. 부디 강호의 협의도(俠義道)를 위해 도와주십시오!"

그리고는 소운이 미처 대꾸할 사이도 없이 등에 서하연을 업은 채 한 손으로 관을 안아 들고 황성이 간 곳을 향해 경신술을 펼쳤다. 그의 유운신법만큼은 그들에 비해 손색이 없었다.

'또 노선배 타령이군!'

상황이 급박한지라 소운은 군말없이 그들이 간 곳을 향해 뛰어갔다.

풀밭을 지나 소나무 숲으로 들어가자 호성오위는 한곳에 우르르 모여 있었다. 곡유신은 한 나무에 관을 기대어놓고, 서하연의 등 뒤 영대혈에 진기를 불어넣고 있었다. 서하연이 신음성을 흘리며 술에서 깨어나는 듯싶었다.

소운이 그곳으로 다가가는데,

"독(毒)인가?"

황성의 쥐어짜는 듯한 음성이 들렸다. 그때 소운은 발끝에 뭔가가 걸려 하마터면 넘어질 뻔했다. 소운은 뭔가 싶어 살펴보다 섬뜩해졌다. 발끝에 걸린 것은 하얗게 웃고 있는 대한의 시체였다. 그리고 달빛 아래 여기저기 시체들이 쓰러져 있었다.

휘리릭!

옷자락을 펄럭이며 오른쪽에서 흑성이 날아왔다. 그리고 묵묵히 고개를 가로저었다.

"전부… 다 죽었다는 말인가! 어떻게 그럴 수가! 이 악랄한 놈들!"

황성은 치를 떨었다. 그리고 갑자기 몸을 돌려 곡유신에게 큰절을 올렸다.

"왜 이러십니까?"

곡유신이 당황하여 그의 몸을 부축하자 그는 단호한 음성으로 말했다.

"관 속에 약간의 패물과 보답품을 함께 넣어두었습니다. 이런 폐를 끼치게 되어 정말 죄송합니다. 제 손녀딸만 살려주신다면 내세에서나마 보답코자 합니다!"

말을 마친 다음 벌떡 일어나 형제들에게 소리쳤다.

"형제들! 저들의 손속이 이처럼 악랄하니 오늘밤 더 이상 목숨을 부지하지는 못할 것 같네. 하지만, 분명 적은 많지 않다. 그리고 황산의 삼신교에서 왔다고 보기도 어렵다. 아마도 우리를 감시하기 위해 몇 명의 고수만 본 교에 잠입시켰을 것이다. 그렇지 않다면 구차하게 이런 독을 쓰지도 않았을 것이고, 또 우리들 앞에 진작 나타났을 것이다. 지금 그가 원하는 것은 시간을 끄는 것이다. 우리로 하여금 겁을 먹고 혼란에 빠져 우왕좌왕할 동안 다른 동료들을 끌어 모으겠다는 거겠지!"

곡유신은 황성이 순간적으로 그런 상황 판단을 하는 것을 보아 확실히 우두머리로서의 자격이 있구나 생각했다.

서하연은 잠과 술에서 깨어나 주위를 돌아보며 의아해했다.

"뭐지? 여기는 어디지?"

그녀가 곡유신과 소운을 발견하고 가까이 가려는 순간,

털썩!

갑자기 그녀 앞으로 검은 뭔가가 떨어졌다.

"엄마야―!"

그녀는 깜짝 놀라 뒤로 물러서며 쌍장을 뻗었다.

펑―!

떨어지던 그것은 그녀의 장풍에 멀리 날아갔다. 그녀는 그제야 나뭇가지 위에 매달려 있던 시체가 스르르 힘을 잃고 떨어진 것이라는 것을 깨달았다.

그리고 주위에 시체들이 여기저기 널려 있다는 것도 알았다.

"흥―!"

그녀는 사람들이 자신이 지른 비명에 쳐다보자 약한 모습을 보이지 않으려는 듯 코웃음을 치며 바닥의 시체를 발로 툭 찼다. 그리고 곡유신과 소운에게로 다가가 말했다.

"내가 두려워하는 것은 귀신이지, 이런 시체는 아니라구요!"

그때,

"ㅎㅎㅎ."

귀신같은 음침한 웃음소리가 은은하게 들려왔다.

서하연은 조금 전처럼 비명을 지르지는 않았지만, 안색이 창백해지며 소운 가까이 와서 슬며시 허리춤 옷자락을 잡았다. 소운은 그녀의 손이 가늘게 떨고 있는 것을 느꼈다.

'설마 겁을 먹었다는 건가?'

소운이 내심 고개를 갸웃거리고 있을 때, 황성은 안색을 딱딱하게 굳히며 흑성에게 소리쳤다.

"다섯째! 넌 이분들을 보필하여 넷째를 데리고 이곳을 빠져나가라. 넌 막내지만 우리들 중에서 놈들의 악랄한 술책을 냉정하게 벗어날 사람은 너밖에 없다!"

흑성은 아무 말도 하지 않았지만 단호하게 고개를 저었다. 황성이 시선을 옆으로 돌리자 백성이 소리쳤다.

"저 역시 형님과 생사를 같이할 것입니다!"

청성은 더듬거리며 말했다.

"저는… 저는……."

어떻게 해야 할지 결정을 못하는 듯했다.

"좋아. 셋째, 너는 유달리 넷째와 사이가 좋았지. 부디 이분들과 넷째를 잘 부탁한다. 그리고……."

황성은 뭔가 한마디 더 부탁할 듯하다 갑자기 안색이 돌변했다. 뭔가 비릿한 냄새가 맡아지면서부터다.

"독이다! 숨을 멈춰라!"

황성은 그렇게 소리치다 그의 동그란 얼굴이 찌그러지기 시작했다. 그리고 목을 부여잡고 풀썩 쓰러져 버렸다. 그는 무언가 숨이 막히는 것처럼 컥컥거리며 두 손으로 자신의 목을 잡아당기고 있었다.

"대형!"

나머지 형제들도 깜짝 놀라 황성에게로 다가가는 순간, 그들도 갑자기 두 눈을 부릅뜨고 그대로 땅바닥으로 쓰러져 버렸다. 그들 역시 숨이 막히는 것처럼 저마다 괴로워했다.

그러고는 순식간에 몸을 뻣뻣이 하더니 죽어버렸다.

"어, 어떻게 된 거지?"

청성 혼자만이 울상을 지으며 어쩔 줄 모르고 허둥대었다.

독이라는 말에 황급히 숨을 멈춘 곡유신은 그 모습을 보고 등골이 서늘해졌다.

'세상에 저렇게 지독한 독이 있을 수 있다는 말인가? 겨우 한 모금 정도 마실 시간 뿐이었을 텐데 저런 내공의 고수가 저항 한 번 못해보고 쓰러지다니!'

내공이 어느 정도의 경지에 이르면 웬만한 독은 자체 운기행공을 통해 배출시킬 수 있을 정도다. 그러니, 황성오위 정도의 내공이라면 두말할 나위 없는 것이다. 그런데 직접 독을 복용한 것도 아니고, 공기에 실려오는 독에 순식간에 쓰러져 죽다니 보고도 믿을 수 없었다.

'가만, 나도 조금은 마셨는데?'

쓰러진 황성을 살펴보러 가다 급히 그 자리에서 운기행공해 보았으나 조금도 중독된 증상은 없었다.

옆에 있던 소운은 놀란 표정으로 주위를 돌아보고 있었고, 서하연은 그에게 바짝 붙어 긴장한 채 어찌 된 일이냐는 표정으로 자신을 돌아 보고 있었다. 청성은 홀로 자신의 형제들 사이를 돌아다니며 '죽었어! 죽어버렸어!' 연신 부르짖으며 어쩔 줄 몰라 하고 있었다.

그때 긴 휘파람 소리가 들려왔다. 그 소리는 마치 심금을 끊어버릴 듯 날카롭게 고막을 파고들었다. 마치 수십 마리의 굶주린 이리가 같이 울부짖는 듯했다.

소운은 연이어진 괴사에 가슴이 섬뜩했고 놀랐다.

'이 모든 게 그 삼신교라는 곳의 소행이라는 말인가? 어찌 이토록 신비하고 무서울 수 있다는 말인가!'

서하연은 더 더욱 두려움을 느낀 듯 소운의 팔을 붙잡고 바짝 다가 붙어 있었다.

돌연 눈앞에 검은 그림자가 나타났다.

"귀, 귀신이야!"

서하연은 깜짝 놀라 소운의 등 뒤로 숨었다. 소운은 어처구니없어하 며 뜨악했다.

'도대체 이 애의 정체가 뭐야? 시체는 안 무서워하면서… 이러고도 어떻게 강호를 돌아다녔을까?'

하지만 왠지 기분이 나쁘지는 않았다. 그리고 자신이 보호해 줘야 된다는 생각이 들어 바닥에 쓰러져 있는 한 시체가 가지고 있던 장검 을 주워 들었다.

검은 그림자가 있는 곳은 숲의 초입 부분이었는데, 은은한 달빛이 그의 큰 키를 비추어 그림자를 길게 드리우고 있었다. 그가 아무 말 없 이 자신들을 지켜보는 모습은 왠지 공포스럽기 짝이 없었다.

그가 뚜벅 걸어오자 소운은 자신도 모르게 투지가 솟아오르며 한 발
자국 앞으로 나아갔다. 곧 서하연이 자신의 옷을 끌어당기자 뒤돌아보
며 의아한 기색으로 물었다.

"왜 그래?"

그녀는 창백한 안색으로 고개만 도리도리 가로저었다. 가지 말라는
뜻이 분명했다.

검은 그림자는 열 걸음 앞까지 다가와 청성을 향해 까마귀가 울부짖
는 듯한 소름 끼치는 음성으로 말했다.

"너는 그때, 감히 천응시심단(天鷹視心丹)을 먹지 않았었구나!"

청성은 그의 모습이 나타나는 순간부터 꼼짝도 못하고 얼어붙어 있
었다. 그러다 천응시심단이라는 말에 두 눈을 동그랗게 뜨며 더듬거렸
다.

"천응시심단… 천응시심단……."

청성의 이마 위에 콩알 같은 땀방울이 맺혀 떨어졌다.

곡유신은 마치 호랑이 앞의 토끼마냥 두려워만 하는 청성의 행동에
눈살을 찌푸리다, 천응시심단이라는 말에 안색이 돌변했다. 그리고 곧
한 가지를 깨달았다.

'그렇구나. 이들은 삼신교와 거래를 할 때 이미 천응시심단을 먹었
었구나. 아마 성신교의 무리들도 마찬가지였겠지. 평소에는 그 천응시
심단의 독성이 내재되어 있다가 조금 전과 같이 천산갑을 태운 냄새를
맡게 되면 바로 발작을 해서 죽게 되는구나. 천응시심단이라… 천응시
심단이라… 하늘을 나는 매가 마음을 꿰뚫어 본다는 뜻이니 참으로 삼
신교는 무섭고 악랄하구나. 만약의 경우 배신을 대비한 것이겠지만,

이처럼 떼몰살을 시키다니!'

검은 그림자가 가까이 다가오자 용모를 확인할 수 있었다.

비쩍 마른 큰 키에 헐렁한 짙은 자색의 명주로 짠 장포를 걸친 중년인의 모습이었다. 그의 왼쪽 뺨에는 마치 고약을 붙인 것 같은 커다란 점이 있었고, 두 눈은 먹이를 낚아채는 매처럼 매서웠다.

"너, 너는……!"

뜻밖에도 청성은 그를 알고 있는 듯 손가락으로 그를 가리키며 깜짝 놀랐다.

'아마도 저자가 성신교 내에 잠입해서 수하로 있었기에 그를 알아본 것이겠지.'

그렇게 생각하다 문득 떠오르는 것이 있었다.

'그렇다면 삼신교의 고수는 혹시 저자 혼자가 아닐까? 황성오위의 말을 들어보면 분명 급박하게 성신교를 출발했음을 알 수 있다. 그사이에 삼신교에서 눈치를 채고 왔을 가능성은 희박하다. 성신교 내에 감시하고 있던 저자 홀로 이곳까지 따라왔을 것이다.'

주위를 세심하게 살펴보니 확실히 다른 인기척은 없었다.

'그렇다면 저자만 물리치면… 그러나 그 모습을 드러낸 것을 보니 우리들쯤은 홀로 처치할 수 있다는 자신감이겠지. 확실히 저자의 기세는 가히 일파종사의 것이다. 어쨌든 지금이 기회다. 또 언제 다른 삼신교의 고수가 나타날지 모른다. 이대로 시간을 보낼 수는 없다!'

그리고 힐끗 소운을 돌아보며 계속 생각했다.

'도대체 노선배님은 무슨 생각이신가? 본인 말로는 내공을 잃었니 어쩌니 하지만 그 상태에서 어떻게 적성이위를 물리칠 수 있다는 말인를 그들이 어떻게 알았는가? 둘째로 우리가 황산의 진교로 간 사실을 어떻게 알고 하필 그때를 맞춰 왔는가? 하는 점이오.”

하지만 그뿐이었다.

백의 중년인은 힐끔 황의 중년인을 쳐다보고는 더 이상 말을 잇지 않았고, 좌중은 별로 그의 말에 귀를 기울이는 기색이 아니었다.

침묵이 흘렀다.

잠시 후, 누군가 입을 열었다.

“아, 아!”

뚱뚱하고 사람 좋아 보이는 미소를 띤 황의 중년인이 발성 연습을 하듯 음성을 토해내어 중인들을 주목시켰다.

“그 의문점을 풀자면 우선 무림삼대악인 중 첫째인 인면수심(人面獸心) 모용백(慕容伯)과 비천야신 호일봉을 잡아야겠지. 그리고 혹시 배후가 있는지 살펴보면 될 거고… 비천야신 호일봉은 경공이 뛰어나 잡기 힘들고, 인면수심 모용백의 무공은 결코 얕볼 수 없으니 쉽진 않겠지만 본 교의 힘을 모은다면 별 어려울 것은 없을 깃 같네.”

한참 후에야 나온 답변이지만 백의 중년인은 성실히 받았다.

“좋습니다. 황성오위(黃聖五衛)님의 말씀에 따르겠습니다.”

한동안 그들을 잡는 방법에 대해 활발한 토의가 이루어졌다. 그러나 중인들은 과장된 표정과 언동으로 불안함을 감추고 있었고, 왠지 공허하기 짝이 없었다.

다시 침묵이 이루어졌다.

“휴.”

황성오위는 나직한 한숨으로 침묵을 깼다. 그는 새근 잠들어 있는 성고를 보고 나직하게 중얼거렸다.

가? 분명 속이고 있음이 분명하다. 저분 노선배님의 성정은 예측하기 어려우니 만약의 경우 큰 도움은 바라기 어렵겠다. 하지만 연아에게 악의는 없는 듯하니…….'

이런 저런 생각을 해보다 한 발짝 앞으로 나서며 그에게 소리쳐 물었다.

"귀하는 삼신교의 인물이오?"

그 말에 서하연은 흠칫하며 외쳤다.

"삼신교?"

그녀의 안색이 새파랗게 질리는 듯하더니 곧 딱딱하게 굳어졌다. 그리고 그녀의 두 눈에는 공포와 원한이 동시에 떠올랐다.

"크크크."

장포 중년인은 곡유신을 향해 괴이하게 웃으며 예의 까마귀 울음소리 같은 음성으로 말했다.

"그렇다. 감히 알고도 아직까지 뻣뻣하게 서 있느냐? 흐흐, 간이 크군, 간이 커! 쥐새끼들 담치고는 너무 커!"

음성이 갑자기 커졌다 작아졌다 하며 정말로 귀신같은 분위기를 자아내었다. 그는 서하연을 바라보며 괴이하게 웃었다.

"싱싱해 보이는군. 흐흐, 육젓을 담아 먹을까, 아니면 회를 쳐서 먹을까. 흐흐, 정말 맛있겠군, 맛있겠어! 간만에 포식하겠군. 크크크."

그는 정말로 군침이 돈다는 듯 뱀 혀같이 긴 혓바닥으로 입술을 홀짝 핥았다. 서하연은 그가 정말로 자신을 회로 쳐서 잡아먹을 듯한 기분에 몸서리를 쳤다.

곡유신도 한 소녀에게 영약을 키워 잡아먹으려는 삼신교의 행태를 알았기에 그의 말이 단순한 헛말 같지가 않아 섬뜩했다.

소운은 화가 치밀어 올라 퉁명스레 한마디 내뱉었다.

"젠장, 자라의 웃음소리는 언제나 듣기 거북하군, 거북해! 그리고 어디서 이렇게 심한 악취가 나는 거야? 정말 어디서 나는 개방구 냄새인지는 몰라도 정말 구린내가 지독하군, 지독해!"

그러면서 정말로 냄새가 난다는 듯 코를 찡그리며 손바람을 부쳤다. 소운은 잔악하기 그지없는 삼신교의 행사에 참으로 화가 치밀어 올랐던 것이다.

곡유신은 소운에게 감탄했다.

'후레자식에 헛소리라고 거침없이 욕하다니! 과연 노선배답게 삼신교 무리 앞에서도!'

그리고 소운이 삼신교에 좋지 않는 감정을 드러내자 기뻐했다.

"크크크."

소운의 욕에 웃고 있던 장포 중년인의 몸이 갑자기 쭉 늘어나는 것처럼 보였다. 그는 허깨비 같은 신법으로 소운을 향해 일장을 뻗으며 공격한 것이다. 삐쩍 마른 까마귀 손 같은 그의 일장이 전광석화(電光石火)처럼 소운의 머리를 바수러 왔다. 그 기세와 위력은 파공성마저 뒤로 돌릴 정도로 빠르고 위력적이었다.

소운은 히죽 웃으며 피하는 것이 아니라 오히려 한 걸음 앞으로 내디뎠다. 동시에 왼손으로 장검의 손잡이를 받쳐 들고 엉뚱하게도 우측을 향해 맹렬히 찔렀다.

"헉!"

놀란 경악성과 함께 장포 중년인은 허공으로 몸을 솟구쳤다가 뒤로 물러났다.

본래 그는 일직선으로 공격해 가는 척하며 소운의 오른쪽으로 방향을 바꿔 공격하려 했다. 한 수에 자신의 위엄을 과시하려는 속셈이었는데, 그가 막 선회하려는 순간 갑자기 장검의 검봉이 불쑥 자신의 눈앞에 나타나 앞길을 가로막으니 깜짝 놀라 몸을 솟구쳐 뒤로 물러난 것이다.

소운은 이미 그가 달려들려는 기미가 보일 때부터 뇌리 속으로 그가 취할 행동의 변화가 이미 선명하게 그려졌기에 엄청난 신법의 속도 차이에도 불구하고 그와 같이 할 수 있었다.

"너는 누구냐!"

소리쳐 묻는 그의 음성은 이제 커지거나 작아지지도 않았고, 까마귀 울음소리같이 그렇게 거북하지도 않았다. 그는 상대의 공포심을 자아내기 위해 음성을 변조했던 것이다.

"흥, 알고 싶으면 다시 덤벼. 단, 자신이 있다면!"

소운은 시정잡배들이 시비를 걸 때 쓰는 거친 어투로 퉁명스레 대답했다.

'과연!'

곡유신은 또 한 번 감탄했다. 무공뿐만 아니라 일부러 상대의 감정을 흐트러 싸움에 유리하게 만드는 것이라든지, 강적과의 싸움에 한 치의 흐트러짐도 없이 냉정하게 임하는 모습 등은 참으로 수없이 많은 싸움을 경험한 노련한 노강호의 모습 그대로였다. 평소의 조금 멍청해 보였던 모습은 온데간데없었다.

갑자기 소운은 장포 중년인을 향해 한 걸음 다가섰다.

장포 중년인은 막연한 두려움을 느끼며 자신도 모르게 주춤 한 걸음 뒤로 물러서고 말았다. 곧 자신의 실태를 깨닫고 인상을 구기며 품속에서 한 쌍의 귀조(鬼爪)를 꺼내었다.

"흥, 어디서 나타난 개뼈다귀인지는 몰라도 곧 후회하게 해주마!"

그가 열 개의 손가락에 착용한 귀조는 극독을 발라놓은 듯 달빛에 푸르스름한 빛을 발하고 있었다.

그는 귀조를 맹렬히 휘두르며 소운을 덮쳐 왔다. 그 기세는 계곡 사이를 흐르는 급류처럼 급박하기 이를 데 없었다. 곧 풍랑에 가라앉고 말 듯한 돛단배처럼 소운의 신형은 귀조가 일으킨 풍력을 이기지 못해 연신 흔들거렸다.

본래 내공이 없어서이기도 했지만, 소운 스스로 몰려드는 역도에 저항하지 않고 있었기 때문이다.

곧 소운의 신형은 귀조의 그림자에 파묻혔다. 그때, 갑자기 폭포를 거슬러 오르는 잉어처럼 소운의 장검이 펄쩍 뛰어올랐다. 그 변화는 너무나 갑작스러웠다.

파아앗—!

솟구쳐 오르는 검봉은 장포 중년인의 얼굴을 턱에서 이마까지 길게 그었다. 핏줄기가 튀어올랐지만 사방을 휘몰아치는 풍력(風力)에 사방으로 비산했다.

서하연은 긴장한 채 지켜보다 뭔가 뜨끈한 것이 뺨을 쳤다. 만져 보니 핏방울.

다시 그녀가 고개를 들었을 때 두 사람은 서로 일 장 거리를 두고 떨어져 있었다. 장포 중년인은 얼굴에 긴 검상이 나 있었는데 그의 안색은 딱딱하게 굳어져 있었고, 소운은 지금도 연신 바람에 휘날리는 낙엽처럼 비틀거리고 있었다.

아직 그 승패를 알 수가 없었다.

장포 중년인의 굳어져 있던 입술이 벌어졌다.

"어, 어떻게 그럴 수가… 내공조차 없었다니!"

그 말을 끝으로 그는 뻣뻣한 자세 그대로 땅바닥에 쓰러졌다.

그리고 소운 역시 땅으로 쓰러졌다.

서하연와 곡유신은 황급히 소운에게로 갔다. 살펴보니 크고 작은 상처가 열세 곳이나 되어 연신 피가 배어 나오고 있었다.

본래 소운의 힘만으로는 도저히 장포 중년인에게 상처를 입힐 수 없었다. 내공조차 없는 그가 진기로 몸을 보호하고 있는 내가고수를 어떻게 찌를 수 있겠는가. 하지만 소운은 그가 품어낸 역도(力道)를 이용해서 돛단배가 급류를 거슬러 올라가듯 역으로 공격해 간 것이었다.

즉, 자신의 공격에 자신이 당한 셈이었다.

장포 중년인은 마지막에서야 그 사실을 깨닫고 믿을 수가 없었다. 그런 것이 가능하려면 최소한 자신이 펼치는 모든 초식의 변화와 역도의 흐름을 한눈에 미리 꿰뚫어 보아야 하니, 최소한 무공이 자신보다 몇 단계 위의 수준이라야 가능한 것이다.

게다가 한 푼의 내공조차 없음을 그 일 검을 통해 알았던 것이다.

만약 그가 소운의 격장지계에 말려들지 않고, 차분히 공격을 펼쳤더라면 이와 같은 상황이 되지는 않았을 것이다.

"사숙! 상처는 어때요? 죽지는 않겠죠?"

서하연이 걱정스럽게 소운의 상태를 묻자 곡유신은 걱정 말라는 듯이 웃으며 고개를 끄덕여 주었다.

곡유신은 소운의 몸 상태를 보고 한편으로는 안도했고 한편으로는 기이하게 생각했다.

소운은 장포 중년인의 공격을 직접적으로 받지는 않았지만, 날카로운 귀조는 한차례 그의 몸을 휩쓸고 지나갔기에 여기저기 크고 작은 상처가 생겼다. 그런데 전부 치명적인 급소를 벗어나 있었다.

즉, 피륙(皮肉)의 상처뿐, 주요 기관이나 혈관 등은 하나도 상처 입지 않아 있는 것이다. 그래서 피가 배어 나오기는 해도 그다지 양이 많지 않았다.

이것은 분명 스스로의 의지로 그렇게 만들었음을 의미했다. 하지만 그같이 흉험하고 찰나적인 싸움의 와중에 어떻게 그렇게 할 수 있을까. 본능적이라고 할 수밖에 없을 것이다.

또한 진맥을 해보니 가뭄에 바짝 말라 갈라진 논바닥같이 경맥을 흐르는 진기는 한 오라기도 없었다. 게다가 귀조에 분명 극독이 묻어져 있었던 것 같은데 전혀 중독 증상이 없었다.

'도대체 어떻게 된 일일까? 도무지 영문을 알 수 없구나!'

자신이 알고 있는 무리(武理)와 의리(醫理)를 모두 동원해도 그 속에 내포된 의미를 짐작하기 어려웠다.

'어쨌든 피륙의 상처라도 가볍게 볼 일은 아니지. 그리고 내가 알지 못하는 상처가 있을지도 모른다.'

곡유신은 몇 군데 혈을 봉해 지혈을 하고 장포를 찢어 붕대처럼 소운의 전신을 재빠른 솜씨로 감아주었다. 천하에서 손꼽는 의원답게 능숙한 동작이었다. 그리고 품속에서 약병을 꺼내는데 소운이 정신을 차리고 눈을 떴다.

"괜찮아?"

서하연은 급히 소운에게 걱정스럽게 물었다. 소운은 히죽 웃으며 고개를 끄덕였다. 그리고 천천히 몸을 일으켜 앉았다.

소운은 이리저리 몸을 움직이며 전신에 감겨 있는 붕대를 신기하게 바라보다 곡유신이 멍하니 약병을 들고 있는 모습을 보고 물었다.

"혹시, 그거 상처 입은 데 먹는 약입니까? 제게 주실 건가요?"

곡유신이 얼떨결에 고개를 끄덕이자, 소운은 약병을 집어 들고 마개를 땄다. 몇 알의 환약을 꺼내어 입속으로 틀어넣은 후 가부좌를 틀고 앉았다.

그러나 곧 가부좌를 풀고 불만스럽게 투덜거렸다.

"싸우고 나서 상처 입었을 때 좋은 약을 먹고 운기요상하라고 사부님이 말씀하셨는데… 진기가 없으니 운기요상을 할 수가 없군."

소운은 조금 전 적을 대할 때 보여주었던 모습은 온데간데없고 단지 서하연을 향해 멍청한 웃음을 보이고 있었다.

청성은 쓰러져 있는 장포 중년인에게로 가서 멍하니 그를 내려다보고 있었다.

곡유신은 그에게 다가가 말했다.

"빨리 당신 형님들의 시신을 안장하고 이곳을 벗어납시다. 언제 삼신교의 무리들이 올지 몰라요."

청성은 멍한 표정으로 곡유신을 돌아보더니 고개를 가로저었다.

"소용없어요, 소용없어. 이미 삼신교에게 낙인찍힌 이상 절대 살아남지 못해요. 우린 곧 죽게 될 겁니다. 그냥 죽는 것이 아니라 처참하게… 아마도 살갗을 하나씩 벗기고 눈을 파내고 귀를 후벼낼지도 몰라요. 그리고……"

청성은 말하면 말할수록 두렵다는 듯 온몸을 사시나무 떨 듯했다.

곡유신은 그의 나약한 모습을 보자 화가 치밀어 올랐으나 꾹 참고 침착하게 말했다.

"당신 형님들은 진정 대장부들이었소. 당신은 그들의 원한을 갚아줘야 하지 않겠소? 삼신교에 복수를 맹세하지 못할망정 미리 겁부터 먹다니……."

그 말에 청성은 흠칫했다. 그동안 삼신교에 대한 공포에 휩싸여 있다 이제야 형제들의 죽음을 자각한 것이다.

"형님!"

그는 절규하며 형제들의 시체가 있는 곳으로 뛰어갔다. 그리고 황성의 시체를 부여안고 처절하게 울었다.

곡유신은 그의 나약한 모습에 눈살을 찌푸리다 옆에 있는 장검을 주워 들고 진기를 모아 바닥을 향해 베었다.

퍽! 퍽! 퍽!

일부러 칼등을 이용해 쳤기에 거친 격타음과 함께 흙덩이들이 풀들과 함께 튀어올랐다.

곡유신은 청성에게 소리쳤다.

"그들을 늑대 밥으로 만들 셈이오? 형제들의 영혼을 안식시켜 줘야 하지 않겠소!"

그 말에 청성은 소맷자락으로 흘러내리는 눈물을 훔치고 땅바닥을 향해 쌍장을 뻗었다.

펑—!

한줄기 강맹한 장풍이 땅바닥을 치자 먼지구름이 크게 일며 커다란 구덩이가 생겨났다.

펑—! 펑—! 펑—!

계속해서 쏘아대는 그의 장풍에 곧 일 장 크기에 사 척 이상의 커다란 구덩이가 만들어졌다.

곡유신은 그의 나약한 모습만 보다 이렇게 강맹한 장풍을 발휘하는 모습을 보니 전혀 다른 사람 같아 보였다. 가히 그의 무공은 범상치 않았던 것이다.

일행은 나중에 양지바른 곳에 다시 묻어주기로 약속하고 호성오위의 시체를 구덩이 속으로 파묻었다.

"흑흑, 형님들! 아우님들! 동년은 아니지만 반드시 나중에 동월동일 동시에 죽겠습니다. 그동안 제가 보고 싶더라도 조금만 참아주십시오. 반드시 삼신교 놈들을 한 놈이라도 더 죽이고 형님들 계신 곳으로 가겠습니다."

청성은 울먹이며 그렇게 말했는데, 비장하다기보다는 처량해 보였다.

第六章

송화(松花)를 위하여

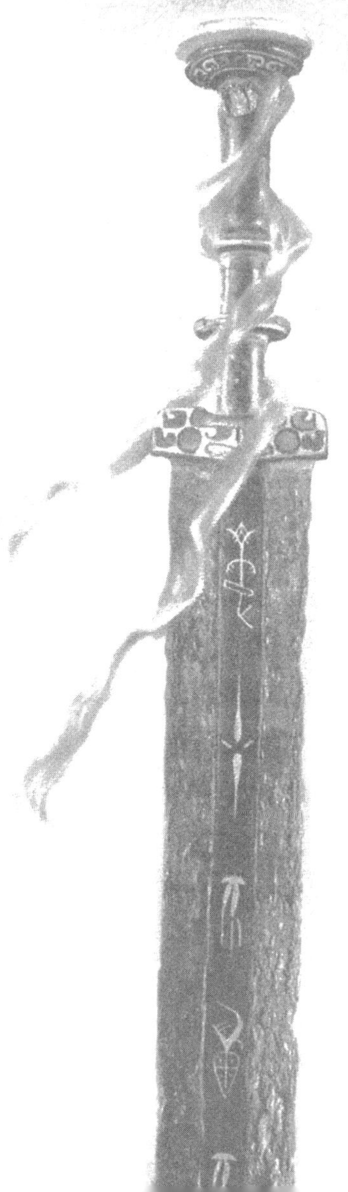

곡유신은 자신의 거처에서 몇 가지 물건을 챙겼고, 서하연은 관 속에 자고 있는 성고를 꺼내 업었다. 아무래도 남들의 이목을 생각할 때 관을 들고 다니기는 힘들 것이며, 또 관 자체의 무게도 상당한 것이다. 소운은 관 속에 몇 개의 자루가 있는 것을 꺼내 들었지만 워낙 무거워 청성이 대신 들었다.

일행은 휘황한 달빛 아래 수백 구의 시체들로 공동묘지가 되어버린 설하곡을 떠났다. 가는 도중 여기저기 시체들과 병장기, 밥을 짓느라 불을 피운 흔적과 솥들이 남아 있어 더욱 비참하고 처량한 느낌을 주었다.

곡유신의 인도를 따라 숲 사이로 난 조그만 길을 통해 걸었고, 한 무더기의 돌산을 넘었으며, 세 개의 개울물을 지났다. 그렇게 산 넘고 물을 건너다 보니 동쪽 하늘 위로 어스름한 여명이 터오고 있었다.

동은 텄지만 서편 하늘에는 여전히 둥그런 달이 떠 있고 주위는 어슴푸레했다.

갑자기 서하연의 등에 업혀 자고 있던 소녀가 왁! 하고 잠에서 깨어나 울음을 터뜨렸다. 소운이 간신히 달래고서야 울음을 멈추었다.

하지만 손가락을 빨며 먹을 것을 보채는 소녀 때문에 일행은 일단한 개울가에서 쉬기로 했다. 사실 일행은 밤새도록 걸어오느라 많이지쳐 있었기에 모두 다 찬성했다.

곡유신과 서하연은 먹을 것을 구하러 가고, 소운은 한 바위 위에 앉아 소녀를 달래었다.

청성은 나뭇가지로 불을 지폈는데, 불이 잘 피어오르지 않아 매운연기에 콜록거리기만 했다. 그가 곧 숨을 크게 들이켜 진기를 모아 훅불자 불길이 확! 피어올랐다.

덕분에 그는 머리카락을 태우고 얼굴에 온통 검댕이 묻었지만, 그것을 눈치채지 못하고 다만 불을 피운 것에 희희낙락했다. 마침 사냥감을 가지고 온 곡유신과 과일을 따가지고 온 서하연은 그 모습에 웃음을 참지 못했다.

정신없이 소녀를 달래던 소운도 황급히 개울가로 달려가는 청성의모습에 같이 웃었다.

덕분에 어젯밤부터 이어진 싸늘하고 침울했던 분위기가 조금 온화해졌다.

소녀는 과일 하나를 혼자 조금씩 베어 먹었다. 어제보다 행동이 확실히 자연스러워졌다. 소녀는 깨어난 상황이라 더 이상 영약을 먹을필요는 없었다.

곡유신은 개울에서 얼굴을 씻고 올라오는 청성에게 조금 주저하다

물었다.

"어제 홀로 괜찮으시던데 어떻게 된 일입니까?"

어찌 보면 무례한 질문이었지만 청성은 별 개의치 않았다.

그는 대답 대신 호두 크기의 조그만 과일을 꿀꺽 삼키고는 입 안을 벌려 정말로 뱃속으로 집어넣었다는 것을 보여주었다. 그리고 난 뒤 구역질을 하여 다시 그 조그만 과일을 토해내었다. 그는 이와 같은 방법으로 천응시심단을 뱉어내었다는 것을 보여주었다.

일행은 고기와 과일로 배를 불리고 나서 휴식을 취했다. 서하연은 소녀와 함께 관속에 있던 자루에 뭐가 들었는지 궁금했다.

첫 번째 자루를 열어보았다.

순간 아직 어슴푸레한 주위가 환해졌다. 자루 안에는 많은 진주 구슬과 보석, 금원보와 은자 등이 들어 있었던 것이다.

서하연은 두 눈이 휘둥그레졌다. 이 정도라면 고래등 같은 집을 짓고 부자 소리 들으며 삼대는 편안히 놀고먹을 만한 재물이었던 것이다.

호기심에 두 번째 자루를 연 서하연은 어리둥절했다. 하나씩 안의 물건을 집어 들어보았다. 아주 고급스러워 보이는 자색 늑대털로 만든 붓, 용봉(龍鳳)의 모양이 정교하게 조각되어 있는 원형의 벼루와 먹, 최고급 쌍지 등 최상품의 문방사우(文房四友)들이 들어 있었다.

그것을 본 곡유신은 탄식하며 청성에게 말했다.

"당신 형님은 저 소녀를 아주 학식 깊은 선비로 키우게 하고 싶은가 봅니다."

아마도 저 문방사우를 쓸 수 있을 때까지 살아 있기를 바라는 마음에서였을까. 아니면 여느 부모와 마찬가지로 단지 훌륭하게 커달라는

염원이었을까. 어쨌든 곡유신은 황성의 혈육에 대한 애정을 새삼 느낄
수 있었다.

청성도 뭔가를 느꼈는지 멍하니 문방사우를 바라보다 눈물을 흘렸
다.

서하연은 마지막 자루를 열었다. 중인들은 이번에는 뭐가 들어 있을
까 하는 호기심에 모두 시선을 집중시켰다.

뜻밖에도 한 쌍의 벽옥사자(碧玉獅子)와 비취봉황(翡翠鳳凰), 그리고
아주 고운 신부의 혼례복이 들어 있었다. 그리고 잃어버린 줄 알았던
소운의 목검도… 중인들은 멍하니 그것을 바라보았다. 곡유신은 그것
을 보고 처음에는 어처구니없었다. 그토록이나 긴박한 상황에서 챙긴
것이 혼수용품이라니.

하지만 곧 그가 정말로 바라는 바가 무엇인지를 깨닫고 가슴이 뭉클
해졌다.

여느 부모의 마음과 마찬가지로 소녀가 낭군을 얻어 여자로서의 행
복을 갖게 되기를 염원했던 것이다. 어쩌면 자신의 핏줄을 이어주기를
바랐을지도 몰랐다.

"대형—!"

청성은 마침내 목 놓아 울었다. 하지만 삼신교의 무리들이 혹 자신
의 울음소리를 듣고 찾아오면 큰일이라는 생각에 울음을 삼켰다.

그는 소녀에게로 다가가서 그녀의 머리카락을 쓰다듬으며 소리없는
눈물을 흘렸다.

"내 반드시 대형의 소원을 들어드리겠습니다!"

이때 그의 어조는 예전의 경박함은 없었고 비장했다. 곡유신은 이제
야 그의 대장부다운 풍모를 보는 것 같아 고개를 끄덕였다.

소녀는 소운의 품에 안겨 동그랗게 눈을 크게 뜬 채 청성의 비통해하는 모습을 올려다보았다.

소운은 곡유신에게 물었다.

"혹시, 이 아이가 정상으로 되돌아갈 수 있는 방법은 없나요?"

곡유신은 잠시 생각을 가다듬은 뒤 말했다.

"제가 전에 말씀드린 대로 이 아이의 몸 상태는 순음지체인데, 십수 년에 걸쳐 복용해 온 영약들로 극양의 기운들이 같이 어울려 있는 상황입니다. 의식이 없을 때에는 그것이 조화를 이룰 수 있었지만 이미 인식을 시작한 지금 점차 순음과 극양은 충돌을 일으켜 갈 것이고 그로 인해 생명이 위험해지기 시작하는 것입니다. 만약에… 만약에… 정말로 내공이 천인지경(天人之境)에 이른 고수가 있다면 가능할 것입니다. 이 아이의 몸속에 흐르는 기운은 터무니없이 강하기 때문에 보통 내공의 경지로는 그것을 잡아줄 엄두도 내지 못합니다."

"어느 정도가 천인지경이죠?"

"…저도 막연히 상상만 할 뿐입니다. 혹시 전설로 내려오는 절대무성이나 뇌정마검 정도라면… 휴, 그러나 전설일 뿐이지요."

"…현재 무림에서 제일 내공의 경지가 높은 사람은 누구입니까?"

곡유신은 소운의 말이 무슨 뜻인지 알고 소용없다는 듯 고개를 젓다가 일단 물으니 대답해 준다는 식으로 별 감흥 없이 말했다.

"무공을 따진다면 몰라도 내공만이라면 아마도 소림사의 전대 장문인이었던 심허(心虛) 방장과 현천문의 수석 장로인 방천극(方天極) 정도일 겁니다. 심허 방장은 역근경과 세수경을 수십 년 이상 연마하여 그 내공이 순후하기 짝이 없고, 방천극은 어릴 적 기연을 만나 내공 하나는 엄청 강맹하다더군요. 그러나 그들로는 아마 힘들 겁니다."

"여러 명이 같이하면 안 됩니까?"

"휴, 우선 드넓은 강호에서 고수를 한 번 보기가 하늘에 별 따기이니, 그들을 쉽게 모을 수가 없지요. 게다가 소녀의 생명은 대략 백여 일 정도… 설사 그 안에 모은다 해도 그들이 자신들의 내공 소모를 무릅쓰고 해준다는 것은 기대하기 힘듭니다. 또, 만약 그렇게 모여진다고 해도, 저 소녀의 몸속에 잠재된 영약의 힘을 꺾을 수 있을 정도의 힘은 혹시 갖출 수 있을지 몰라도 세밀하게 전신의 경맥을 같이 조화시켜 줄 정도의 정교함은 한 사람이 하듯 그렇게 맞출 수가 없습니다. 머리카락 한 오라기의 오차만 생겨도 소녀는 즉시 생명을 잃게 되지요."

"다른 방법은 전혀 없습니까?"

곡유신은 우울하게 대답했다.

"현재로서는 없습니다."

"……."

"항주에 친구가 하나 있습니다. 그 녀석은 무림인은 아니고 그냥 의원인데, 상당히 의론(醫論)에 밝습니다. 단지 항상 엉뚱한 상상만 매일 하는 녀석이라 조금 믿기는 힘들지만, 일단 그 녀석에게로 가서 상의를 해볼까 합니다."

"……!"

그래서 일행은 일단 항주로 가기로 했다.

조금 침울한 분위기 속에 일행은 다시 길을 떠났다. 소녀는 아무에게도 업히려 하지 않아 할 수 없이 소운의 등에 업혔다. 소운은 여기저기 상처들이 아직 낫지 않아 힘겨웠지만 소녀의 무게가 그다지 많이 나가는 것은 아니라 견딜 만은 했다.

산을 넘고 계곡을 넘자 곧 커다란 느릅나무 한 그루 옆에 조그만 작은 오두막집을 발견했다.

"저곳에서 옷을 얻어 입고 변장을 하도록 합시다."

곡유신은 그렇게 말했다.

집 밖에 여기저기 널려 있는 짐승 가죽 등을 보면 사냥꾼의 집인 모양이었다. 어느덧 태양은 거의 중천에 이르고 있었다.

불러도 인기척이 없자 곡유신은 일단 집 안으로 들어갔다.

집 안에는 활과 같은 사냥 도구뿐 아니라, 낫이며 괭이 같은 농기구도 있었다. 아마 근처에 화전도 같이 일구며 사는 모양이었다.

서하연은 옷장을 뒤져 광목으로 된 장삼, 짐승 가죽으로 만든 외투, 짚신, 두건 등을 꺼내었다.

"죄송해요. 주인도 안 계신데……."

서하연은 그렇게 중얼거리며 자루에서 은자를 한 움큼 꺼내 탁자 위에 올려다 놓았다.

잠시 후 그들은 제각기 옷을 갈아입었다. 청성과 곡유신은 사냥꾼으로, 서하연은 농촌 부녀자로 변했다. 소운도 피투성이가 되어버린 자신의 옷을 벗고 무얼 입을까 하다 힐끔 서하연을 훔쳐보고는 농부 옷을 골라 입었다.

그들은 한쪽 불 꺼진 화로에서 재를 꺼내어 서로의 얼굴에 묻혀주었다. 그렇게 되자 아무래도 행동거지 등은 아직도 다소 어색했지만 가까이 접근하지 않으면 식별할 수 없을 정도가 되었다.

문제는 성고라는 소녀였다. 어떻게 변장을 시켜도 뭔가 이상할 듯싶어 곤혹스러웠다. 게다가 소녀의 미모라면 당장 사람들의 이목을 집중시킬 만했다.

　그러고 보니 소녀의 이름조차 아직 정해주지 않았다는 것을 알고 청성에게 물었다.

　"참, 황성오위 그분의 성함이 어떻게 되시오?"

　청성은 고개를 갸웃거리며 말했다.

　"하도 오랫동안 안 불러봐서… 아마, 고서지(高舒遲)였던 걸로 기억이……."

　일단 성은 틀리지 않았겠지 싶어 곡유신은 오래 살라는 뜻에서 소녀에게 장수(長壽)라는 이름을 붙이려 했다. 하지만 고장수라니 소녀의 이름치고는 너무 이상한 것 같아 그냥 평범하게 송화(松花)라고 부르기로 했다. 소나무도 오래 사는 십장생(十長生) 중의 하나이니 그 의미도 충분했다.

　서하연은 이름이 예쁘다며 좋아하다 뭔가 떠오른 듯 손뼉을 쳤다.

　"송화를 변장시킬 좋은 생각이 났어요!"

　서하연은 송화에게 자신과 같은 옷을 입힌 다음, 밖으로 나가 들꽃을 꺾어와서 화관(花冠)을 만들었다. 그것을 송화의 머리 위에 얹어주고 숯검정을 그녀의 얼굴과 옷 이곳저곳에 잔뜩 묻혔다.

　송화는 멋도 모르고 재미있는지 웃고 있었다. 그러자 영락없이 정신이 조금 이상한 백치 소녀 같아 보였다.

　곡유신은 고개를 끄덕이며 말했다.

　"그럼 우리는 송화를 항주의 유명한 의원에게 치료받으러 가는 것으로 하자. 그 녀석이 제법 명성을 떨치고 있다니까 별로 의심받지 않을 것 같군."

　약간 멍해 보이는 소운이 송화를 등에 업자 왠지 어색하지 않고 잘 어울려 보였다. 아주 잘 어울리는 남매지간 같았다.

소운은 문득 심중에 느끼는 바가 있었다.

'나는 고아로서 여태껏 가족이 어떤 것인지 한 번도 경험해 보지 못했다. 그런데 마치 송화가 내 친여동생 같은 느낌이 드는구나.'

사실은 송화가 자신을 아빠처럼 따르니 묘하게도 한번도 경험 못해 본 부정(父情)도 어렴풋이 함께 느끼고 있었다.

청성과 곡유신은 이왕에 활도 어깨에 걸치고 허리춤에 가죽도 몇 장 둘러매어 변장을 좀 더 그럴듯하게 했다. 대가로 금원보를 꺼내 은자와 같이 놓아둔 다음 집 밖을 나섰다. 그런데 아무래도 자신들이 가진 자루가 남들의 이목에 거슬릴 것 같았다.

그래서 약간의 재물만 취하고 큰 느릅나무 왼쪽으로 십 보 밖에 깊은 구덩이를 파서 자루를 그 안에 숨겼다. 흙을 다시 묻고는 주위의 흙들을 그 위에 뿌려 표시가 나지 않게 하였다.

"나중에 시간이 날 때 다시 이곳을 찾도록 하자."

곡유신의 말에 서하연이 고개를 갸웃거리며 물었다.

"그동안 만약 사냥꾼 부부가 혹시 발견하면 어떻게 되죠?"

"횡재한 거겠지."

등 뒤에 업힌 송화가 아무 말 없이 오줌을 싸는 바람에 인상을 그리고 있던 소운이 그렇게 대꾸했다.

해가 서산 마루로 넘어갈 즈음 일행은 조그만 시냇물을 건넜고 조그만 동굴을 발견할 수 있었다. 일행은 일단 그곳에서 쉬기로 했다.

저녁 식사 후 소운은 지쳐 있던 터라 금방 잠이 들고 말았다. 언뜻 소운이 잠에서 깨어나니 어둠 속에서 곡유신이 운기조식을 하고 있는 모습이 보였다.

　문득 소운의 뇌리를 스쳐 가는 생각이 있었다.

　'나를 제외하고는 전부 경신술을 펼칠 수 있다. 만약 경신술을 펼쳤다면 반나절도 못 되어 이미 안탕읍까지 도착했을 것이다. 그렇지 않아도 언제 삼신교의 무리가 쫓아올지 모르고, 또 송화의 생명이 시간을 다투는데, 왜 경신술을 펼치지 않았을까? 혹시, 나 때문에 그냥 걸어온 것일까? 만약 그렇다면 나를 업고 오면……'

　그러다 곡유신이 자신을 반로환동한 노선배로 착각하고 있다는 것이 떠올라 어떻게 된 영문인지 깨달았다.

　'그렇구나. 내 체면을 구길 수가 없어 차마 말을 못한 것이구나. 게다가 여기서 쉬게 된 것도 어쩌면 내가 내공을 잃어 빨리 지쳤기 때문에……'

　어디선가 초봄의 밤바람에 실려오는 들꽃 향기가 싱그러웠지만 소운은 이런 저런 생각에 마음이 싱숭생숭해서 느낄 수도 없었다.

　소운은 다시 잠이 올 것 같지가 않아 자신에게 안겨 자고 있는 송화를 조심스레 떼어낸 다음 홀로 일어나 동굴 밖으로 나갔다. 어젯밤과 같이 휘영청 밝은 달이 중천에 떠 있었다.

　소운은 작은 시냇물의 상류를 향해 걸어갔다.

　달빛에 산비탈에는 채 녹지 않은 눈이 히끗히끗 보였고, 눈 녹은 물이 시냇물을 이루어 흐르고 있었다.

　소운은 흘러가는 시냇물을 멍하니 바라보며 생각했다.

　'어차피 내가 있어봤자 도움이 안 되고 방해만 되는 게 아닐까?'

　송화의 천진난만한 웃음을 떠올리면서 곧 오래 살지 못하고 흙으로 돌아가게 될지 모른다는, 그래서 영원히 두 번 다시는 보지 못할 것이라 생각하니 가슴 한구석이 칼로 후벼 파는 듯 아파왔다.

항상 자신의 품에 안겨 매달리는 송화를 보살피다 보니 외롭던 소운은 벌써 친혈육 이상의 정을 느낀 것이다.

소운은 쓸쓸히 웃었다.

'그래, 떠나자. 차라리 사부를 다시 찾아가서 송화를 살릴 방도를 물어보는 게 낫겠구나. 내 무공을 다시 회복할 방법도 한번 알아보고……'

하지만 이제 떠나면 두 번 다시 송화의 모습을 볼 수 없을지도 모르고, 또한 이미 미운 정 고운 정이 들어버린 서하연과도 이별해야 된다고 생각하니 마음이 텅 빈 듯 한없이 공허했다.

어디선가 처량한 원숭이 울음소리가 들려와 소운의 마음을 더욱 울적하게 했다.

그때 병장기 부딪치는 소리와 기합 소리가 밤하늘에 울려 퍼졌다.

소운은 곧 자신이 떠나왔던 동굴 쪽이라는 것을 깨닫고 안색이 변해 황급히 그곳을 향해 달려갔다. 혹시나 삼신교이면 큰일이었다.

동굴 근처에 당도하니 일행은 검기와 장풍을 난무하며 다른 두 명과 흉험하게 싸우고 있었다. 달빛 아래 다른 두 명의 모습을 확인해 보니 모용백과 복리추였다.

곡유신과 서하연은 힘을 합쳐 간신히 복리추와 겨루고 있었고, 청성은 조금 힘겹게 모용백과 싸우고 있었다.

소운은 그래도 삼신교가 아니라 다행이라며 허리춤에서 목검을 뽑아 곧 싸움에 끼어들려는데, 소운을 발견한 곡유신이 소리쳤다.

"노선배님! 송화가 일견앙신에게 납치되었습니다!"

소운의 그 말에 징글맞게 웃고 있는 털보화상이 뇌리에 떠올랐고, 순간 무서운 분노가 들끓었다.

"감히!"

갑자기 소운의 두 눈이 충혈된 것처럼 붉어졌다. 그리고 그 음성은 결코 크지도 않았고 공력도 담겨 있지 않았지만 사람을 내리누르는 듯한 위엄이 스며 있었다.

곡유신, 서하연과 청성, 복리추와 모용백은 제각기 소운의 호통에 심령(心靈)이 떨려와 자신도 모르게 한 걸음씩 뒤로 물러섰다. 그러나 곧 스스로의 실책을 깨닫고 다시 상대를 맞서 싸우기 시작했다.

소운은 곧장 작은 시냇물의 하류 쪽으로 고개를 돌리더니 그곳을 향해 달려가기 시작했다.

"아니, 그곳이 아니라……."

곡유신은 싸우는 와중에 다급히 막대광이 사라진 방향은 그곳이 아니라 다른 곳이라는 것을 소리 높여 외쳤으나 달려가는 소운은 들은 척도 하지 않았다.

'확실히… 기이한 놈이다!'

곡유신과 서하연을 맞아 싸우고 있는 복리추는 경신술도 펼치지 않고 막연히 시냇물의 하류로 달려가는 소운을 보고 내심 그렇게 뇌까렸다.

본래 삼대악인들은 지하 석실에서 탈출하다 얼마 있지 않아 성신교도들에게 발각되었다. 그런데 그들에게 쫓기며 도망치다 어디서 맵싸한 냄새가 풍긴다 싶은 순간 성신교도들이 저마다 괴로운 표정을 지으며 쓰러져 죽어버렸다.

잘되었다 싶어 일단 멀리 도망쳤지만 곧 의문을 느끼고 다시 되돌아왔다. 그들은 성고에 대한 욕심을 포기할 수 없었다. 곧 그들은 삼신교가 개입했음을 알고 두려워했지만, 만약 성고를 통해 막대한 내공만 얻게 된다면 그 정도 위험은 감수할 만하다고 생각했다.

그리고 몰래 소운과 장포 중년인의 싸움을 지켜보았다. 그들은 소운이 장포 중년인을 한 수에 물리치는 것을 보고 감히 함부로 행동하지 못했다. 그래서 기회를 엿보며 여태껏 계속 몰래 따라만 왔던 것이다.

곡유신은 비록 세심했지만, 그들의 기척을 알아차릴 정도로 무공이 고강하지 못했고, 청성은 감정의 기복이 심해 주의력이 산만하여 결코 그들을 미리 발견하지 못했었다.

삼대악인들은 동굴 속에서 쉬거나 자고 있는 일행을 보며 어떡할까 망설이고 있는데 마침 소운이 나와 시냇물의 상류로 걸어가는 것을 보고 이때다 싶었다.

그래서 모용백과 복리추가 곡유신 일행을 상대했고, 그사이 막대광이 송화를 납치할 수 있었다.

그들은 미리 시냇물의 하류 이십여 리 지점에서 나중에 만나기로 약조를 했다. 그리고 막대광은 일부러 동쪽을 향해 달아나는 것처럼 꾸몄는데 소운은 정확하게 꿰뚫어 본 것이다.

그로 인해 소운이 내공을 잃었다는 것이 과연 정말인지 어떤지조차 혼란스러웠다.

이때 청성과 싸우고 있는 모용백이 복리추에게 턱짓으로 동쪽을 가리켰다.

'저 표시는 달아나자는 뜻인데 왜……?'

복리추는 곧 모용백의 뜻을 짐작할 수 있었다.

소운이 막대광이 있는 쪽으로 달려갔으니 빨리 도와주러 가야 된다.

그러나 만약 곡유신이나 청성 등이 같이 몰려가게 되면 곤란하니 유인책을 쓰자는 뜻이었다.

복리추는 세차게 공격을 하여 일단 곡유신과 서하연을 떼어놓고 동쪽을 향해 경공술을 펼쳤다. 모용백 역시 청성을 떼어놓고 이미 동쪽을 향해 빠르게 날아가고 있다시피 달리고 있었다.

곡유신 일행은 모용백과 복리추가 달아나는, 그리고 이미 막대광이 도망쳤던 방향인 동쪽과 소운이 달려간 시냇물의 하류 쪽을 번갈아 쳐다보며 잠시 망설였다. 그러다 곧 결심을 하고 동쪽을 향해 쫓아갔다.

그러나 한참을 뒤쫓다 갑자기 그들이 숲 속으로 들어가며 더 이상 모습이 보이지 않자 곡유신은 막연하나마 자신들이 유인책에 말려들었음을 깨달았다.

곡유신은 탄식했다.

"휴, 그들이 두려워한 것은 우리가 아니라 노선배님이라는 것을 왜 진작 깨닫지 못했을까."

그리고 그들은 다시 소운이 갔던 방향을 향해 전력으로 경신술을 펼쳤다.

밤하늘 아래 나무와 나무 사이를 건너뛰며 날아가다시피 하는 그들의 모습은 마치 커다란 새처럼 보였다.

은은한 달빛이 한 평평한 바위 위의 소녀를 비추고 있었다.

소녀는 태고적 모습 그대로 벌거벗고 있었는데, 허리까지 내려오는 명주실 같은 검은 머리카락이 나신 위로 흐트러져 조금이나마 소녀의 백옥 같은 살결을 가리고 있을 뿐이었다.

긴 속눈썹은 커다란 두 눈 아래로 드리웠고, 상아를 정성스럽게 다듬어놓은 것 같은 그녀의 콧날 아래 연분홍 입술은 무슨 좋은 꿈을 꾸는지 반달 모양으로 미소 짓고 있었다.

그렇게 소녀는 천진난만한 표정으로 달콤하게 자고 있었다.

마치 월궁(月宮)의 선녀나 달의 요정같이 깜찍하고 귀여운 모습이었고, 감히 손댈 수 없는 고결하고 성스러운 느낌마저 들었다.

그러나 두 눈을 부릅뜨고 샅샅이 소녀의 전신을 훑어보는 막대광의 시선에는 탐욕만이 그득할 뿐이었다. 그리고 연신 군침을 삼키고 있었다.

그의 눈에 비친 소녀의 모습은 성욕의 대상은 아니었다. 주색(酒色)을 무척이나 밝히는 막대광은 본래 육덕(肉德)이 풍만한 여체를 좋아했기에 아무리 아름답다고는 하나 아직 젖가슴조차 여물지도 않은 소녀의 육체가 눈에 들어올 리 만무했다.

단지 무공을 증진시킬 만고에 드문 영약을 바라보는 탐욕의 시선이었던 것이다.

막대광은 군침을 삼키다 힐끔 개울의 상류 쪽을 바라보았다.

"으이구! 왜 이리 안 오는 거야! 그저 늙으면 죽어야지, 쓸데없는 걱정이 많다니까! 왜 그따위 애송이 녀석을 두려워하는 건지 원!"

막대광은 다시 소녀 쪽을 바라보며 만족스런 웃음을 지었다.

"그나저나 다행이군. 상처 난 곳이 하나도 없다니. 도대체 그놈들은 멍청이들인가? 아직 피조차 한번 빨아먹지 않다니! 흐흐흐, 아직 그 가치를 몰라서겠지!"

막대광은 상처라도 혹시 날까 조심조심하며 고운 비단 천으로 소녀의 몸을 몇 겹 감았다. 그리고 그녀의 두 다리를 가슴 쪽으로 들어 올려 엉덩이가 아래로 가도록 해서 부대 자루 속에 조심스레 담았다.

노끈으로 부대 자루의 입구를 묶고 몇 개의 숨구멍을 뚫고 있는데, 누군가 거친 숨소리를 내며 개울을 따라 달려오고 있었다.

소운이었다.

그는 전력으로 달려오느라 땀을 비 오듯이 흘리고 있었고, 상처 부위는 터져 전신의 옷 위로 피가 배어 나오고 있었다.

소운은 바위 위의 막대광을 발견하고 분노로 부르르 몸을 떨었다.

"흐흐, 햇병아리 녀석이었군. 흐흐, 잘됐다. 네놈을 영계탕으로 만들어 형님들에게 보여 드려야겠군!"

막대광은 히죽 웃으며 벌떡 일어나 바위에서 내려왔다.

소운은 거친 숨을 몰아쉬며 매서운 살기를 뿜어내었다. 평소의 그에게서 도저히 찾아볼 수 없는 엄숙하고 무서운 눈빛이었다.

소운은 막대광이 품속에서 자오원앙월을 꺼내는 것을 보며 그에게로 천천히 목검을 겨누었다.

성큼!

소운은 한 발짝 앞으로 나섰다.

막대광은 돌연 해일과도 같은 기세가 몰려오는 듯한 착각에 자신도 모르게 주춤 뒤로 한 걸음 물러섰다.

"뭐, 뭐야?"

그러나 곧 아무런 기운도 담겨 있지 않은 단순한 최면 같은 착각이었을 뿐임을 깨닫고 어리둥절했다. 그는 현재 아무런 기세를 피워 올리지 않고 있는 소운의 아래위를 훑어보며 고개를 갸웃거렸다.

"하여간 때려죽이면 그뿐이다!"

단순한 그는 방금의 일은 곧 잊어버리고 자오원앙월을 휘둘러 소운을 공격해 갔다.

싸늘한 광채가 뿌려지는 한 쌍의 자오원앙월에는 어느새 푸르스름한 검기가 맺혀 있었고, 주위로는 무수한 검화(劍花)를 만들었다.

그리고 그것은 태풍처럼 소운의 머리 양쪽 태양혈을 향해 합장하듯 마주쳐 갔다.

이때 막대광의 왼쪽 자오원앙월에서는 한 갈래 흡입력이 뻗어 나왔고 오른쪽은 반탄력이 뿜어져 나왔다. 그리고 그것은 순간적으로 서로 뒤바뀌고 있었다.

그렇게 번갈아가며 밀고 당기는 힘은 상대의 중심을 흐트리고 초식에 담겨 있는 기운의 흐름을 방해하였다. 이렇게 상대를 혼돈으로 몰고 가는 이 초식은 막대광이 가장 자랑하는 혼원일기세(混元一氣勢)였다.

소운은 멍하니 그것을 보고만 있다 불쑥 검의 가운데를 잡고 수평으로 그냥 들어 올렸다.

순간, 목검은 한 쌍의 자오원앙월에 동시에 마주 닿게 되었다. 이때 휘몰아쳐 오는 왼쪽의 자오원앙월의 날이 흡입력을 발휘하고 있을 때라 목검의 손잡이 부위를 끌어당겼고, 오른쪽은 순간적으로 목검의 검봉을 퉁겨내었다.

그렇게 해서 목검은 왼쪽의 자오원앙월을 중심으로 빙그르르 돌아버렸다.

순간,

"컥!"

막대광은 돌연 전혀 예측하지 못한 기세로 목검이 자신의 코끝을 향해 날아오자 기겁을 하며 주저앉았다. 그러나 미처 피하지 못하고 그의 미간을 강타했다.

빡ㅡ!

마치 뭔가 빠개지는 소리가 소리와 함께 막대광은 비틀거렸다.

눈앞에 별들이 날아다니고 세상이 빙글빙글 도는 것이 정신이 하나도 없는 그였다.

사실 막대광이 소운을 얕보고 전 공력을 기울이지 않았기에 그의 힘에 의해 반탄되어 오는 목검은 단지 큰 타격만 주고 말았다. 하지만 최고의 급소 중 하나인 미간에 그 타격을 입었는지라 막대광은 정신을 못 차리고 비틀거리고 있었다.

"여, 여기가 어디냐!"

소운이 땅에 떨어진 목검을 주웠을 때도 그는 팔을 마구 휘저으며 허우적거리고 있었다.

그런데 소운은 목검을 다시 그에게로 겨누며 조금 난감해졌다.

사실 내공도 없는 현재 목검으로 그를 찔러보았자 아무런 타격도 주지 못한다. 오로지 상대의 힘을 이용해서 상대에게 타격을 주는 것이다. 그러니 아무런 공격이 없으면 소운으로서도 어쩔 수가 없는 것이다.

소운은 주위를 휘둘러 보다 곧 부대 자루를 발견하고 그곳으로 발걸음을 옮겼다. 그때 막대광이 정신없는 와중에서도 소운이 부대 자루 쪽으로 움직이자 본능적으로 손발을 허우적거리고 몸을 비틀거리며 다가왔다.

"아, 안 돼! 그건 내 거야!"

돼지 멱따는 소리를 내지르며 다가오는 막대광에게 소운은 예의 목검으로 차력타력(借力他力) 수법을 펼쳤다. 그러나 막대광이 허우적거리는 손짓에는 별다른 힘과 기운이 담겨 있지 않아 오히려 타격을 줄 수 없었다.

소운은 난감해하며 연신 뒷걸음질쳤다.

막대광은 비틀거리면서도 구 척에 달하는 큰 키를 이용해 성큼 다가 왔다.

소운은 이대로 달아날 수는 없는 처지라 재빨리 그의 다리 밑으로 들어가 몸을 굽혔다.

꽈당—!

결국 막대광은 넘어지고 말았다. 동시에 소운도 그 밑에 깔리고 말았다.

'큰일났구나!'

소운은 급히 그의 몸을 밀쳐 내려 했지만, 도저히 구 척 거구에 달하는 막대광의 몸은 꿈쩍도 하지 않았다.

소운은 문득 서하연이 자신에게 펼쳤던 사타구니 공격을 떠올렸다.

'한 번도 해본 적은 없지만……'

조금 치사하다고 생각하면서 소운은 무릎으로 힘껏 막대광의 사타구니를 차올렸다.

"헉!"

막대광은 현재 진기를 끌어올려 몸을 보호하고 있지 않았기에 사타구니에 전해지는 충격에 비명을 지르며 풀쩍 몸을 들썩였다. 소운은 그때 재빨리 그의 밑에서 빠져나올 수 있었다.

순간 그의 몸이 훌쩍 누군가에 의해 들려졌다. 고개를 돌려보니 모용백이 가느다란 실눈을 더욱 가늘게 좁히며 미소 짓고 있었다.

"과연 그랬었군! 겨우 차력타력의 수법에 불과했어! 흠, 공격을 하지 않으면 전혀 문제될 게 없었던 거로구먼! 흐흐흐."

모용백과 복리추는 조금 전 도착하여 소운의 약점을 알아채고 만 것이다.

"하여간 신기한 놈이야. 연구를 해볼 만해!"

두려워하고 걱정했던 소운의 약점을 알아내자 모용백은 느긋해졌다.

그때 쓰러져 있던 막대광이 조금 정신을 차린 듯 어리둥절한 표정으로 일어나 모용백에 의해 잡혀 있는 소운을 보고 두 눈을 동그랗게 떴다.

"와! 대형! 무슨 금나수법으로 잡았습니까? 그놈 알고 보니 엄청 대단한 놈이더군요. 아—! 제가 대형이 펼친 금나수의 오묘한 변화를 봤어야 하는 건데! 하여간 대단합니다, 대단해! 과연 대형입니다!"

막대광이 연신 감탄을 금치 못하자, 복리추는 어처구니없다는 듯 실소했다.

모용백은 힐끔 개울물의 상류 쪽을 바라보더니 아우들에게 말했다.

"일단 어디 조용한 곳으로 가자. 흥, 지금이라도 그놈들을 전부 잡아 죽일 수야 있겠지만, 보물이 우리 손에 들어온 이상 괜히 쓸데없이 힘을 뺄 필요는 없겠지."

그들은 소녀가 든 부대 자루와 소운을 데리고 으슥한 숲 속으로 사라졌다.

잠시 후, 이곳에 먼저 도착한 곡유신과 청성은 싸움이 일었던 흔적을 보고 사방을 두리번거렸으나 아무런 종적을 발견할 수 없었다. 뒤늦게 겨우 도착한 서하연은 망연자실하게 밤하늘만 쳐다보았다.

"그 불쌍하고 예쁜 아이를 그냥 내버려 둘 수 없어요!"

서하연은 그렇게 소리치며 곡유신의 만류에도 불구하고 홀로 숲 속과 개울가를 중심으로 이곳저곳을 계속해서 뒤졌다.

밤새도록 찾았으나 그 흔적을 발견하지 못했다.

그녀는 멍하니 개울의 바위에 앉아 흘러가는 개울물을 바라보았다.

서서히 먼동이 터오고 있었다. 그리고 새벽 안개가 같이 끼어들기 시작했다.

안개 사이로 바위에 꼼짝 않고 멍하니 앉아 있는 그녀의 모습은 왠지 슬프고 처연해 보였다.

"휴."

그녀의 울적한 한숨 소리가 고즈넉이 깔릴 때, 서생 차림의 한 청년이 부채를 부치며 그녀에게로 천천히 걸어왔다.

서하연은 한참 후에야 그의 기척을 알아채고 뒤돌아보았다.

희고 창백한 얼굴에 칼날처럼 힘차게 뻗어나간 검미, 우뚝 솟은 코, 그러나 온화한 미소를 머금고 있는 입술을 가진 참으로 잘생긴 미청년이었다.

단지 별빛같이 영롱한 그의 두 눈에 깊이를 알 수 없을 것 같은 심원함이 담긴 것 같아 왠지 범접하기 어려운 위엄도 갖추고 있었다.

그렇게 신비한 분위기를 풍기는 청년은 온화한 미소를 머금고 그녀에게 말했다.

"너무 걱정하지 않아도 됩니다. 그 녀석은 절대 죽지 않아요."

"예?"

"그 녀석은 설사 천신(天神)이라 할지라도 절대 죽일 수 없는 녀석이죠."

청년의 분위기는 참으로 따사로웠다.

서하연은 소운과 함께 있으면 왠지 신경이 쓰여 항상 좌불안석이었는데, 왠지 이 청년의 온화한 미소를 보니 마음이 포근해지고 편안한 것 같았다.

　그녀는 문득 이 청년이 말하는 '그 녀석'을 자신은 소운으로 새겨들었다는 것을 깨달았다. 그리고 당황했다. 자신이 밤새도록 진정 걱정하고 찾으러 다녔던 사람이 누군지 자각했기 때문이다.

　서하연은 내심을 들킨 것 같아 살짝 얼굴을 붉히며 청년에게 물었다.

　"그런데 당신은 누구시죠?"

　청년은 빙긋 웃으며 대답했다.

　"이런, 숙녀 분께 제가 실례했군요. 먼저 제 이름도 밝히지 않다니…저는 현천(玄天)이라고 합니다."

　청년은 예의 온화한 미소와 함께 덧붙였다.

　"그리고 그 녀석을 죽일 수 있는 유일한 존재죠."

第七章

초현(初現)

기봉(奇峰)을 병풍 삼아 두르고 있는 한 은밀한 장원.

자욱한 새벽 안개가 푸른색 벽돌로 된 담장 너머 건물의 모습을 흐릿하게 감추고 있었다.

장원의 붉은 대문에 걸려 있는 편액에는 위호장이라는 세 글자가 금색으로 새겨져 있고, 대문 양쪽에는 각기 날카로운 이빨을 드러내며 포효하는 호랑이 모양의 석상이 있어 웅위(雄偉)로운 느낌을 주고 있었다.

"여기유?"

새벽 안개 저 너머 굵고 굉량한 음성이 울려 퍼졌다. 흐릿한 세 명의 인영이 다가오며 그 모습을 드러내고 있었다.

모용백을 비롯한 삼대악인 일행이었다.

막대광은 허리춤에 밧줄로 꽁꽁 묶은 소운을 끼고 있었고, 복리추는 소녀가 든 부대 자루를 등 뒤에 메고 있었다.

먼 길을 달려온 듯 그들의 장화는 풀잎에 묻은 아침 이슬로 잔뜩 젖어 있었지만 흙덩이 등은 별로 묻어 있지 않았다. 자신들의 흔적을 줄이기 위해 내공의 소모를 무릅쓰고 초상비(草上飛)의 경공을 발휘했기 때문이다.

모용백은 막대광의 물음에 고개를 끄덕이며 장원의 대문 앞으로 다가갔다. 그리고 그는 대문 위의 금빛으로 반짝이는 조그만 차종에 매달린 줄을 손으로 잡아당겼다.

딸랑거리는 소리가 고적한 장원 안으로 울렸다.

잠시 후, 대문이 열리고 한 장한이 나왔다. 얼굴이 길쭉하고 무표정한 인상이었다.

모용백은 품속에서 호랑이가 새겨진 조그만 금패(金牌) 하나를 꺼내 보여주었다.

장한은 약간 놀라는 표정으로 모용백을 보더니 아무 말 않고 따라오라는 손짓과 함께 길 안내를 시작했다.

막대광은 여기가 어딘지 몰라 고리눈을 동그랗게 뜨고 주위를 두리번거렸다.

대리석과 자갈로 깔려진 길을 따라 양측으로 희미한 빛을 발하는 석등이 일 장 간격으로 줄을 이어 서 있어 마치 어느 고관대작의 저택을 방문하는 듯한 느낌이 들었다.

일행이 대청 안으로 들어서자 사십대 초반에 청색 장포를 입은 청수한 중년인이 포권하며 맞아주었다.

"어서 오십시오. 별실(別室)로 안내해 드릴까요?"

모용백이 고개를 끄덕이자 그는 곧 다시 길을 인도했다.

그들은 긴 낭하를 거쳐 다시 대청 세 곳을 지나니 온갖 기화요초가 피어 있는 화단이 보였고, 그 너머로 고아해 보이는 이층 누각이 있었다.

청수한 중년인은 아무 말 없이 그곳으로 일행을 안내했다.

비록 초봄이었지만 높은 산이라 제법 날씨가 싸늘한 편이었는데, 누각 안에는 군불을 지피는 곳도 보이지 않는데도 훈훈했다.

누각 안은 무척 휘황찬란하게 꾸며져 있었다.

일행이 누각의 이층으로 올라가자 화려하게 꾸며진 복도가 나왔고, 그중의 어느 방으로 안내되었다.

커다란 방 안의 중앙에는 이화팔선탁이 놓여져 있고, 침상과 의자 위에는 비단으로 된 부드러운 보료와 방석이 놓여 있었다.

청수한 중년인이 나가고 나자 일행은 자리에 앉았다. 복리추는 조심스레 부대 자루에서 소녀를 꺼내 침상 위에 올려놓고 다시 되돌아왔고, 막대광은 포박한 소운을 한쪽 구석에 처박아두었다.

소운은 혈도까지 제압당한 상태로 두 눈만 깜빡거릴 뿐, 멍하니 꼼짝도 못하고 있었다.

막대광이 도저히 참지 못하겠다는 듯 물었다.

"도대체 여긴 어딥니까? 굉장히 으리으리하군요!"

모용백은 한 번 미소 짓고 나서 엉뚱한 말을 했다.

"안탕산."

막대광은 어리둥절해하며 물었다.

"우리가 어제 밤새도록 달려왔는데 어떻게……."

복리추가 퉁명스레 내뱉었다.

"바보 같은 놈! 혹시라도 누가 쫓아올까 봐 계속 돌아다니다 온 거야. 그리고 여기는 비밀 장소를 제공해 주는 곳이지. 흥, 뭐 관부의 고관대작들이나 부자들이 무슨 음모나 합작을 꾸미기 위해 자주 이용한다더군. 이곳을 이용하는 데는 막대한 은자가 필요한데, 그나마 보통 사람은 아무리 은자가 많이 있어도 들어오지 못하지. 오로지 몰래 주어진 금패나 은패, 철패가 있어야만이 들어올 수 있는 곳이야.”

막대광은 두 눈알을 굴리며 주위를 돌아보다 물었다.

“그런데 어떻게 대형이…….”

이번에도 복리추가 대신 대답했다.

“대형 특기를 살리신 거지. 몇 년 전에 소주 관청의 지부대인으로 변장해서 흐, 당당하게 금패를 가져오신 거야. 하여간 강호의 거친 무부(武夫)들이 올 곳은 아니니까 우리들끼리 오붓한 시간을 보낼 수 있다는 말이다! 흐흐흐.”

복리추는 침상 위의 소녀를 보며 음침한 미소를 띠었다. 순간,

퍽—!

갑자기 모용백이 복리추의 뒤통수를 갈겼다.

“설마 네놈의 더러운 물건으로 먹는 걸 더럽힐 생각이냐.”

복리추는 모용백의 가느다란 두 눈이 더욱 가늘어지자 황급히 변명했다.

“그, 그럴 리 있겠습니까? 제가 어찌… 게다가 여기가 어떤 곳인지 아는데, 하필 저런 꼬마를 탐내겠습니까?”

모용백이 고개를 끄덕이는데, 문이 열리며 시녀들이 걸어 들어왔다.

돌아본 막대광의 두 눈이 커지며 절로 군침을 삼켰다. 그녀들은 상당한 미색을 가지고 있었는데, 의복은 허벅지까지 노출되어 있었고 게

다가 몸에 착 달라붙어 있어 풍만한 신체의 굴곡이 완연히 드러나 있었다.

그녀들은 줄을 이어 제각기 요리와 술들을 가지고 와서 탁자 가득 채워놓았다.

그녀들은 한결같이 요염한 미소를 흘리거나, 탁자에 음식을 놓고 몸을 일으킬 때 슬쩍 손으로 하체를 건드리고 지나가는 등 은근한 교태를 부렸다.

그녀들이 나가고 나자 두 눈을 벌겋게 충혈시킨 채 넋을 잃고 바라보던 막대광이 소리쳤다.

"정말 예쁘다! 정말 예뻐! 다른 기루(妓樓)에서 나오는 계집들과는 천지 차이구나!"

복리추가 음침한 미소를 띠며 말했다.

"흐흐, 저들 중에 한 명 골라놓아."

막대광의 입이 잔뜩 벌어지는 것을 보고 모용백은 빙긋 웃다가 말했다.

"자, 이젠 우리가 연락하기 전에는 아무도 오지 않을 것이다. 일을 시작해야지!"

그리고 침대가로 가서 손을 뻗어 동쪽 벽을 밀었다. 그러자 한쪽 벽면이 갈라지며 아래로 향하는 통로가 나타났다.

그것은 복리추도 몰랐던 사실인 듯 호기심을 담고 쳐다보았다.

모용백은 침상 위의 소녀를 안아 들고 히죽 웃으며 설명해 주었다.

"여기 이층은 단지 접대용일 뿐이야. 일층이 진짜 비밀 회담 장소지. 절대 소리조차 새지 않고 세 치 두께의 강철로 뒤덮여 있어서 안에서 문을 걸어 잠그면 그 누구도 침범 못한다."

막대광이 감탄하며 따라나서니 모용백이 안색을 굳히며 말했다.

"넌 여기서 우리가 나올 때까지 기다려라. 혹시라도 외부에 이상한 놈들이 나타나면 침상 옆에 있는 줄을 잡아당기도록 하고."

"대, 대형!"

막대광이 잔뜩 불만스러운 표정이자 복리추가 음침한 미소를 지으며 말했다.

"흐흐, 넌 여기서 술을 마시든지 아니면 계집이라도 불러 즐기고 있어라."

막대광은 조금 전에 본 미녀들의 요염한 자태가 생각나자 자신도 모르게 고개를 끄덕였다.

"대, 대신 제가 먹을 것도 남겨줘야 합니다!"

모용백은 무성의하게 고개를 끄덕이며 비밀 통로 안으로 들어갔다. 복리추까지도 들어가자 통로는 닫혀 버렸다.

꽝!

"제기랄! 형이라는 것들이 그저 자기 욕심만 챙기다니!"

막대광은 벽을 차며 한마디 욕을 퍼붓다 곧 다시 미녀들의 요염한 미소를 떠올리며 히죽 웃었다.

"근데 여러 명을 불러도 되겠지?"

소운은 송화를 데리고 사라져 버린 비밀문을 두 눈꼬리가 찢어질 듯 바라보고 있었다.

'송화야!'

속으로 부르짖었지만 아혈이 제압당해 있어 입 밖으로 외칠 수 없었다.

이때 소운의 심정은 한량없이 괴로웠다.

분명 무림삼대악인은 송화를 사람으로 보는 것이 아니라, 내공을 한 없이 높여줄 수 있는 영약으로 보고 있다는 것을 알고 있었다. 그러니 송화가 어떤 꼴을 당하며 처참하게 죽어갈 것인지를 능히 상상할 수 있었다.

삼대악인에 대한 분노는 만 장(萬丈)이나 치솟고, 송화에 대한 안타까움이 물밀듯 몰려왔지만, 자신은 손가락 하나 까닥할 수 없고, 고함조차 지르지 못하는 상황.

비참하기까지 했다.

소운의 두 눈이 벌겋게 충혈이 되었다.

일층의 비밀 장소로 간 모용백은 먼저 벽에 걸린 등롱에 불을 붙였다. 그리고 한쪽 옆에 놓여진 석상 위에 비단 천으로 전신이 둘러싸여진 소녀를 올려놓았다.

"본래는 고문용으로 만들어진 거지만……."

그렇게 중얼거리면서 품속에서 조그만 나무 상자를 꺼내 탁자 위에 놓았다.

모용백은 나무 상자 뚜껑을 열었다. 그 안에는 갖가지 모양의 날카로운 단검들이 가지런하게 놓여져 있었다.

모용백은 그중에 아주 얇은 날을 가진 단검을 꺼내 들었다.

복리추는 그사이 촛대를 가져와 석상 앞에 놓았다.

"벗겨라!"

모용백의 명에 복리추는 조심스레 소녀의 전신을 감싸고 있던 비단 천을 풀었다. 그런데 얼굴을 감았던 비단 천을 풀어내는 순간,

"우—왕!"

그동안 비단 천 때문에 입이 막혀 있던 송화가 울음을 터뜨렸다.

"어, 어떻게 된 거야? 움직이다니!"

모용백과 복리추는 울고 있는 송화를 보며 놀람을 감추지 못했다.

모용백은 송화의 혼혈을 짚고 나서 중얼거렸다.

"어쨌든 약효는 변함없겠지."

그때, 딸랑! 딸랑! 갑자기 비상종이 울렸다. 모용백과 복리추는 흠칫하며 이층 쪽을 바라보았다.

"설마 누가 쫓아왔다는 말인가?"

모용백의 눈짓에 복리추는 잔뜩 긴장한 표정으로 비밀 통로의 철문을 열고 이층으로 올라갔다.

잠시 귀를 기울여 이층의 동정을 살피다 인상을 구기며 문을 열었다.

막대광이 무안한 듯 반질반질한 자기 대머리를 긁적거리며 물었다.

"저, 계집을 부르려면 어떻게 해야 합니까? 헤헤."

퍽—!

번쩍이는 권장, 깜깜해지는 시계.

"제기랄!"

두 눈에 시퍼렇게 든 멍을 문지르며 막대광은 투덜거렸다.

"때릴 때 때리더라도, 계집 부르는 것은 가르쳐 줘야 할 것 아냐!"

꽝! 꽝! 꽝!

막대광은 화풀이하듯 닫혀진 비밀 통로 문을 발로 찼다. 그래도 속이 풀리지 않자 탁자 위의 술병을 입속에 처박고 꿀꺽꿀꺽 삼켰다.

단숨에 술을 마시고 나자 한순간은 시원한 듯했다. 그러나 막대광은 조금 전 보았던 미녀의 모습을 떠올리니 음욕은 오히려 더 강해졌다.

"제기랄, 왜 불러도 아무도 안 오는 거야! 나 같은 놈은 도무지 성질나서 이런 곳은 못 오겠다!"

번쩍!

그는 일장을 들어 화풀이 겸으로 탁자를 내치려 했지만, 또다시 대형에게 꾸지람을 들을까 봐 차마 하지 못했다.

화를 풀지도 못하고 속을 부글부글 끓이던 그는 포박에 묶인 채 자신을 매섭게 쳐다보고 있는 소운을 보았다.

씨익—!

막대광의 입가에 사악한 미소가 지어졌다. 그는 화풀이를 할 좋은 대상을 찾아낸 것이다.

"근데 뭘로 괴롭히나?"

막대광은 잠시 즐거운 고민을 하다 곧 탁자 위에 올려져 있는 술병에 시선이 갔다. 그리고 즐거운 미소를 지었다.

"흐흐흐, 이놈에게 무공 비밀을 알아내기 위해 손대지 말라고 했지만, 흐흐흐, 술을 먹이지 말라고는 안 했지! 그런데 사람은 술을 어느 정도 마시면 죽게 될까? 정말 궁금하군!"

그는 술병을 들고 한쪽 구석에 처박혀 있는 소운에게로 다가갔다.

"이놈아! 영광으로 알아라. 이 일견활불님께서 말 그대로 활불의 자비를 보여주겠다!"

그는 소운의 입을 억지로 벌려 술병을 집어넣으며 그렇게 말했다.

그러나 소운이 목구멍을 틀어막아 술을 마시지 않자 한 손으로 소운의
코를 잡았다.

잠시 후 숨을 참지 못하고 소운은 결국 술을 들이키고 말았다.

콸콸콸—!

두 눈을 부릅뜬 소운의 입속으로 술은 끊임없이 흘러들어 갔다.

처참하고 괴롭기 한량없는 심정들은 모두 분노로 모아지고 있었지
만, 끊임없이 식도를 따라 화끈하게 들어오는 술은 소운의 정신을 점차
몽롱하게 만들며 의식을 잃게 만들어갔다.

막대광은 어린아이들이 파리의 다리를 하나하나 떼어내며 즐길 때
보이는 미소를 지으며 즐거워했다.

곧 소운의 주위로 몇 개의 빈 술병이 나뒹굴게 되었다.

그리고 술과 치솟는 분노로 인해 그의 정신을 금제하고 있던 고리
중의 하나가 한순간에 풀리고 있었다. 또한 소운의 밑바닥 속에 잠자
고 있던 또 하나의 의식이 깨어났다.

"제일 큰 약성은 간(肝)에 전부 모이지."

모용백은 그렇게 중얼거리며 시퍼렇게 날이 서 있는 단검의 끝을 백
옥 같은 살결을 드러내고 있는 송화의 우측 늑골 부위로 가져갔다.

하지만 당장 찔러 넣지 못하고 잠시 망설였다.

그는 미간을 찌푸렸다.

웃으며 잔인하게 사람을 찢어 죽이기도 하던 그가 기이하게도 송화
의 몸에 칼을 대는 것을 망설이는 것이다. 천진난만해 보이는 송화의
두 눈가에는 아직도 눈물이 그렁그렁 맺혀 있었는데, 혹시 그 모습에
왠지 마음이 약해진 것일까.

"흥, 누가 들으면 배꼽 빠질 이야기군. 이 인면수심이 동정심을 느끼다니."

그렇게 중얼거리다 복리추가 멀뚱하게 쳐다보고 있자 절로 안색이 찌푸려졌다.

"흥, 이러면 되겠지."

모용백은 송화의 얼굴 위로 하얀 비단 손수건을 덮었다.

모용백은 씨익 웃으며 단검을 다시 소녀의 늑골 부위로 가져갔다.

그러나 그녀가 숨을 쉴 때마다 가슴은 오르락내리락하고 있었고, 또한 그녀의 얼굴에 씌어진 비단손수건은 송화가 숨을 쉴 때마다 미미하게 떨리고 있었다.

그 모습은 계속해서 모용백의 심기를 건드렸다.

"쳇, 재미없군!"

막대광은 쭉 뻗어버린 소운을 내려다보며 투덜거렸다.

처음 소운의 두 동공이 풀리며 이리저리 비틀거리는 모습을 볼 때까지는 어느 정도 재미있었지만, 아예 고주망태가 되어 뻗어버리니 더 이상 흥미를 붙이기 힘들었다.

"나도 술이나 마셔야겠다!"

막대광은 시큰등한 표정으로 탁자로 되돌아왔다. 그리고 손은 대지 않고 입만으로 술병의 목을 물었다.

'주도(酒道)의 새로운 경지나 연마해 보자!'

그렇게 생각하며 혀로 술병의 마개를 빼보려 했다. 내공을 사용하면 쉽겠지만 오로지 기술의 힘만으로 해보려 하니 잘되지 않았다.

그런 쓸데없는 짓으로 지루함을 달래다 막대광은 뭔가 이상한 기척을 들은 것 같았다.

힐끔 뒤를 돌아보니 완전 뻗어버렸던 소운의 몸이 꿈틀거리고 있었다.

"호—! 더 먹일 수 있겠군!"

막대광은 기뻐하며 술병을 잡고 소운에게로 다가갔다. 그때, 천천히 소운의 두 눈이 떠지고 있었다.

"흠, 술에 얼마나 절었으면 두 눈이 빨갛군 그래! 좋아, 얼마나 더 빨개지나 보자!"

막대광은 새로운 즐거움을 찾았다는 듯 기뻐하다 갑자기 오싹한 기분을 느꼈다. 그것은 마치 홀로 산중을 걸어가다 갑자기 뭔가가 나타날 것 같은 생각에 막연한 두려움을 느끼는 것과 비슷했다.

"뭐, 뭐야?"

막대광은 주위를 두리번거리다 소운에게로 눈길을 돌린 순간, 자신도 모르게 뒤로 주춤 물러섰다.

소운은 천천히 몸을 일으키고 있었다. 그를 묶어두었던 포박줄은 새끼줄처럼 툭툭 끊어졌다.

갑자기 주위가 어두워지며 소운의 몸을 중심으로 거대한 기운의 와류가 하늘과 땅으로부터 순식간에 일어났다.

우두둑!

뼈마디 부딪치는 소리와 함께 소운의 키와 덩치가 커졌다. 머리카락은 하늘로 솟구쳤고, 옷자락은 폭약 터지듯 사방으로 비산했다.

방 안은 온통 탁자와 술병들이 날아다니며 난장판이 되고 있었다.

"너, 너!"

막대광은 몰아닥치는 풍압을 견디며 놀라 부들부들 떠는 손가락으로 소운을 가리키기만 할 뿐, 제대로 입을 열지 못했다.

소운의 두 눈에서는 무시무시한 혈광(血光)과 신광이 번갈아 뿜어지다 곧 사그라졌다.

"어떻게 된 거지? 성공인가, 실패인가?"

소운은 스스로의 몸을 돌이켜 보면서 미간을 찌푸렸다. 그의 시선이 무심하게 주위를 돌아보다 막대광에게로 향했다.

"귀엽게 생긴 꼬마로군. 너는 누군가?"

무덤덤하게 물어보는 그 음성에는 마치 천 근 거암이 내리누르는 듯한 위엄이 담겨 있어 감히 거역할 엄두를 내지 못했다.

"저, 저는 일견……."

막대광은 자신도 모르게 입을 열다 곧 자신의 행동을 깨닫고 인상을 구겼다.

"이 애, 애, 애송이 녀석! 감히 이 어르신을 놀리다니!"

막대광은 발악하듯 소리치며 품속에서 자오원앙월을 꺼내었다.

곧 막연한 두려움에 전 공력을 쏟아 붓자 양날이 달린 한 쌍의 월아는 막대광의 각 손에서 맹렬히 회전하며 예기(銳氣)와 함께 세찬 바람을 일으켰다.

소운은 약간 짜증스런 기색으로 눈살을 찌푸렸다. 막대광의 행동을 지켜보는 그의 시선은 어린 악동(惡童)이 자신 앞에서 까부니 귀찮다는 기색과 비슷했다.

마치 날파리를 쫓아내듯 손을 들어 올리던 소운의 관심이 곧 한쪽 구석에 처박혀 있는 목검으로 향했다. 손을 뻗자 목검은 빨려들 듯 소운에게로 날아왔다.

"주, 죽어랏!"

막대광은 비명과 같은 기합 소리를 내며 소운을 공격해 갔다.

자오원앙월의 날끝으로 시퍼런 검기(劍氣)가 뿜어져 나오며 회전하고 있었기에 마치 하나의 시퍼런 빛의 방패와 같은 형상을 하고 있었다.

소운은 무표정하게 목검만 지켜볼 뿐, 그 공격을 전혀 신경 쓰지 않았다.

꽈—앙!

자오원앙월이 소운의 우람한 가슴 근육을 때리는 순간, 막대한 반탄력에 퉁겨 버렸다.

"크—윽!"

막대광은 피분수를 뿜어내며 뒤로 퉁겨 나갔다.

목검을 이리저리 훑어보던 소운은 한 번 위로 들어 올렸다가 아래로쳐 내렸다.

순간 목검의 주위로 거대한 기운이 몰려왔다. 그리고 목검이 가리키는 아래를 향해 함께 몰아갔다. 그 기세는 마치 천둥이 치고 산이 무너지며 바다가 뒤엎어지는 듯했다.

쿠—웅!

누각 전체가 크게 흔들거렸고, 두꺼운 철로 된 바닥은 시커먼 구멍을 드러내었다. 아래층에 있던 모용백과 복리추가 깜짝 놀라 두 눈을 휘둥그레 뜨고 올려다보고 있었다.

"역시 괜찮은 검이군."

소운은 목검을 보고 고개를 끄덕였다. 그리고 주위를 돌아보다 구멍 아래 모용백과 복리추가 얼이 빠진 표정으로 자신을 바라보자 아래로 내려갔다.

“네놈들과는 대화가 되겠군. 여긴 어딘가? 내가 왜 여기에 있지? 그
리고……..”

소운은 그들에게 물었다.

그때 위쪽의 구멍 위로 막대광이 비틀거리며 나타나 소운에게 욕을
퍼부었다.

“이 개잡종아! 어디서 요사한 사법을 배워가지고……..”

소운은 자신의 말이 방해받자 약간 눈살을 찌푸렸다.

“계속 시끄럽게 구는군.”

치─이─잉!

그의 양손에서 그와 같은 기묘한 소리와 함께 마치 뇌전(雷電)과 같
은 빛의 전류가 흐르기 시작했다. 그리고 두 손은 구멍가에 서 있는 막
대광을 향한 채로 서서히 합쳐지고 있었다.

“서, 서, 서……..”

모용백은 두 눈을 부릅뜬 채 ‘설마’ 라는 말도 제대로 뱉지 못했다.
대신 황급히 옆에 있는 복리추의 허리춤을 찔렀다.

꽈르르릉!

소운의 양손이 천천히 합쳐지며, 천둥 치는 소리가 났다. 동시에 합
쳐진 손에서 먹장구름을 찢는 번개와 같은 것이 위층의 막대광에게로
뿌려졌다.

농시에 은빛 광망이 날아와 막대광의 전신을 휘감아 그를 아래로 떨
어뜨렸다.

꽈─꽝─!

거대한 번개는 거침없이 천장을 뚫고 나가 막 여명이 동트고 있는
하늘을 드러내게 했다.

“끄—아아악! 아파요, 아파!”

막대광은 한혈망(恨血芒)의 천잠사에 감긴 채로 돼지 멱따는 비명 소리를 지르다 복리추가 아혈을 봉하자 잠잠해졌다.

모용백은 공포심에 얼어붙은 입으로,

“오(五), 오, 오…….”

하는 소리만 흘러내고 있었다.

“이제 서로 말할 분위기가 된 것 같군.”

소운은 시선을 모용백에게로 돌리며 물었다.

“여긴 어디지? 내가 왜 여기 있는 거지?”

모용백의 안색은 이미 새파랗게 질렸다. 가는 그의 실눈이 동그랗게 보일 정도 크게 뜨여 있었다.

“여, 역시 삼신(三神)… 우, 우, 우린 아닙니다. 아니에요! 정말로 아닙니다!”

그렇게 횡설수설 소리치며 황급히 이층으로 몸을 날려 달아났다.

복리추는 어리둥절해하다 잽싸게 막대광을 잡아끌고 같이 신형을 날렸다.

“흠?”

소운은 이러둥절해하며 목검을 들어 올렸다. 목검에서 눈이 멀 듯한 백광이 뿜어졌다.

이기어검술.

달아났던 모용백 일행을 잡아들이기 위해 목검을 그들에게로 향하려는 순간,

“삐—!”

하는 소리가 등 뒤에서 들려왔다.

돌아보니 한 소녀가 방실 천진난만한 미소를 지으며 자신을 쳐다보고 있었다. 송화는 본래 특수한 몸이라 복리추가 제압해 두었던 혼혈이 금방 풀려 버리고 만 것이다.

‘……?’

소운은 다시 계속해서 이기어검의 목검을 모용백 일행에게로 날리려는데, 소녀가 석상 위에서 소운을 향해 기어오려다 떨어지고 있었다.

소운은 자신도 모르게 손을 뻗어 소녀를 품에 안아 들었다.

"묘한 계집이군. 나를 보고 웃다니. 넌 누구냐?"

소운은 무시무시한 혈광이 가득한 눈으로 소녀를 쏘아보며 그렇게 물었다. 그러나 소녀는 '빠—!' 하며 오히려 자신의 목을 껴안아왔다.

‘……?’

소운은 한참 동안 소녀를 쏘아보았으나, 소녀는 전혀 두려움을 느끼지 않고 오히려 방실방실 웃고만 있었다. 소운은 흥미를 느낀 듯 양손을 소녀의 겨드랑이 사이에 끼어 허공에 들어 올리고는 전체를 훑어보았다.

"흠, 다 자란 것 같은데 행동은 마치 아기 같군."

소운은 팔을 굽혀 소녀 가까이서 코를 대고 냄새를 맡았다. 기이하게도 잘 익은 과일 냄새가 은은하게 풍기고 있었다. 소운은 그녀의 왼손 새끼손가락에 약간 상처를 내어 피가 나오게 만들었다.

그리고 입속에 넣어 맛을 보았다. 향긋하고 달콤했다. 소운은 더욱 흥미를 느낀 표정으로 중얼거렸다.

"피가 마치 영약의 수액 같군. 정말 묘한 계집이야. 혹시, 만년삼왕(萬年蔘王)의 정령(精靈) 같은 건가? 예전에도 동자 녀석 하나가 눈 위에서 벌거벗고 뛰어놀기에 잡아보았더니 만년하수오(萬年

何首烏)의 정령이었지."

사실 소녀의 흠집 하나 없는 백옥 같은 피부나 투명한 유리구슬을 박아놓은 듯한 맑은 눈동자 등은 정말로 정령 같아 보였다.

"공력을 증가시킬 필요 없지만, 뭐, 먹어둬서 나쁠 건 없겠지. 운이 좋군."

소운은 소녀의 전신을 다시 훑어보며 만족의 웃음을 지었다. 그때 강렬한 존재의 소리가 그의 뇌리를 울렸다.

소운의 시선이 비스듬한 허공 중의 한곳으로 옮겨졌다.

"흥, 너로군!"

소녀를 안아 든 소운의 몸이 천천히 허공을 떠올랐다.

누각의 천장을 벗어나자 새벽 안개가 깔려 있는 아래의 장원에서 많은 사람들이 놀란 눈으로 자신을 쳐다보고 있었다.

소운의 시선은 저 멀리 운무(雲霧) 속에 뒤덮인 기봉으로 향해졌다.

"현천인가!"

소운의 입에서 벼락같은 음성이 토해졌다. 외침은 천둥처럼 사방을 울리며 메아리쳤다. 아래 수많은 전각들이 부르르 떨고, 사람들은 저마다 비명과 함께 양손으로 귀를 부여잡고 주저앉았다.

소운의 신형이 폭사되었다. 소운의 몸은 빛살처럼 허공을 가로질렀다. 어느 순간 운무로 뒤덮인 가파른 기봉(奇峰)의 꼭대기에 도착했다.

높은 산 정상이라 여기저기 바위틈 사이로 고드름과 얼음이 얼어 있었고, 음지에는 눈이 쌓여 있는 곳도 있었다. 그리고 한 사내가 서 있었다.

산 정상에 몰아치는 세찬 바람에 백의 장삼을 펄럭이며 온화한 웃음을 머금고 있는 그는 서하연 앞에 나타난 바 있던 현천이었다.

현천은 소운이 벌거벗은 채 나신의 소녀를 안고 나타나자 웃으며 말했다.

"귀여운 꼬마 숙녀를 그렇게 다루면 안 되지. 너는 못 느낄지 몰라도 이곳은 제법 추운 곳이야. 그런데……."

"무슨 소리야? 만년삼왕의 정령이 추위에 얼어 죽었다는 이야기는 못 들어보았다."

소운이 퉁명스럽게 반박했다.

"후후, 예나 지금이나 단순무식하기는 마찬가지군. 그 아이는……."

"홍, 네놈이 잘난 척하는 것도 예나 지금이나 마찬가지다. 이왕 만난 것, 이거나 받아랏!"

코웃음 치며 말을 자른 소운의 손에서 목검이 눈이 멀 듯 눈부신 백광을 뿜어냈고, 동시에 형언할 수 없을 정도의 빠른 속도로 현천에게 이어졌다. 이기어검술로 너무 빨리 날아간 덕분에 하나의 흰 선이 허공 중에 그려진 것 같았다.

하지만 이어지는 흰 선이 가위로 잘라낸 듯 뚝 끊어졌다 싶은 순간, 백광은 이미 현천의 한 손에 잡혀 있었다. 그제야 뒤늦게 갈라진 공기가 합쳐지며 우르릉 우레 소리가 났다.

"기습이라니? 부끄러운 줄 알게나. 자네의 신분과 체면을 돌보지 않을 셈인가?"

"인사였을 뿐이지."

현천이 실소하며 말을 잇는 중에 소운은 그렇게 답하며 이미 송화를 한쪽 바위 옆에 앉혀놓고 양손을 마주치고 있었다.

'자네의' 라는 말을 할 때는 이미 그의 두 손에서 뇌전이 번쩍거리고 있었고, 찌지직거리는 기묘한 소리도 함께였다. '돌보지' 라는 말을 했을 때에는 이미 암흑장천을 가로지르는 번개가 그의 손에서 뿜어져 갔다.

그때 현천은 양손을 삼각형으로 들어 올려놓았고, 그의 전면에 마름모꼴의 투명한 강기들이 겹겹이 쌓였다.

콰쾅—!

번개가 현천이 만들어낸 강기와 부딪쳤다. 수십 개의 벼락이 한꺼번에 치는 듯한 소리와 함께 푸른 불꽃이 번쩍이며 사방으로 비산했다.

푸른색 번개는 세찬 기세로 현천의 강기막을 뚫어나갔지만, 결국 절반도 가기 전에 사르라지고 말았다.

현천이 말했다.

"오뢰인이라… 장난은 그만두세. 그보다 자네, 풍뢰석(風雷石)의 마지막 비밀은 풀었는가?"

소운은 아무 대꾸 없이 다시 목검을 현천에게로 향하고 있었다.

현천이 강기를 만들어내느라 목검을 떨어뜨릴 수밖에 없을 때, 심령으로 연결되어 있던 목검을 불렀던 것이다. 그러나 현천의 말을 듣는 순간 흠칫하며 힘없이 목검을 아래로 늘어뜨렸다.

"마지막 비밀!"

소운은 중얼거리며 멍하니 하늘을 쳐다보았다. 현천은 그런 소운의 모습에 실망스러운 표정으로 고개를 저었다.

"역시 실패였었던 모양이군. 자네와 제대로 겨뤄볼 수 있기를 바랐는데… 어쨌든 자네와의 약속은 내년 정월이라네. 자네가 마침 잠시나마 기억을 되찾은 것 같아 그것을 알려주러 왔다네."

소운의 시선이 그에게로 향했다.

"무슨 소리야? 내년이라니?"

"자네가 풍뢰석의 마지막 비밀을 풀다 미처 감당하지 못하고 그만 정신이 금제당해 버린 것이 벌써 이십 년 전의 일이라네. 아니, 십구 년하고도 몇 달이 지난 셈이군."

"정신을 금제당해? 이십 년 동안? 그럼, 그동안 나는 무엇을 했다는 말인가?"

"그날 이후로 자넨 마치 백치처럼 행동했지. 마치 아무것도 모르는 아기처럼 말이야. 하하하, 나중에 어떤 꼬마 녀석이 너를 발견하고는 근골이 좋다며 기뻐하더군. 그리고 데리고 가서 제자로 삼더라구. 너는 정말 그 애송이에게서 열심히 장난질을 배웠어. 하늘을 나는 독수리가 걸음마를 배우는 것 같아 참 재미있게 지켜보았지. 하하하."

소운은 눈썹을 찡그렸다.

"내가… 어떤 애송이에게서 무공을 배웠다고? 말도 안 되는 터무니없는 소리. 개방구 같은 소리구나!"

소운은 고함치며 목검을 다시 현천에게로 겨누었다.

"쯧쯧, 제발 자네의 신분과 체면에 걸맞는 언사(言事)를 내놓게. 흠흠, 나처럼 고아하고 기품있게 말하지는 못한다 하더라도 최소한 시정잡배 같지는 말아야지. 같이 이야기를 나누는 내가 부끄러울 정도군."

"빌어먹을 녀석. 잘난 체하는 것은 여전하군!"

소운의 목검 주위로 잉어 비늘 같은 푸른색 강기 조각들이 겹겹이 어리기 시작했다.

"청린강(靑鱗罡)이군. 그런 장난질밖에 할 줄 모르나? 뇌정검은 어떻게 되었지?"

"뇌정검? 좋아. 본격적으로 한번 싸워보잔 말이군."

소운은 냉소를 날리며 들고 있는 목검을 허공으로 번쩍 치켜들었다. 목검에서 한줄기 파란 번개가 하늘로 번쩍 치솟아올랐다.

“자네의 뇌정검이 녹이 슬지는 않았는지 구경하고 싶을 뿐이야.”

그렇게 대꾸하는 현천의 표정은 약간 긴장되었고, 두 눈은 어떤 묘한 흥분을 담은 열기로 반짝거렸다.

그러나 더 이상 아무 일도 일어나지 않았다.

“뭐야?”

소운은 뜨악해하며 하늘을 바라보았다.

“이런… 실망이군, 실망이야. 아마 그때의 충격으로 뇌정검까지 잃어버린 모양이군.”

현천은 혀를 차며 고개를 저었다.

“아무래도 내년의 비무는 다음으로 미뤄야겠어. 발톱 빠진 호랑이를 상대할 만큼 난 한가하지 못하니까.”

소운의 안색이 일그러졌다.

“무슨 허튼소리냐! 그리고 네가 언제 바쁜 적이 있었다고? 홍, 난 네 놈같이 말로만 조잘대고 행동으로 옮기지 않은 적은 없다!”

“알아서 하도록. 아, 미리 말해 주겠는데, 나는 이미 화광석(火光石)의 마지막 비밀을 깨달았다네. 부디 자네도 성취가 있기를 바랄 뿐이야.”

그 말을 끝으로 현천의 신형은 안개 속으로 사라졌다.

“화광석의 마지막 비밀을 깨달았다고?”

소운은 현천의 말에 큰 충격을 받았는지 손에 들고 있던 목검을 힘없이 떨어뜨렸다. 그리고 망연히 석상처럼 굳은 채로 이미 현천이 사라져 버린 자리만을 바라보았다.

바위 옆에 앉혀져 있던 송화가 소운에게로 기어오고 있었다.

저 멀리 태양이 솟아오르고 있었다.

소운은 멍하니 떠오르는 태양을 바라보며 중얼거렸다.

"나는 어떻게 된 걸까? 이십 년이 흘렀다고? 나는 풍뢰석의 비밀을 깨닫지 못했던 걸까? 그리고 뇌정검은 왜 펼쳐지지 않았던 것일까?"

소운의 의식은 과거를 더듬어 올라가고 있었다.

"마지막… 마지막 관문을 통과한 것 같았는데… 마치 빛으로 된 관문을… 하늘과 땅을 이을 듯 높이 솟아 있는 빛의 탑을 오르고 또 올랐는데… 마지막 층에 도달했던 것 같았는데… 그 후로는……."

갑자기 머리가 빠개지는 듯 아파왔다.

"헉!"

소운은 자신도 모르게 풀썩 무릎을 꿇고 주저앉아 머리를 감싸 쥐었다. 의식의 빛이 모두 하얗게 변하며 정신이 혼몽해져 오고 있었다.

"빠—!"

이미 소운 곁으로 기어온 송화는 손을 뻗으며 걱정스럽다는 듯 울먹였다.

"크—악!"

소운은 고통에 못 이겨 데굴데굴 구르다 곧 움직임을 멈추고 잠잠해졌다. 그리고 하늘 저편에서 땅 끝까지 소운의 몸으로 모여들었던 기운들도 다시 원래의 자리로 흩어져 갔다. 그와 함께 소운의 커졌던 몸이 서서히 원 상태로 돌아오고 있었다.

얼마나 지났을까.

소운이 정신을 차리게 되었을 때는 찬란한 햇빛이 온 누리를 밝게 비추고 있었다.

소운은 푸른 하늘이 보이자 어리둥절했다.

'어떻게 된 일일까? 분명 그 자식에게 억지로 술을 마신 것까지는 기억이 나는데… 그리고 왜 이렇게 춥지?

소운에게 조금 전 자신이 술을 마신 이후의 기억은 하얀 백지처럼 전혀 없었다.

소운은 오돌오돌 떨다가 자신의 몸이 움직이는 것을 깨달았다.

그리고 몸을 일으키다 누군가 자신의 가슴에 기대어 있다는 것을 느꼈다.

"헉―!"

웬 나체의 소녀가 자신의 가슴에 얼굴을 묻고 있으니 깜짝 놀랐지만 곧 송화라는 것을 알아보았다.

"송화야!"

소운은 송화가 무사하자 기뻐 그녀를 안고 소리치다 곧 맨살에 닿는 감촉으로 그녀도 자신도 발가벗고 있다는 것을 깨달았다.

"왜 이렇게 되었지? 그리고 그들에게서 어떻게 탈출했을까?"

그 와중에 소운은 자신의 아랫도리가 뿌듯한 것을 깨닫고 뭔가 떠오르는 생각이 있었다.

'설마!'

소운은 혹시나 자신이 송화를 겁탈한 것이 아닐까 하는 생각에 눈앞이 깜깜해졌다.

'그럴 리야 없을 것이다. 이 소운이 누구인데 설마 하니 이런 어린 소녀를 겁탈했을까? 하지만 만약 그놈들이 나에게 춘약(春藥)을 먹였다면 나도 모르게… 아냐! 그럴 리 없어!'

소운이 주위를 둘러보니 온통 기암괴석으로 뒤덮인 산의 정상, 그리고 여기저기 뭔가 강력한 힘에 의해 박살이 난 암석들도 많았다.

소운의 마음은 어지러웠다. 곧 입술을 깨물고 조금 침착을 되찾았다.

"송화야! 춥지? 이 오빠가 네가 입을 만한 것을 구해줄게!"

자신에게 엉겨붙는 송화에게 그렇게 말하고는 허둥대며 주위를 살폈으나 입을 만한 옷가지는 물론 있을 리 없었다. 단지 익숙한 모습의 목검만이 저 멀리 떨어져 있었다.

소운은 목검을 줍고는 한참 동안 벌벌 떨며 주위를 돌아다녀보다 다시 송화에게로 왔다. 아직 십오륙 세에 불과한 어린 나이에 뭐가 뭔지도 모르는 어린 소녀지만 차마 나신을 그대로 보기 민망했다. 게다가 자신도 발가벗고 있지 않은가.

그렇다고 발가벗은 채 혼자서 아무것도 못하는 아기 같은 송화를 이렇게 춥고 위험한 산 정상에 그대로 둘 수도 없었다.

'송화는 나의 동생이다! 오빠가 동생 목욕을 시켜줄 수도 있는데 좀 벗은 몸을 본다고 무슨 상관이겠느냐! 내가 엉큼한 생각을 하지 않는다면 괜찮을 것이다!'

그렇게 억지로 자위했다. 그리고 송화의 천진무구한 표정을 보자 조금 덜 부끄러웠다.

소운은 일단 그렇게 생각하며 송화를 등에 업었다. 그리고 산길을 따라 밑으로 내려가다 자신의 몸에 있던 상처가 전부 없어져 있는 것을 발견했다.

'……?'

소운은 기이하다고 중얼기리며 계속해서 산길을 내려갔다. 산중턱의 짙은 구름을 지나자 커다란 연못을 발견했다. 조금 더 내려가자 다시 안개가 끼어 있었다. 산비탈 해가 비춰지지 않는 곳이라 아직까지 안개가 지워지지 않은 듯했다.

조금 더 가다 보니 기암괴석들 사이로 한 동굴이 보였다. 본래 이곳 안탕산은 기봉과 폭포, 동부(洞府)가 많아 삼절(三絶)이라고도 불릴 정도였으니 동굴이 있는 것은 이상하지 않았지만, 소운은 혹시나 곰이니 호랑이 같은 맹수가 살고 있을지 모른다고 생각하고 조심스럽게 접근했다.

돌멩이를 안으로 던지니 후드득 몇 마리의 박쥐가 튀어나왔다.

조금 더 기다려도 다른 동정은 없어 안심하고 동굴 안으로 들어갔다. 그리고 송화를 내려놓았다.

소운은 둘 다 벌거벗고 있다는 부끄러움에 빨리 몸을 숨길 곳을 찾는 데 온 정신을 쏟고 있었다. 그러다 이제 송화를 내려놓고 조금 안정이 되자 온몸이 쑤시고 결려왔다.

소운은 가쁜 숨을 몰아쉬다 잠시 가부좌를 틀고 앉아 타좌(打坐)하며 내식(內息)을 조절했다. 진원진기가 모두 사라진 상태라 단전은 텅 비어 공허하기 짝이 없었지만 억지로 참고 눌러앉아 있으니 조금씩 온전신이 이완되며 편해져 갔다.

소운은 진기가 없어 운기(運氣)는 포기하고 대신 명상을 하며 생각했다.

'이대로 인가(人家)에 내려갈 수는 없다. 뭔가 걸칠 만한 것을 찾아야만 한다. 그리고 만약 송화와 내가 이런 모습으로 같이 있는 것을 그녀에게 들킨다면, 그야말로… 그야말로 색마(色魔)라고 놀릴 것이다. 천하의 대장부이자 협객인 내가 그런 소리를 절대 들을 수는 없지!'

그렇게 생각하고 있는데, 다리에 간지러운 느낌이 들어 눈을 떴다.

송화가 가까이 기어와 흑백이 뚜렷한 두 눈을 초롱초롱 빛내며 자신의 아랫도리를 보고 있었다. 다리가 간지러웠던 것은 그녀의 치렁한 머리카락 때문이었다.

"뭐, 뭐야?"

소운은 얼굴을 벌겋게 붉히며 비명을 지르다시피 했다. 그리고 몸을 돌려 달려가 황급히 동굴 안의 한 종유석 뒤로 몸을 숨겼다.

송화는 소운에게 기어오며 입을 열었다.

"뭐… 야?"

소운은 송화에게 다급히 소리쳤다.

"오지 마!"

"오… 지… 마……!"

다시 소리치려던 소운은 흠칫했다. 더듬거리는 듯했지만 분명히 뚜렷한 음성, 그것은 송화의 입에서 나오고 있었다.

"……!"

소운은 번쩍 뇌리를 스쳐 가는 생각이 있었다.

'전에 곡 선배가 설명해 줄 때, 송화는 순음지체에 극양의 영약 기운이 잠재되어 있어 아마 깨어나면 남들보다 몇 배는 빠른 성장을 보일 것이라고 했다! 그리고 마치 백지가 먹물을 흡수하듯 빠르게 지식을 익힐지 모른다고 했다!'

소운은 엉거주춤 구부린 자세에서 몸을 옆으로 하여 그녀에게 다가가 간신히 몸을 돌려놓을 수 있었다. 그리고 몇 차례의 시험 끝에 송화가 이미 몇 마디의 단어 등을 기억하고 있으며 이제 조금씩 말도 내뱉을 수 있다는 것을 알았다. 그리고 자신의 말뜻을 정확히는 몰라도 어느 정도는 감각으로 알아듣는 듯했다.

그러고 보니 거의 절벽에 가깝던 송화의 젖가슴도 조금 커진 듯했다.

소운은 기뻐해야 할지 슬퍼해야 할지 몰라 묘하고 아리송한 기분이었다.

소운은 옷가지를 구하러 나가기 전에 송화에게 신신당부했다.

"송화야! 이 오빠가 잠시 다녀올 동안 여기서 꼼짝 말고 기다려야 한다! 알겠지? 만약 내 말을 안 들으면……."

이럴 때는 뭔가 아프게 해서 위협을 줘야 된다고 생각했으나, 차마 자신을 빤히 바라보는 송화의 얼굴을 보고 때리는 시늉조차 하지 못했다. 그리고 시선을 감히 그녀의 아래로 두지 못했다.

소운은 어쩔 수 없이 그녀를 다시 등에 업었다.

'부디 사람들이 안 지나다니기를 바랄 수밖에!'

그런데 조금 전 동굴로 들어오기 전과는 상황이 많이 달라졌다.

거의 다 자란 소녀라는 생각이 들자 등 뒤에 밀착된 송화의 맨살의 감촉도, 그녀의 엉덩이를 받쳐 든 손도 부담스러웠다.

소운은 자신의 목을 감아 눈앞에 보이는 송화의 하얀 손을 보고 속으로 연신 뇌까렸다.

'송화는 동생이다. 송화는 예쁜 동생일 뿐이다! 하지만 진짜 동생은 아닌데…….'

이런 저런 생각에 복잡한 심정으로 동굴을 나섰다. 아직까지 안개는 자욱했다. 한참 산길을 헤매다 보니 맨발이 상처투성이가 되고 온 전신이 가시덩굴이나 예리한 풀잎 등에 베어져 따가웠다.

송화가 걱정이 되어 살펴보니 희한하게도 상처 등은 전혀 없었다.

'이것도 송화의 특수한 체질 탓일까? 쓰지는 못한다 하더라도 막대한 내공 잠재 능력이 있으니…….'

이런 저런 생각을 하며 반나절을 걷다 보니 송화가 배가 고픈 듯 계속 칭얼거렸다.

다행히 복숭아 나무를 발견해서 송화에게 하나 따주었다.

그리고 이럴 때는 '배고파'라고 한다는 것도 가르쳤다. 자신도 몇 개 따서 먹었다. 향긋한 과즙이 입 안을 가득 맴돌며 단숨에 갈증을 해소시켜 주었다.

송화는 아직도 하나를 가지고 오물거리고 있었다. 소운은 다시 그녀를 업고 길을 재촉했다. 산굽이를 막 하나 넘는데, 안개 저편으로 갑자기 두런두런 사람들의 목소리가 들려왔다.

"휴, 참으로 무시무시한 놈들이야! 묻는 말에 퉁명스럽게 대답한다고 단칼에 죽이다니!"

아직도 겁이 난다는 듯 목소리가 떨려 나왔다. 소운은 황급히 나무 뒤의 수풀 속으로 몸을 숨겼다.

"저 표두(豬鏢頭)나 장이(張二), 손 표사 등은… 안됐습니다. 그건 정말 개죽음이었어요."

"자신들이 말하는 중에 가래침을 뱉었다고 죽이다니. 젠장! 그놈들은 악마(惡魔)예요, 악마!"

가까이 다가오길래 살펴보니 모두 네 명 정도 되어 보이는 장한들이 노새 두 마리가 이끄는 표차(鏢車)를 호위하며 걸어오고 있었다. 표사 한 명이 들고 있는 표기(鏢旗)를 보니 안개 사이로 어렴풋이 구름 사이를 노니는 제비들이 그려져 있었다.

보통 강호의 표국 사람들이라면 각종 풍상을 많이 겪게 마련이라 웬만한 일에는 눈 하나 꿈쩍 않았다. 그런네, 사신의 동료를 죽인 자들에 대해 이야기를 하는데, 욕을 하면서도 두려움만이 가득할 뿐, 감히 말로라도 복수니 하는 말을 꺼내지 못하고 있었다.

"오… 빠……."

갑자기 오빠라는 말을 배운 송화가 자신을 부르자, 소운은 깜짝 놀랐다. 황급히 송화를 나무에 벽에 기대어 앉히고 두 눈을 부라리며 손가락을 입으로 가져갔다. 절대 말해서는 안 된다는 표시.

송화도 두 눈을 동그랗게 뜨며 손가락을 자신의 입으로 가져갔다. 그리고 재미있다는 듯 '헤' 하며 웃었다.

소운은 급히 손바닥으로 그녀의 입을 막고 표국(鏢局) 일행에게로 시선을 돌렸다. 다행히 서로 대화를 나누는 데 열중하느라 눈치 못 챈 듯했다.

"휴, 그나저나 국주님께 뭐라고 변명해야 하나—! 녹림의 도적들과 싸운 것도 아니고, 누가 조그만 꼬마 계집아이를 못 봤느냐고 묻기에 기루(妓樓)로 가보는 게 어떻겠느냐며 대답하다 한 칼에 죽었다고 말씀 드리면 나는 그날로 당장 모가지일 걸세."

소운은 조그만 꼬마 계집아이라는 말에 섬뜩해졌다.

'혹시 송화를 찾는 것은 아닐까? 곡 선배 말로는 삼신교에서 뒤쫓아 올지 모른다고 했는데……!'

조금 젊어 보이는 장한이 목소리를 낮추어 말했다.

"휴, 조 표두(曹鏢頭)님, 그건 국주님도 이해하실 겁니다. 사실, 이곳 안탕산에 조짐이 심상치 않아요. 풍문(風聞)으로는 무림삼대악인도 이곳에 나타났답니다."

조 표두라는 장한은 깜짝 놀라는 표정이었다.

"장 표사, 그게 정말인가?"

말을 꺼내었던 장 표사는 고개를 끄덕이며 나직이 말했다.

"그러니 절대로 행동거지를 조심해서 무슨 시비 거리에 말려들어서는 절대 안 됩니다. 일단 이 인원으로 계속 표물을 운송하기 힘드니 일꾼을 좀 더 보충해야겠습니다. 그리고 혹시 안면있는 강호의 명숙을 만나면 얼굴에 철판을 깔고서라도 부탁을 해봅시다."

"그렇군, 그래. 자넨 나보다 젊은데도 불구하고 이 계통에서는 나보

다 훨씬 노련하구먼. 우선 여기서 조금만 더 가면 안탕읍이라고 나오
는데 그곳에서……."

그들은 한결같이 침울하고 근심 어린 표정으로 서로 대화를 나누며
점차 멀어져 갔다.

소운은 안탕읍이라는 말이 나오자 얼굴 가득 기쁜 기색을 띠었다.

'안탕읍이라면 내가 처음 하산하여 당도한 그곳이잖아! 조금만 더
가면 된다고 했으니, 아마 곧 인가도 나오겠구나!'

인도로는 감히 사람들과 마주칠까 봐 다니지 못하고, 길옆의 수풀을
헤치며 표두들이 간 곳을 향해 계속 걸어갔다.

주위가 슬그머니 어두워져 갈 무렵 소운은 한 채의 농가를 발견했
다. 뜨락의 빨랫줄에 빨아 늘어놓은 옷들이 보였다. 아직 농사일을 끝
마치지 않았는지 인기척은 없었다.

'훔친다는 것은 참으로 잘못된 일이지만, 현재 은자가 없으니 할 수
없구나. 나중에 다시 돌아와 집주인에게 사과하고 은자를 물어주도록
해야겠다.'

조금 꺼림칙했지만 소운은 몰래 두 벌의 옷과 짚신을 훔쳐서 송화와
함께 입었다.

몸을 가리고 나자 조금 마음의 여유가 생겼다.

소운은 농촌 아낙네 차림의 송화를 곰곰이 훑어보다 바닥의 흙으로
그녀의 얼굴을 문질렀다. 그리고 머리카락도 흙먼지로 같이 더럽혔다.
그렇게 해도 여전히 송화의 미색을 감추기 어려웠다.

소운은 웃으며 말했다.

"넌 어떻게 해도 예쁘구나! 도저히 변장이 안 돼!"

예쁘다는 말을 알아듣는 건지, 아니면 소운이 웃으니 좋은 건지 송

화는 연신 '헤헤' 웃었다.

소운은 이제야 그녀를 업고 당당하게 길 위를 걸어갈 수 있었다.

십여 리 정도 더 가자 안탕읍에 도착했다. 이때, 날은 많이 어두컴컴해졌고 여기저기 밥 짓는 연기가 올라오고 있었다.

"배ー고ー파!"

송화가 이젠 조금 뚜렷한 음성으로 그렇게 말했다. 확실히 한 번 가르친 것을 잘 터득하는 것 같아 기뻤지만, 문제는 그녀의 배고픔을 해결해 줄 방도가 없다는 것이었다.

적과의 생사를 겨룰 때는 한 번에 수천만 가지 초식의 변화를 한 번에 그릴 수 있는 소운이었지만, 이럴 때 구걸을 할 수 있을 만한 주변머리는 없었다.

날은 완전히 어두워졌고, 지대가 높은지라 봄이었지만 밤 공기는 차가웠다.

밤이 되자 오히려 안개는 물러가고 밤하늘의 은하수가 수천만 개의 만두로 보일 때쯤, 소운은 한 객점(客店)의 담벼락에 기대어 앉아 송화를 끌어안고 다독였다.

"내일은 어떻게 해서라도 먹을 것을 마련해 주마! 오늘은 제발 참아주렴, 착한 내 동생아."

소운은 배가 고파 계속 칭얼거리며 잠을 못 이루는 송화를 위해 자장가를 불러주고 싶었으나, 불행히도 아는 노래가 없었다. 결국 염불 외우듯 아는 무공 구결을 외워주니 송화는 따라 외우는 듯 중얼거리다 잠이 들었다.

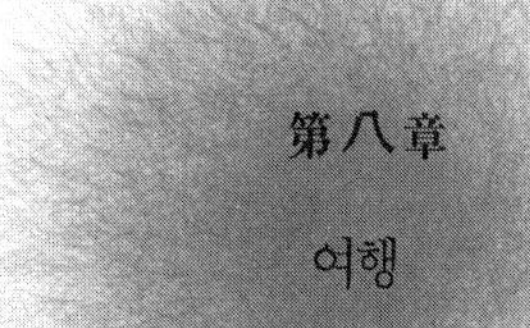

第八章

여행

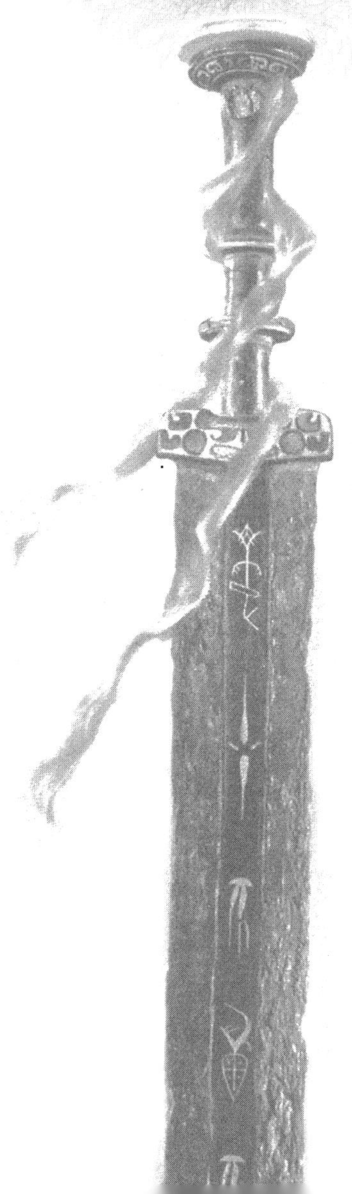

다음날 아침.

아침 햇살에 눈이 부셔 소운은 잠에서 깨어났다.

거리에는 농부들과 유람객, 장사치들이 바쁘게 움직이고 있었다.

그리고 지난밤 얼마나 마셨는지 옆 담벼락에 기대앉아 정신없이 자고 있는 취객(醉客)도 있었다.

소운이 뒤척이는 바람에 송화도 잠에서 깨어났다.

"배고파!"

그녀는 입을 삐죽이며 힘없는 소리로 그렇게 말했다. 어제보다 뚜렷한 목소리였다.

"하하, 걱정 말아라! 이 오빠가 반드시 먹을 것을 구해올게! 반드시!"

소운은 가슴 한편에서 몰려오는 강렬한 보호 의식과 책임감에 양 어깨에 힘을 주고 한 주먹을 허공에 휘두르며 자신만만하게 큰소리를 쳤다.

소운의 큰 소리에 옆에서 자고 있던 취객이 잠이 깬 듯 고개를 들고 짜증스럽게 욕지기를 내뱉었다.

"제기랄, 어떤 호로자식이 시끄럽게 떠드는 거야? 이 어르신네께서 주무시고 계신데!"

아직까지 술이 깨지 않은 듯한 음성이었다.

소운은 멋쩍게 돌아보다 떨떠름한 표정을 했다.

비록 술에 절어 형편없이 구겨진 얼굴이지만, 며칠 전 무심선자 서하연에게 개 맞듯 맞아 남자 망신시키던 그 대한이란 것을 알아볼 수 있었다.

"젠장, 이젠 이런 꼬맹이까지 나를 무시하는군. 흐흑, 내가 왜 이런 지경에 처했을까. 한때 잘나갔는데……."

그는 혼자 주정을 부리며 청승 떨다가 큰 소리로 고함을 질렀다.

"그래도 나 목진인(木眞人)은 죽지 않았다—앗!"

촤아악—!

갑자기 주루의 이층 창문이 열리며 고함 지르는 취객의 머리 위로 구정물 세례가 떨어졌다.

취객은 물에 빠진 생쥐 꼴이 되어버렸고, 소운도 멍하니 구경하다 하마터면 같이 물 세례를 뒤집어쓸 뻔했다.

창문으로 불쑥 지분기 가득한 기녀의 얼굴이 튀어나왔다.

"또 그 지랄이야? 딴 곳으로 가지 못해?"

그 말을 내뱉고는 창문 안으로 쏙 들어가 버렸다.

취객은 멍하니 있다 훌쩍거리며 중얼거렸다.

"흐흑, 이젠 저년들까지 괄시하는구나. 젠장, 그 계집년 때문이야.

그년 때문에 남자 구실도 못하고, 사랑하던 왕일(王一)도 떠나고… 엉
엉.”

그는 무심선자 서하연을 욕하다 급기야 주저앉아 대성통곡하기 시
작했다.

그때 다시 이층 창문 밖으로 거친 욕지기와 함께 덩치 큰 대한의 얼
굴이 쑥 튀어나왔다.

“이 뜨기랄 놈아! 접시 물에 코 박고 죽어버리던가 하지, 왜 여기 와
서 청승이냐!”

그는 자칭 안탕삼웅 중의 장팔이었다. 아직 술의 여독이 남아서인지
두 눈은 벌겠으며, 콧구멍을 벌렁거리며 거친 숨을 몰아쉬고 있었다.

“빨리 안 가?”

그리고는 꽃병을 취객의 머리에 던져 기절시켜 버렸다.

“흠, 이제야 조용… 헉!”

장팔은 말하다 말고 두 눈을 부릅뜨며 헛바람을 들이켰다.

“으, 거, 거기는……!”

기묘한 얼굴 표정에 기묘한 비명 소리를 내며 장팔은 서서히 창문
안으로 모습을 감추었다.

‘뭐 하는 거지?’

소운은 멀뚱한 표정으로 보다 두러거리는 말소리에 힐끔 고개를 돌
리니 두 명의 그림자가 새벽 안개를 뚫고 자신 쪽으로 다가오고 있었다.

가까이 다가오니 낯익은 얼굴들이었다. 눈초리가 허맹해 보이는 키
큰 녀석 곽이(郭二)와 인상이 제일 더럽고 조그만 녀석 구삼(具三), 자
칭 안탕삼웅의 나머지 둘이었다.

“글쎄, 오라면 갈 수밖에 없지. 우리가 별수있나. 그래도 은자 다섯

냥짜리라니 꽤나 짭짤하잖아.”

“니미랄! 누구는 놀음판에서 은자를 따서 계집 끼고 호강하는데 우린 빈털털이… 어? 저놈은……!”

그 둘도 곧 소운의 얼굴을 알아보았다. 그때 허름한 백의를 입고 산골뜨기 표시가 역력하던 모습이나, 농부 옷을 입은 지금이나 그다지 큰 차이가 없었던 것이다.

소운은 그들의 대화에 은자 다섯 냥이라는 소리에 정신이 번쩍 들었다.

'맞아! 일거리를 찾아 은자를 벌면 되잖아! 그럼 송화를 편한 곳에 잠자게 할 수 있고 맛있는 것도 먹일 수가 있다! 혹시 이들은 그런 일자리를 알지 몰라!'

지극히 당연한 상식을 이제야 소운은 깨달았다. 소운은 벌떡 일어나 두 손을 맞잡고 흔들었다.

“안탕삼웅 아니십니까? 그간 별래무양(別來無恙)하셨는지요.”

인상을 그리며 다가오던 곽이의 표정이 그 말에 흐물흐물 녹았다.

본래 안탕삼웅이라는 말은 자칭한 것뿐이고, 술집 기녀 말고는 아무도 그렇게 불러주는 이가 없었다. 그런데 소운이 그것을 기억하고 불러주자 속으로 흐뭇한 마음이 든 것이다.

“어이, 넌 그때 그 악독한 년에게 잡혀갔잖아? 그런데 어떻게 살아돌아왔지?”

시비조로 건네는 구삼의 말에 소운은 어리둥절하다 곧 서하연을 두고 하는 말이라는 것을 깨달았다. 소운의 눈썹이 꿈틀거렸다.

“배고파!”

송화가 소운의 옷자락을 붙잡고 칭얼거렸다.

구삼은 송화를 보고 키득거리며 웃고는 말했다.

"그년은 또 뭐야? 흐흐, 끼리끼리라고 서로 잘 어울리……."

구삼은 비웃다 말고 송화의 별같이 빛나는 두 눈동자를 본 순간 잠시 넋을 잃었다.

곽이는 구삼과 송화를 번갈아 쳐다보다 고개를 갸우뚱거렸다.

"이봐, 왜 그래? 뭘 보고 그런 거야?"

인상 더럽던 구삼은 뜻밖에도 얼굴을 붉히며 더듬거렸다.

"아, 아무것도……."

곽이는 이상하다는 듯 빤히 구삼을 쳐다보는데, 이층 창문 밖으로 장팔의 얼굴이 다시 쑥 나타났다. 그는 아직 술이 덜 깨 어리벙벙한 눈으로 아래를 쳐다보며 구삼과 곽이에게 꽥 소리 질렀다.

"니미럴, 역시 네놈들 목소리였군. 아침부터 무슨 지랄들이야? 나한테 놀음에서 진 분풀이라도 하겠다는 거냐?"

곽이가 그를 올려다보며 퉁명스레 대답했다.

"청면호님이 부르신다. 일거리가 생겼대."

"얼마짜린데?"

"은자 다섯 냥."

"음, 제법 괜찮기는 한데… 혹시 위험한 것 아냐?"

"항주로 가는 표물을 호송하는 거라더군. 조금 거칠기야 하겠지. 만약 무사히 도착하면 은자 다섯 냥을 더 준다더군."

소운은 항주라는 말에 가슴이 두근거렸다.

'본래 곡 선배나 서… 소저와 함께 항주의 친구 의원집으로 가기로 했었다. 송화를 위해서라도 항주로 가야 한다.'

장팔은 눈알을 데구르르 굴리며 여러 가지를 재어보다 외쳤다.

"뭐, 좋아! 어차피 형님의 체면을 안 세워줄 수야 없는 노릇이지. 게다가 항주라면 나도 꼭 한 번 가보고 싶었지. 하늘 위에 천당, 땅 위에 소주와 항주라니 이 풍류객이 빠질 수야—!"

그렇게 외치며 양손으로 창문틀을 짚고 넘어오려 하다가 내려간 바지춤 때문에 발이 걸려 쿵 하고 거꾸로 땅에 처박혀 버렸다. 아직 술이 완전히 덜 깬 것 같았다.

"어, 자자, 빨리 가자구, 빨리!"

장팔은 바지춤을 끌어 올리며 재촉했다. 그때 이층 창문 안에서 악을 쓰는 앙칼진 음성이 들려왔다.

"이 놈팽아! 실컷 즐겼으면 은자를 내놓고 가야 할 거 아냐!"

"달아둬!"

장팔이 꽥 소리를 지르고 난 뒤, 곽이, 구삼의 옷자락을 끌고 길을 재촉했다. 옷자락이 한껏 헝클어져 가슴팍이 드러난 기녀가 창문 밖으로 모습을 드러내었다. 그녀는 장팔이 은자도 주지 않고 떠나자 잠시도 입을 멈추지 않고 악을 쓰며 욕했다.

소운은 잠시 망설이다 송화를 업고 그들의 뒤를 따랐다. 그들은 소운이 따라오는 것을 힐끔 한 번 뒤돌아보는 아무런 시비를 걸지 않고 계속해서 앞으로 걸어나갔다.

잠시 후, 제법 큰 주루 옆에 어제 본 표차가 세워져 있는 것을 볼 수 있었다. 그 옆에는 두 명의 쟁자수가 지키고 있었다.

'혹시 저들이 일거리를 준 게 아닐까?'

소운은 그렇게 생각했는데, 과연 장팔 일행은 표차가 세워진 이층 주점으로 들어갔다.

소운은 밖에서 망설였다. 아침부터 손님들이 들어찼는지 맛있는 음식 냄새가 여기까지 풍겨왔지만 은자가 없으니 들어가기가 두려운 것이다.

송화는 맛있는 냄새를 맡자 소운의 머리카락을 쥐어뜯으며 더욱 칭얼거렸다.

"배고파! 배고파!"

소운은 송화에 대한 측은한 마음이 들자 곧 결심했다.

'좋아, 어떻게 하든 은자 다섯 냥의 일거리를 내가 맡아야겠다. 그렇다면 선금을 받아 음식값을 지불할 수 있을 것이다. 만약 실패한다면… 그때 가서 생각하면 돼! 하지만……'

이런 저런 생각으로 망설이다 드디어 주렴을 헤치고 들어가려는데, 누군가 어기적거리던 소운의 등을 획 앞으로 밀쳤다.

"이 자식, 왜 문에 서서 지랄이야!"

내공이 없어 밀치는 대로 송화와 함께 주루 안으로 고꾸라졌던 소운이 화가 치밀어 올라 뒤돌아보니 얼굴이 빼빼 마른 흑의무사 하나가 자신을 쏘아보고 있었다.

그는 곧 소운에게 관심을 끄고 인사하며 다가오는 점소이의 멱살을 잡고 으르렁거렸다.

"이곳에서 제일 맛있는 술과 제일 잘하는 요리를 차려라."

"에, 에!"

"흥, 만약 맛이 없다면 쓸모없이 사람을 속이는 곳이니, 가만 놔둘 수 없지. 모조리 불태워 버리겠다!"

카랑카랑한 그의 음성은 주루 안을 진동시키고 고막을 자극했다.

흑의무사는 점소이의 멱살을 풀어주며 오만하게 주위를 돌아보았다. 그의 안하무인 격인 태도에 주루 안의 사람들은 저마다 눈살을 찌푸렸다.

그때 꽝 탁자 두들기는 소리와 함께 더 큰 목소리가 터졌다.

"귀하는 누구요? 왜 남의 영업장에 와서 함부로 큰소리치는 것이오!"

한쪽 탁자 위에서 술을 마시고 있던 청면호가 벌떡 일어나 노기(怒氣)에 찬 음성으로 그를 꾸짖었다. 이 주루는 그가 보호해 주며 매달 상납금을 받는 곳이니 가만두고 볼 수 없었던 것이다.

그가 앉아 있는 탁자 주위로는 자칭 안탕삼웅과 조 표두, 장 표사가 서로 이야기를 나누고 있었다.

흑의무사는 싸늘한 비웃음을 띠며 말했다.

"흥, 더러운 벌레들이 보이면 아무래도 식욕이 떨어지는 법, 이놈들을 가만히 놔둔다면 소장주님께서 크게 나무라시겠군."

그러면서 등 뒤에서 장검을 뽑아 몇 번 허공에서 휘둘렀다. 날카로운 파공성과 함께 몇 무리의 검화(劍花)가 피어올랐다.

"모두 처먹던 것 놔두고 당장 밖으로 나가라. 열을 헤아릴 동안 남아 있다면 당장 죽여 버리겠다!"

그의 거친 태도에 몇 명의 장사치들과 유람객으로 보이는 서생들은 겁을 집어먹고 아무 말 않고 황급히 밖으로 도망쳤다.

청면호는 자신을 완전히 무시하는 그의 태도에 노기가 끓어올랐다. 이곳 안탕산 주위로 자신의 체면을 세워주지 않는 자는 드문데 아예 대꾸도 없이 벌레 취급한 것이다.

"이 개부랄 같은……."

청면호는 터져 나오는 욕을 꿀꺽 삼켰다. 흑의무사가 품속에서 하나의 신물을 꺼내 보였다.

그 신물은 하나의 철패(鐵牌)였는데, 노송 위에 한 마리의 고고한 학이 새겨져 있었다. 도저히 흑의무사의 오만 무례한 태도와는 전혀 어울려 보이지 않았다.

"백학장(白鶴莊)……."

신음을 하듯 내뱉는 청면호의 말에 흑의무사는 비웃음을 던지며 말했다.

"얼굴이 파란 걸 보니, 청면호로군. 알면 꺼져라. 곧 소장주님이 도착하실 테니, 네놈의 더러운 피로 여기를 더럽히지는 않겠다."

청면호의 두 주먹이 노기로 덜덜 떨렸다. 청면호는 억지로 노기를 눌러 참고 쥐어짜듯 그에게 말했다.

"너무하신 것 아니오. 고매한 인격과 덕망으로 유명한 백학장의 나리께서 어떻게 이토록……."

"제기랄, 계집같이 시끄럽게 굴지 마! 그래도 네놈의 이름은 들은 적이 있어서 이렇게 말로 하는 거다. 하지만 빨리 꺼지지 않는다면 기어서 나가게 해주지."

청면호는 동생들과 고객인 조 표두 등의 앞에서 자신의 체면이 엉망이 되어버리자 속이 부글부글 끓어올라 당장이라도 흑의무사를 쳐 죽이고 싶었다.

그러나 관부(官府)의 높은 곳까지 관련된 백학장을 건드리다가는 앞으로 닥칠 무한한 재앙을 생각하니 함부로 행동하기 어려웠다.

게다가 백학장의 무사들은 한결같이 무공이 고강하여 마음만 먹는다면 자신들 패거리는 하룻밤 만에 몰살시킬 수 있을 정도였다.

그러나 빈정거리는 듯 비웃는 듯한 흑의무사의 표정에 도저히 화를 참을 수 없었다. 그는 자신이 반드시 참고 나갈 것이라 생각하고 있는 것이다.

"아홉!"

흑의무사는 손가락을 펼쳐 들고 숫자를 헤아리기 시작했다. 청면호는 도저히 모욕을 참을 수 없어 솥뚜껑만한 두 주먹을 불끈 쥐고 앞으로 크게 한 걸음 나섰다.

그때 송화를 탁자 옆 의자에 조심스럽게 앉히고 난 소운이 흑의무사를 향해 목검을 겨누며 소리쳤다.

"그대는 너무 무례하구려. 빨리 사과하시오!"

흑의무사는 힐끗 소운을 보고는 어처구니없다는 듯 피식 웃더니 '열'이라 외쳤다. 이미 그는 소운을 밀칠 때, 그가 내공이 없다는 것을 알았기에 평범한 농부 정도로 알았다. 그러니 백학장의 위명을 모르는 촌놈의 괜한 허세 정도에 대꾸한다는 것은 자신의 체면을 오히려 깎는 것이라 무시한 것이다.

흑의무사는 한 걸음 다가오는 청면호를 비웃듯 바라보며 냉소를 머금었다.

"굳이 벌주를 마시겠다는 말이군."

청면호는 두 눈을 부릅뜨고 소리쳤다.

"백학장주님은 내가 존경하는 분이시다. 그러나 네놈은 고목에 달라붙은 매미에 불과하다!"

말과 함께 청면호는 크게 한 걸음 뛰어나가며 흑의무사를 향해 세차게 주먹을 휘둘렀다. 강맹한 권력이 담겨 있어 웅웅거리는 소리가 날 정도였다. 흑의무사는 청면호의 일 권에 상당한 내공이 들어 있는 것을 깨달았다.

"촌놈치고는 제법이군."

흑의무사는 내심 생각보다 강한 청면호의 권력에 약간 긴장했지만 겉으로는 여전히 가소롭다는 표정을 지으며 백사토설(白蛇吐舌)의 초식을 펼쳤다.

번쩍이는 검광이 뱀의 혀처럼 청면호의 목을 향해 찔러갔다.

그렇게 서로 공방을 주고받는 순간 불쑥 그 사이를 끼어드는 목검이 있었다. 목검은 흔들거리며 찔러가는 장검의 검봉을 정확히 밀어내었다. 비록 적은 힘이지만 손잡이에서 멀리 있는 곳이라 적은 힘으로도 밀쳐 낼 수 있었다. 장검은 빙그르르 돌아버렸고, 그 손잡이는 마침 휘둘러 오던 청면호의 주먹과 부딪쳤다.

깡!

마치 쇠붙이 부딪치는 듯한 소리와 함께 장검은 흑의무사의 귀를 스치고 지나가 주루의 한쪽 벽에 박혔다.

어찌나 세차게 날아갔는지 베여진 흑의무사의 머리카락이 허공에 날렸고, 반 이상 박혀 버린 장검은 그 기세의 여운에 부르르 몸을 떨고 있었다.

순간적으로 일어난 이 변화에 흑의무사는 잠시 멍해져 있었고, 청면호도 더 이상의 공격을 중지하고 한 걸음 뒤로 물러섰다.

소운은 목검을 거두고 나서 청면호에게 두 손을 맞잡고 말했다.

"싸움에 끼어들어 죄송합니다. 하지만 이자는 저와 먼저 시비가 붙었으니 먼저 해결하고자 합니다. 양해해 주십시오."

청면호는 이미 자신이 백학장의 위명을 두려워 않는다는 충분한 기세를 보여주어 체면을 세웠다. 게다가 자신의 애검을 잃고 멍청히 있는 흑의무사를 보자 통쾌하기도 하여 끓어올랐던 노기가 가라앉았다. 이 상황에서 구태여 백학장과 더 이상 원한을 맺을 필요는 없었다.

게다가 소운이 자신의 체면을 세워주며 대신 흑의무사와 시비를 해결하겠다고 하니 보통 때라면 몰라도 지금의 상황에서는 참으로 기꺼울 수밖에 없었다.

"소협의 뜻대로 하시오."

청면호는 반례하고 난 뒤 제자리로 돌아갔다.

주루의 한쪽 구석, 술에 취해 고개를 탁자 위에 처박고 자는 척하고 있던 한 황의청년은 슬쩍 고개를 기울여 게슴츠레한 눈으로 소운을 유심히 바라보았다.

'천하의 검법을 제법 많이 봐왔지만 저 청년의 수법은 생전 처음 보는구나. 그런데 설마 하니 방금의 일은 우연이겠지? 검끝으로 변화하며 찔러가는 검끝을 노리고 밀어낸다는 것은 말이 안 되지. 설사 그것이 가능했다 할지라도… 일부러 장검의 손잡이를 청면호의 주먹에 부딪치게 한 것만은 틀림없는 우연이야! 그건 아버님이라 할지라도 불가능한 일이니……'

소운은 목검을 다시 흑의무사에게로 겨누었다. 소운은 화가 나 있었다. 자신을 밀친 것은 신경 쓰지 않는다 하더라도 송화를 같이 땅에 넘어지게 만든 것이라든지, 또한 자신이 일자리를 부탁하려는 표국의 사람들을 전부 쫓아낼 듯하니 그의 무례한 태도를 떠나서라도 이만저만 화가 나는 것이 아니었다.

잠시 어안이 벙벙했던 흑의무사는 그제야 소운이 무공을 갖춘 것을 알고 크게 노성을 지르며 소운을 향해 공격해 왔다.

소운은 슬쩍 피하며 목검의 끝을 그의 눈앞에 가져다 대었다. 흑의무사는 돌연 눈앞에 목검이 나타나 자신의 눈을 찌르려고 하자 급히 고개를 뒤로 젖혔다. 순간 목검이 흐트러진 그의 몸 중심을 찔렀다. 이에 흑의무사는 미끄러지듯 빙그르르 허공을 반 바퀴 돌고는 바닥에 머리를 처박았다.

"사, 사술(邪術)이다!"

흑의무사는 벌떡 일어나 그렇게 소리쳤다. 그리고 청면호는 고개를 갸웃거렸다.

"도대체 왜 저러나?"

지켜보던 청면호의 눈에는 흑의무사가 멋대로 공격해 가다 소운이 목검을 허공에 대고 휘휘 저으니, 갑자기 놀라면서 제 혼자서 공중제비를 돌다 꼬꾸라진 것처럼 보였던 것이다.

'극치에 달한 사냥발천근(四兩發千斤) 수법!'

탁자 위에 고개를 처박고 있던 황의청년은 내심 그렇게 부르짖으며 자신도 모르게 입을 쩍 벌렸다.

소운은 흑의무사에게 말했다.

"당신은 나를 넘어뜨렸고, 나도 당신을 넘어뜨렸으니 이제 없었던 일로 합시다."

"터무니없는 소리!"

흑의무사는 곧 노한 표정으로 고함쳤다. 그리고 곧 달려들려는 순간, 밖에서 말울음 소리가 들렸다. 흑의무사의 안색이 홱 돌변했다.

요란한 발지국 소리외 함께 십어 명의 무사들이 주렴을 헤치고 우르르 들어왔다.

그들은 흑의무사와 주루 안에 여러 명의 사람들이 남아 있는 것을 보고 인상을 찡그리다 곧 양옆으로 도열해 섰다. 흑의무사는 살기에 찬 눈으로 소운을 째려보다 같이 왼쪽 대열에 합류했다.

밖에서 한 청년의 목소리가 들려왔다.

"연매(淵妹)! 내 장담하건대, 이 집의 요리는 일품(一品)이라구! 안탕산 깊은 산속에서 캐온 각종 야채와 약초(藥草)로서 요리를 한단 말이야. 그러니 여기까지 와서 맛을 안 본다는 것은 참으로… 참으로 미인이 할 바가 아니지. 게다가 지금 이 시간에는 사람도 별로…….."

주렴을 헤치고 무사들의 도열을 받으며 들어오던 스물일고여덟 살 정도 되어 보이던 청년은 '사람도 별로 없다' 라고 말하려다 소운 등이 보이자 말끝을 흐렸다. 그리고 흑의무사를 향해 힐책하듯 인상을 무섭게 그려 보였다. 그러나 자신의 뒤를 따라 들어오는 한 여인에게로 고개를 돌릴 때는 아주 온화한 미소를 머금고 있었다.

청년은 온갖 학들이 수놓아져 있는 호화스러운 장포를 걸치고 있었는데, 모자 한가운데 빨간 보석을 박고 왼쪽에는 공작 깃을 달고 있었다. 아주 부자나 고관대작의 자제 같아 보였다.

주루 안으로 들어오는 여인은 눈처럼 하얀 백의를 걸치고 있었는데, 갸름한 얼굴에 큰 눈을 가진 전형적인 미인이었다. 그리고 함부로 접근하기 힘들 것 같은 아주 조용하고 고아한 분위기를 가지고 있었다.

그녀는 무심하게 주위를 돌아보며 청년의 말에 건성으로 '음, 음' 하며 고개를 끄덕였다.

청년은 여인이 허락하자 희색이 만면했다. 처음 들어왔던 흑의무사가 청년에게 말했다.

"소장주님, 하명하신 대로 이미 이십 냥의 은자를 주어 최고의 요리와 술을 주문했습니다. 그리고 소저께서 조용한 것을 좋아하신다길래, 제가 안의 손님들에게 음식값을 대신 계산해 줄 터이니 자리를 비워줄 수 없겠냐고 정중히 물었는데, 몇 분의 손님들은 다 드시고 나가겠다 하여 재차 권하고 있던 중이었습니다."

중인들은 그의 새빨간 거짓말에 어안이 벙벙해졌다. 소운도 뜨악했지만, 이미 화풀이는 한 셈이기에 더 이상 신경 쓰지 않고 송화 옆에 자리하고 앉았다.

청년은 여인이 주루 안에 사람이 있는 것을 별 신경 쓰지 않는 눈치이자 무사들에게 손짓으로 아무 짓 하지 말고 가만히 있으라고 지시를 했다. 그리고 창가의 제일 깨끗한 탁자로 여인을 상전 모시듯 데리고 갔다.

청면호도 백학장과 더 이상의 마찰은 싫었기에 내색 않고 조 표두와 하던 이야기를 계속해서 주고받았다.

소운은 그들을 잠시 지켜보다 곧 용기를 내어 벌떡 일어났다. 그리고 우두머리로 짐작되는 조 표두에게 다가가 포권하며 공손히 물었다.

"저는 소운이라고 합니다. 항주(杭州)로 가는 표물을 나를 일꾼을 구하신다던데……."

"그렇습니다만……."

조 표두는 벌떡 일어나 마주 포권하며 긴장한 표정으로 되물었다.

조금 전 소운의 무공을 보아 평범치 않는 신분 내력을 가졌다고 생각했는데, 돌연 자신들의 표물에 대해 관심을 가지니 긴장할 만했다.

소운은 잠시 머뭇거리다 말했다.

"저, 그 일꾼에 저를 써주실 수 없겠습니까? 그리고 만약 써주신다면, 음, 선금을 먼저 주실 수는 없는지요?"

조 표두는 잠시 멍하니 소운의 얼굴만 바라보았다.

"저, 안 되겠습니까?"

다시 되묻는 소운의 말에 조 표두는 황급히 대답했다.

"아, 아닙니다. 그렇게 하십시오. 예, 그렇게 하세요."

조 표두는 그렇게 대답을 해도 소운이 주저하며 자신의 얼굴만 쳐다보자 의아해하다 다행히도 선금에 대한 이야기를 떠올릴 수 있었다.

조 표두는 망설였다.

'도대체 무슨 목적일까? 혹시 이 근처의 유명한 산도적이라 이렇게 미리 통과세를 달라는 걸까? 아니면 강도처럼 그냥 은자를 빼앗겠다는 걸까? 백학장이라면 나도 들은 바 있다. 그곳의 무사들은 강호에서 제법 행세를 한다고 들었는데, 그들의 명성에 전혀 주눅 들지 않고 또, 한 수에 물리친 것을 보면 우리로서는 도저히 대적하기 힘들다. 그러니 은자로 해결하는 것이 제일 좋다. 그러나 홍, 자신의 무공만 믿고 터무니없는 가격을 부른다면 우리로서도 절대 참을 수 없다.'

조 표두는 신비한 내력을 가지고 신분이 범상치 않은 듯한 소운이 정말로 일꾼이 되기 위해 그런 말을 했다고는 전혀 생각할 수 없었다.

"험, 험, 이 정도면 되겠습니까?"

조 표두는 소운의 눈치를 보며 슬쩍 은자 백 냥짜리 전표(錢票)를 꺼내 보였다.

소운은 어리둥절했다. 사부에게서 세상 물정을 말로는 많이 들었기에 전표라는 것이 있다는 것은 알고 있었지만, 실제로 보기는 처음이라 전표인지 몰랐다. 무엇에 쓰는 것인지 알 수가 없었던 것이다.

조 표두는 소운이 멍하니 전표만 바라볼 뿐 아무 말도 않자 약간 미간을 찌푸리며 백 냥짜리 전표를 하나 더 꺼내었다. 그러나 소운은 더욱 어리둥절해할 뿐이었다.

'이자는 너무 욕심이 많구나! 이번 표물을 운송하면서 얻게 되는 이익은 은자 천 냥이다. 앞으로 몇 군데 더 통행세를 낼 것을 생각하면 절대 이백 냥 이상은 이자에게 주어서는 안 된다. 국주님께 호통을 들고 말 것이다. 하지만… 혹시 이자도 어제 가래 뱉었다고 죽여 버리는 그 무시무시한 자들하고 한패라면…….'

조 표두는 망설이다 은자 백 냥짜리 전표를 하나 더 꺼내었다. 주위의 장팔 등은 난생처음 보는 거금에 두 눈이 휘둥그레졌다.

소운은 망설이다 조 표두에게 말했다.

"저, 은자로는 안 되겠습니까?"

조 표두는 그 말에 화가 치밀어 올라 품속의 전표와 은자를 모두 꺼내 탁자 위에 탁 하고 소리나게 올렸다.

"귀하는 우리 연운(燕雲)표국의 체면을 너무 안 세워주는구려! 자, 당신이 알아서 결정해 보시오. 내가 가진 것 전부요!"

소운은 드디어 허연 은자가 나타나자 기뻐했다. 그리고 은자 다섯 냥을 골라 집었다가 다시 두 냥을 내려놓으며 조심스레 물었다.

"은자 다섯 냥이라던데… 우선 세 냥만 가져가도 될까요?"

"……."

소운은 희희낙락 은자 다섯 냥을 받아 들고 곧 점소이를 크게 불렀다.

곧 탁자 위로 김이 모락모락 피어오르는 국수와 만두, 계란 볶음 등이 나왔다. 소운은 잠시 자신이 난생처음 벌어들인 은자로 산 음식에 감격의 눈길을 보내다, 송화에게 정성스럽게 먹였다. 그리고 이왕에 젓가락질도 가르쳤다. 그러나 송화는 조금 따라 해보다 소운이 잠시 한눈팔면 그냥 손으로 국수 등을 주워 먹었다.

소운은 두 눈을 부라렸지만 곧 귀엽게 웃는 송화의 모습에 자신도 같이 따라 웃을 수밖에 없었다. 그래서 천천히 가르치자며 포기하고 자신도 국수 등을 먹기 시작했다.

황의청년은 탁자 위에 고개를 처박은 자세 그대로 소운을 지켜보며 미간을 찌푸렸다.

‘저자의 정체는 무얼까? 설마 하니 그 정도 무공을 가지고 정말로 표물을 나르는 일꾼이 되겠다는 건가?’

소운 옆에 있는 조금 정신이 모자란 듯 아기 같은 행동을 하는 소녀가 두리번거리다 자신을 보고 헤헤 웃었다. 황의청년은 소녀가 비록 봉두난발에 얼굴은 새까맣지만 ‘헤헤’ 거리는 그 웃음이 너무나 천진난만해 보여 자신도 모르게 같이 빙그레 웃고 말았다.

그때 주렴을 헤치고 백의노인이 들어서고 있었다. 노인은 하얀 수염을 가슴팍까지 드리우고 얼굴은 대춧빛처럼 불그레한 윤기가 감돌았으며 주름살은 조금도 보이지 않았다. 두 눈은 횃불을 밝힌 듯 번쩍거리는 것이 대단히 높은 내공을 지녔음을 한눈에 알 수 있었다.

백의노인은 곧장 황의청년이 있는 자리로 갔다. 그리고 냅다 황의청년의 뒤통수를 치며 빠르게 외쳤다.

“일어나! 이 주정뱅이야! 이 사백(師伯)이 왔는데도 술에 취해 자고만 있을 테냐!”

소운 옆의 소녀를 한참 구경하고 있던 황의청년은 졸지에 뒤통수를 얻어맞고 골이 횡하니 정신이 없었다.

“감히 누가……!”

황의청년은 노기충천하여 자리를 박차고 벌떡 일어났지만, 백의노인의 얼굴을 본 순간 본능적으로 허리를 굽히며 정중히 포권했다.

“불초 제자가 거룩하신 방(方) 사백을 뵈옵니다. 만수무강하십시오.”

'으이구! 성질 하나는······!'

황의청년은 속으로 이빨을 갈았지만 감히 겉으로는 공손하고 웃는 표정을 유지했다.

백의노인은 황의청년의 예를 받는 둥 마는 둥 자리에 털썩 주저앉아 술병을 집어 들고는 입속으로 처박고 단숨에 전부 벌컥 다 마셔 버렸다.

황의청년은 더욱 표정 관리에 최선을 다했다. 같이 지낸 오랜 경험의 결과, 저런 행동은 아주 기분이 나쁘다는 표시였기 때문이다.

"제기랄! 여기 술 더 가져와!"

백의노인은 고래고래 고함을 질렀다.

"이 악랄한 삼신교 놈들! 도무지 사람 같지 않은 놈들이다!"

삼신교라는 말에 주루 안이 조용해졌다. 중인들은 놀라 안색이 창백해진 채 백의노인을 바라보았고, 황의청년은 당황하며 허둥거렸다.

"왜, 왜 이러십니까. 몰래 살펴보러 와서 이렇게······."

"시끄러! 빨랑 술 못 가져와?"

백의노인의 얼굴이 더욱 붉어지며 황의청년의 엉덩이를 찼다.

황의청년은 피하려 했지만 뻔히 보고도 피할 수 없었다.

펑!

황의청년은 엉덩이를 얻어맞고 한쪽 벽으로 날아갔다. 벽에 닿기 전 그는 슬쩍 한 손을 내밀어 짚고는 몸을 빙글 돌려 바로 섰다. 그 몸놀림이 아주 경쾌하고 가벼웠기에 중인들은 탄성을 질렀다.

한편, 열심히 여인에게 듣기 좋은 말로 환심을 사려 노력하고 있던 백학장의 소장주, 서자평(徐滋平)은 주루 안이 시끌벅적하자 눈살을 찌푸렸다.

그는 그 원인이 백의노인 때문인 것을 알고 옆에 도열해 있는 흑의무사에게 턱짓으로 조용히 시키라고 지시했다.

흑의무사는 곧 백의노인에게 다가가 인상을 흉악하게 그리며 외쳤다.

"이봐! 늙은이! 여기가 네 안방인 줄……!"

그러나 흑의무사는 미처 말을 끝내기도 전에 새처럼 날아서 창문을 부수고 밖으로 튕겨 나가야 했다.

흑의무사를 차버렸던 발을 거둔 백의노인은 화가 난다는 듯 탁자를 꽝 내려쳤다.

"젠장, 그놈들만으로도 울화통이 치밀어 죽겠는데, 이따위 조무래기들까지 신경을 긁는군!"

창―!

백학장의 무사들은 한 수에 흑의무사가 날아가자 안색을 굳히며 저마다 병장기를 뽑았다.

"저 늙은이가……."

한 무사가 입을 여는 순간, 어느새 백의노인은 허깨비처럼 그 앞에 다가와 있었다. 그리고 그의 멱살을 잡고 허공에 들어 올리고는 물었다.

"내가 왜?"

노인은 대답을 기다리지도 않고 양손을 휘둘러 백학장의 무사들을 전부 창문 밖으로 집어 던져 버렸다.

백의노인의 신위에 얼이 빠진 서자평은 손에 든 술잔이 기울어져 술이 흘러내리며 자신의 옷을 적시고 있다는 것도 자각하지 못했다.

백의노인은 서자평의 옷에 새겨진 학들을 보고는 코웃음을 쳤다.

"흥, 서가(徐哥) 꼬마 녀석, 이따위 강아지 새끼를 낳아놓고는 축하연에 나를 초대했다니! 젠장, 그때 먹은 술을 모조리 다 뱉어내고 말 테다!"

푸악—!

백의노인의 입에서 술 안개가 뿜어졌다. 백의노인의 얼굴이 붉어진다 싶은 순간 술 안개는 순식간에 커다란 불기둥이 되어 서자평을 덮쳤다가 곧 꺼졌다.

불은 금방 꺼졌기에 서자평은 화상을 입진 않았지만, 옷과 모자 등이 군데군데 구멍이 나고 머리카락과 눈썹이 오그라들었으며 얼굴에는 시커먼 검댕이 묻어 순식간에 거렁뱅이 같은 몰골이 되어버렸다.

백의노인은 한 번 더 냉소를 날리고는 제자리로 되돌아갔다.

중인들은 노인의 신위에 넋이 빠져 아무 말 못하고 있었다.

서자평은 망연자실하게 백의노인의 뒷모습을 바라보다 맞은편의 백의여인에게로 고개를 돌렸다.

"저……."

무슨 말인가 변명을 하려는데 백의여인은 무심한 눈길로 서자평을 한 번 보고 난 뒤 일어났다.

"오늘의 식사는 참으로 즐거웠습니다. 저는 좀 더 안탕산을 구경하고 싶지만, 사문의 어른을 만났으니 이만 헤어져야만 하겠습니다."

전혀 감정이 섞여 있지 않은 목소리로 그렇게 말한 후, 자리를 떠나 백의노인에게로 다가갔다.

황의청년이 그사이 잽싸게 주방에서 술 단지를 가져와 탁자 위에 쌓아놓고 있었다. 그는 백의여인이 다가오자 얼른 고개를 돌려 얼굴을 감추었다.

여인은 두 손을 맞잡고 예를 올리며 말했다.

"소녀가 방(方) 사숙조(師叔祖)님을 뵈옵니다."

"흥, 인사를 빨리도 한다. 고가(高哥)가 예절 하나는 잘도 가르쳤군, 잘도 가르쳤어."

백의노인은 술 단지를 크게 한 모금 들이키고 나서 퉁명스레 내뱉었다.

여인은 무감정한 어조로 말했다.

"두 배분 아래의 어린 후배들에게도 체면은 생각지 않고 거침없이 손을 쓰시는 방 사숙조님에 비할 수 있겠습니까. 여하간 열화 같은 성격은 여전히 변함없으시군요."

"감히 나를 욕하는 거냐?"

백의노인은 꽝! 탁자를 치며 두 눈을 부릅떴다. 그의 얼굴이 더욱 붉어지며 당장이라도 불이 붙어버릴 듯했다. 탁자의 네 다리는 동시에 세 치 마룻바닥 속으로 파고들었으나, 탁자 위에 놓여진 접시나 술 단지는 전혀 미동조차 않았다.

공력을 과시하여 위협하는 백의노인에게 여인은 침착하게 말했다.

"그럴 리야 있겠습니까. 다만 방 사숙조님께서는 본 현천문의 영웅으로서 그 의기(義氣)가 구름을 찌를 듯 높다고 모든 무림의 동도들이 언제나 존경해 왔는데……."

"그런데?"

"앞으로 뭇 강호동도들이 방 사숙조님이 어린 후배들에게 망신을 주고 잘난 척했다며 수군대는 뒷소문을 두려워하지 않는 것에 감탄할 따름입니다."

백의노인의 칼날 같은 눈썹이 하늘로 솟구쳤다. 그의 무시무시한 횃불 같은 안광에도 백의여인은 여전히 무심한 눈으로 정면으로 마주 보았다.

"으하하하하!"

돌연 백의노인은 앙천광소를 터뜨렸다.

"확실히 고씨 집안의 딸답게 입심이 맵군. 내 앞에서 정면으로 욕을 하고 할 말을 다하다니! 고추 달고 안 나온 게 참으로 아까워! 강호의 앞날은 참으로 어둡기만 한데, 도대체 제대로 된 놈들 하나 없다니! 정말 아깝군, 아까워. 네가 고추를 달고 나왔어야 하는 건데!"

백의노인은 속이 타는 듯 술 단지를 입에 물고 벌컥벌컥 술을 들이 켰다.

백의여인은 노인 맞은편에 자리를 앉았다. 고개를 돌리고 있던 황의 청년이 슬며시 일어나려고 했다.

"현(玄) 가가(哥哥), 어디로 가시려는 거죠? 이젠 소매를 본 척조차 하지 않는군요."

황의청년은 화들짝 놀라 뒤돌아서서 머리를 긁적이며 어색하게 웃 었다.

"하하, 소, 소변이 갑자기 마려워서 말이야. 음."

백의노인은 그가 한심하다는 듯 혀를 차더니 계속해서 술을 들이켰 다. 그리고 술 단지를 거칠게 내려놓으며 돌연 안색을 굳히며 말했다.

"삼신교 놈들! 하늘이 두렵지도 않은지… 십오륙 세 정도 되어 보이 는 소녀들이 보이면 모조리 납치를 해간다더군. 그리고 여기저기 널려 진 목불인견(目不忍見)의 처참한 시체들. 내가 본 것만도 백여 구는 넘 는다. 무림인들뿐 아니라 일반 양민들까지! 분명 그놈들의 짓이지. 뭔 가 이곳에서 이상한 일이 벌어진다고 해서 쫓아왔더니 그 개잡종들이 이런 천인공노할 짓을 저지르고 있을 줄이야!"

국수를 먹다 말고 멍하니 백의노인의 행동을 구경하던 소운은 그 말에 자신도 모르게 송화를 돌아보았다.

소운은 여태껏 인적이 드문 황량한 곳만을 거쳐 왔기에 삼신교의 인물들을 아직 만나보지는 못했지만, 송화의 경우나 성신교의 몰살, 그리고 백의노인의 말 등에 그들이 얼마나 악랄한 집단인지 실감할 수 있었다.

황의청년이 더듬거리면서 물었다.

"혹시 저, 그 삼신교 녀석들을 보고 어떻게 하셨습니까?"

"흥, 내 성격을 알면서 묻는 거냐? 당연히 가만두었을 리 없지. 보이는 족족 골통을 깨부수고 왔다!"

백의노인의 말에 황의청년은 곤혹스러워했다.

"저, 아버님, 아니, 문주님께서 절대 손을 쓰지는 말고 그냥 상황만 조사해 빨리 보고를 하라고……."

"이 똥물에 빠져 죽을 구더기 같은 놈아! 무슨 잠꼬대 같은 소리냐? 그렇다면 그놈들의 만행을 보고도 가만히 있으라는 이야기냐?"

"아, 아닙니다. 그보다는……."

백의노인이 무섭게 노려보자 황의청년은 침을 꿀꺽 삼키며 고개를 떨구고 힐끔 눈치를 볼 뿐, 더 이상 아무 말도 하지 못했다.

이때 백의여인이 노인에게 담담한 어조로 입을 열었다.

"방 사숙조님, 눈에 보이는 삼신교의 무리들을 전부 몰살시켰나요?"

"내가 무슨 천신(天神)이라도 되는 줄 아느냐? 그놈들은 사람도 많고, 또 제법 무공이 고강한 놈들도 많이 섞여 있었다. 흥, 그래도 열에 아홉은 깨끗하게 저 세상으로 보내줬다."

"그럼 그들을 헤치우고 나서 은밀하게 몸을 숨기셨나요?"

"내가 왜? 나 방천극(方天極)이 왜 그놈들을 두려워해서 쥐새끼처럼 숨어야 한단 말이냐?"

그때 소운이 '어!' 하고 소리 지르며 놀랐다. 그가 곡유신과 나누었던 대화가 뇌리를 스쳐 지나가면서였다.

"현재 무림에서 제일 내공의 경지가 높은 사람은 누구입니까?"
"무공을 따진다면 몰라도 내공만이라면 아마도 소림사의 전대 장문인이었던 심허(心虛) 방장과 현천문의 수석 장로인 방천극(方天極) 정도일 겁니다. 심허 방장은 역근경과 세수경을 수십 년 이상 연마하여 그 내공이 순후하기 짝이 없고, 방천극은 어릴 적 기연을 만나 내공하나는 엄청 강맹하다더군요."

방천극은 힐끔 소운을 돌아보고 흐뭇한 미소를 지었다. 그의 무공 경지로 소운이 내공이 없다는 것은 한눈에 알아볼 수 있었다.
그러니 무림인도 아니고 그냥 평범한 산골에서 농사짓는 청년으로 보이는데 뜻밖에도 자신의 이름을 알고 있는 듯하자 흐뭇했던 것이다.
백의여인이 벌떡 몸을 일으켰다.
"현 가가, 빨리 여기를 피해야겠군요."
"……?"
방천극은 무슨 의미인지 몰라 눈살을 찌푸렸다. 그때, 창문을 뚫고 한 대의 깃대가 날아와 꽝! 하는 소리와 함께 바닥에 꽂혔다. 깃대에는 실제 사자 크기의 포효하는 모습이 수놓아진 깃발이 펄럭였다.

<1권 끝>

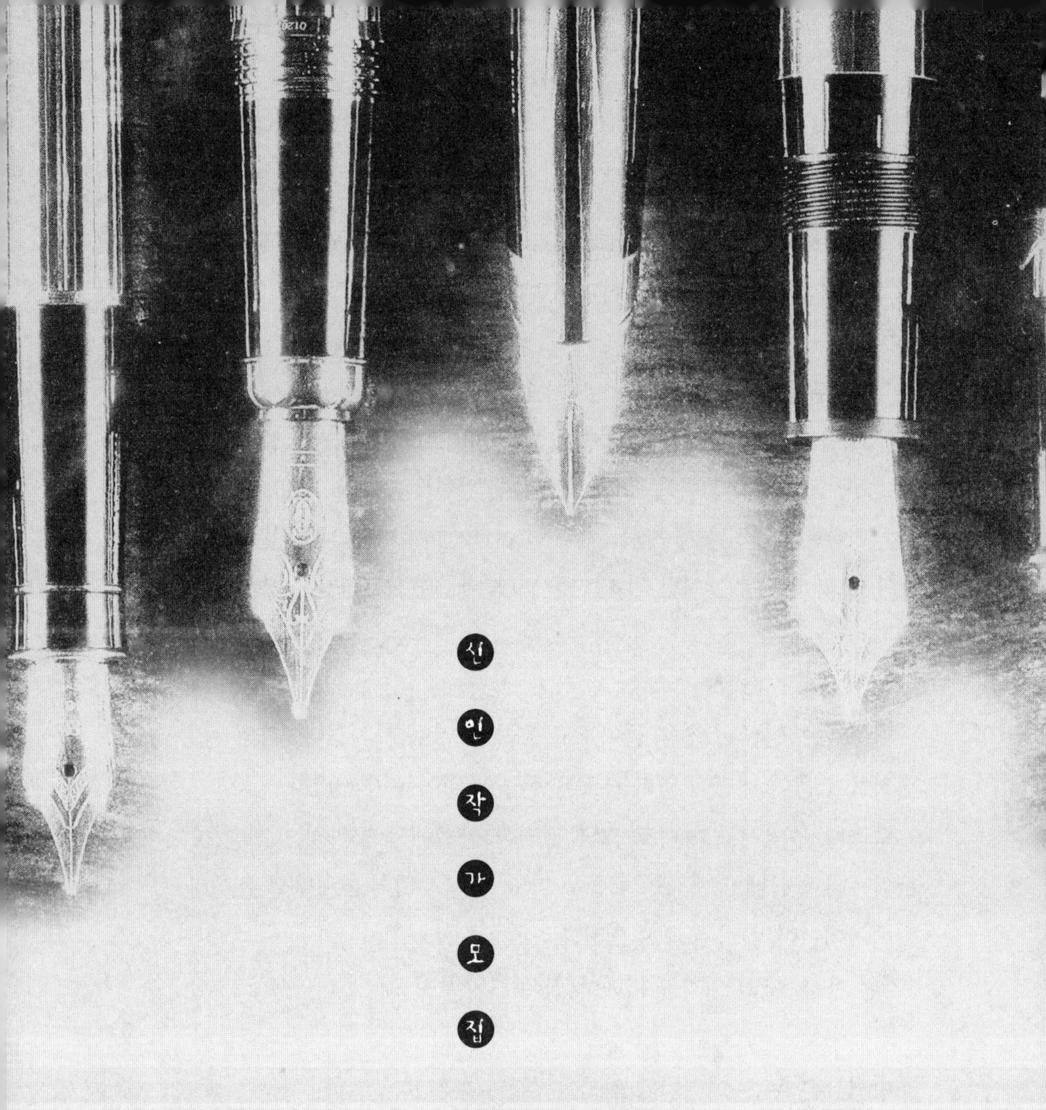